塞万提斯全集

全集

·2·

喜剧

刘玉树　译

人民文学出版社

目　次

致读者 …………………………………………………… 1

献词 ……………………………………………………… 5

西班牙美男子 …………………………………………… 1

争美记 …………………………………………………… 143

被囚禁在阿尔及尔 ……………………………………… 265

改邪归正成正果 ………………………………………… 413

致 读 者

尊敬的读者,我不得不请您原谅,因为在这序言中我免不了要说几句惯常的客套话。几天前我参加朋友们的座谈会,会上谈到喜剧及有关事情,褒之者有之,贬之者也有之,在我看来,二者结合就很完整了。

大家也谈到了在西班牙把喜剧培育、扶上舞台并使之光彩夺目的第一人。作为座谈会上年龄最大的人,我就说,我记得看过伟大的洛佩·德·鲁埃达①的演出,他在表演和理解方面是个杰出的人才。他生于塞维利亚,职业是金银箔匠,也就是做金银箔的人;他善写田园诗,从那时至今,在这方面尚无一人超过他。那时我是个毛头小伙子,在评判他的诗作方面我没有把握;然而,就我记得的几首诗而言,从现在我这成熟年龄来看,我发现我的前述结论符合事实;如果不是因为怕这篇序言离题,我可以抄录他几首诗以资证明。在这位杰出的西班牙人时代,喜剧作者的全部道具都塞在一个麻袋里,无非是四件镶金边的白羊皮袄、四副胡须、四个发套和四根牧羊棍,大致如此。所有喜剧都是两三个牧羊人和某个牧羊女之间牧歌式的对话;再用两三个幕间剧调剂气氛或把喜剧演出的时间拉长。幕间剧的角色可能是黑女人,也可能是个无

---

① 洛佩·德·鲁埃达(1500? —1565),西班牙著名剧作家、表演艺术家。

赖、傻子或比斯开人,可以想见,这个洛佩把这四个和其他一些角色扮演得十分精彩和恰到好处。那个时代既没有布景更换器,也没有什么摩尔人、基督徒这类角色,而且所有角色都是步行,不骑马;也没有从舞台当中空处钻出人来——好似从地心钻出来这类表演,因为那时候的舞台是用四条长板凳围成四方形,上面放四块或六块木板,台面离地一两尺高;当然更不会有天使或幽灵从天而降的表演。舞台的装饰就是一块旧布,两头用绳子拉起来就形成后台,乐师就在那里唱古老的歌谣,没有吉他伴奏。洛佩·德·鲁埃达逝世时已是杰出的名人,他在两个唱诗班的唱经声中被安葬在科尔多瓦(逝世地点)的大教堂里,那位著名的疯子路易斯·洛佩斯也葬在那里。

洛佩·德·鲁埃达的后继者是纳瓦罗,他是托莱多人,善于扮演胆小的无赖这种角色,他增加了喜剧的若干道具,用大小箱子代替了麻袋;把乐队从后台搬到前台,把滑稽演员的胡子也去掉了,在此之前,演员都戴假胡子;演员们如果不是扮演老人或其他需要胡子的人物,他就让他们全都光脸登台。他创造了布景更换器、云雾、雷电,加进了挑战和战斗场面;然而并没有达到目前舞台的完善程度。

这一切都是事实,无人能反驳我,说到这里我就不谦让了。人们在马德里看过我写的《阿尔及尔的交易》的演出,看过《努曼西亚被毁》①和《海战》的演出,我大胆地把每出戏从五幕改为三幕。可以说,表现人物内心世界的想象、潜藏的思想,以及把道德说教人物搬上舞台,并获得听众广泛好评的,散人是第一个。在这个时期我写了二三十个剧本,这些剧本朗诵时没有挨过黄瓜之类远掷

---

① 似指作者的《被围困的努曼西亚》。

物的冲击,朗诵过程中也没有人以口哨、喊叫或吵闹加以打搅。后来我忙别的事去了,放下了笔,不写喜剧了,随后就冒出个天生的怪物——伟大的洛佩·德·维加①,他建立了滑稽戏王国。所有的丑角他都运用自如,他写的才是本义上的喜剧,喜笑连篇,趣味十足,所写剧本之多,超出一万印张,凡看过或听过他的剧本演出的,无不称之为巨作。有人(这样的人很多)想达到他的作品的全部或部分光彩,实际上这些人所写的全部作品,加起来也不及他的一半。

不过,上帝倒并不是不把恩惠赐给其他人。且不说继伟大的洛佩之后的拉蒙博士的作品如何得到高度评价,请全面评价米格尔·桑切斯硕士的巧妙构思,米拉·德·阿梅斯夸②博士(代表我国的杰出荣誉)的深沉,塔拉加神父③的严谨及其无数警句,堂纪廉·德·卡斯特罗④的淡雅平和,阿基拉尔⑤的敏锐,路易斯·贝莱斯·德·格瓦拉⑥喜剧的场面豪华、情节复杂、文字华美和气势恢宏,堂安东尼奥·德·加拉尔萨目下尚在不断写出的机敏喜剧,以及加斯帕尔·德·阿维拉以《恋爱的技巧》一剧所预示的才华,所有这些剧作者和其他人把喜剧装点得色彩缤纷,堪与伟大的洛佩媲美。

前几年我又赋闲在家,想到对我的赞美声还会持续些时日,于是又写了几出喜剧;谁知时过境迁,就是说我已找不到演出者要我的剧本,尽管他们知道我写了剧本,我只好把这些剧本塞进箱子,

---

① 洛佩·德·维加(1562—1635),西班牙伟大的诗剧作家。
② 米拉·德·阿梅斯夸(1577?—1644),西班牙抒情诗人、剧作家。
③ 塔拉加神父(1554—1602),剧作家,洛佩·德·维加的好友。
④ 堂纪廉·德·卡斯特罗(1569—1631),西班牙剧作家。
⑤ 阿基拉尔(1561—1623),西班牙诗人、剧作家。
⑥ 路易斯·贝莱斯·德·格瓦拉(1579—1644),西班牙剧作家、小说家。

束之高阁。这时有个书商告诉我,有个演出者①对他说,我的散文体作品很有希望,而我的韵文体作品则毫无指望;这位书商说,他如果没有听到这番话,准会买下我的剧本。说真的,我听了他的话,感到难过,心里想道:"要么是我变了,要么是时代进步了;事情总是反着个儿,人们总是赞美已经过去的时代。"我重新翻阅我写的喜剧及与它们放在一起的几个幕间剧,发现这些作品并不糟糕到钻不出那位演出者智慧迷雾的地步,它们是可以为另一些顾虑较少、比较懂行的演出者所接受的。我感到腻烦了,便把这些作品卖给了那位书商,他将它们按现在呈献于您眼前的面貌付印了;他出的价格是公道的,我没有同他讨价还价,平静地拿了钱。我倒是希望这些剧本是世上最佳作品,或者至少是过得去的作品。读者,您是会评判的,如果觉得这些作品还有点什么好东西的话,当您遇上那位恶语伤人的演出者,就请告诉他,请他改改他的脾性,因为我不伤害别人,并请他注意,这些作品并无明显的、可指责的胡言乱语,韵文即使属于上中下三个档次中最低档次,也是符合喜剧要求的,而幕间剧的语言也符合剧中人物的要求。为了请他改改脾性,我把正在写的一个喜剧献给他,剧本题目是《两眼昏花》,如果我没有弄错的话,他一定会喜欢的。到此打住吧,愿上帝赐您健康,赐我耐心。

---

① 一个享有王室特权的戏班的领班。——作者原注

献　词

致莱莫斯伯爵

在我才智浅陋的花园中，无论是否耕耘，只要结出果实，在任何时候都是属于阁下的。现在我献给阁下的是这些喜剧和幕间剧，我觉得它们不至于平淡到使人不喜欢的地步。如果它们尚有某些有意思的东西，那是因为它们尚未被人翻阅过，也未在舞台上演出过，这要感谢那些演员过于谨慎、害怕上当而只肯演出高雅文人写的伟大作品。《堂吉诃德》在第二部书中将骑马去吻阁下的脚。我想，他到阁下跟前时会怨天尤人，因为在塔拉戈纳他被打得落荒而逃，狼狈不堪：他也许不知道，在那个故事中主角不是他，而是一个伪装者，他想当主角，然而没有办成。如果我这老肩膀还扛得动的话，还有伟大的《贝雪莱斯》《花园中的几星期》，此外还有《伽拉苔亚》的第二部。

您大人的仆从
米格尔·德·塞万提斯·萨阿维德拉

西班牙美男子

序　言

　　塞万提斯第二时期以摩尔人为题材的喜剧中,最早的一个似乎是《西班牙美男子》。这个剧应同塞万提斯奥兰之行(1581年)联系起来。此行是受费利佩二世的委派,付款凭据证明了这一点,然而人们对此行的目的不甚了然。无疑,此剧有自传成分,其目的正如剧本结尾时所说,是"把真人真事同任意的虚构掺和",剧中人物无疑在历史上实有其人。主人翁堂费尔南多·德·萨阿维德拉大概有塞万提斯本人的影子,当然具有许多堂吉诃德的色彩。有趣的布伊特拉戈,十分活泼,且有点儿赖皮,具有现实生活的特点,正如作者在这段奇怪的场景说明中承认的那样:"此时一个名叫布伊特拉戈的士兵带着无鞘的剑上场,剑把上挂着擦油的布条和几段绳子,后来他被弄得很狼狈。他手持为炼狱中幽魂们募捐的小牌牌,为幽魂们募捐。为幽魂们募捐,实有其事,我亲眼目睹……"费尔南多同玛加丽塔的哥哥这个情节中,有些细节的描述使一些评论家想到塞万提斯的一个兄弟刺伤一个叫安东尼奥·德·西古拉的事。这当然是很有意思的,因为它表明主人翁为此而"(离开西班牙)向意大利逃亡"。这出剧很有小说的特点,十分有趣。有的批评家,如马因奈斯,认为这是塞万提斯最好的剧作,显然是夸大了。另一些批评家比较正确,认为这是一部充满生活情趣、活泼的作品,其中史实和杜撰成分交织,热烈而不失其讥讽

意味。阿里穆泽尔的挑战八音节诗,具有摩尔类文学作品的风雅特点:

> 奥兰人,不论是官还是兵,
>
> 请你们仔细听……

这出剧中运用了女扮男装的手法,这是塞万提斯在另一些作品以及洛佩·德·蒂尔索、米拉·德·阿梅斯夸等人在喜剧中也加以运用的。这出剧中有战争的英武场面,也有恋爱的温文尔雅的场面,还有摩尔人和俘虏这类情节,结尾是大团圆,皆大欢喜。十八世纪初,这个剧被一个题为《囚禁中的划船苦役犯》的匿名下乘作品所模仿。

安赫尔·巴尔布埃纳·普拉特

第 一 幕

出 场 人 物

阿尔拉莎——摩尔姑娘

阿里穆泽尔——摩尔男子

堂阿隆索·德·科尔多瓦——阿尔考德特伯爵,奥兰城守将

堂费尔南多·德·萨阿维德拉

古斯曼——上尉

福拉廷——工程师

一名士兵

塞布里昂——摩尔人,阿里穆泽尔的仆人

纳科尔——摩尔人

堂马丁·德·科尔多瓦

布伊特拉戈——士兵

市民——递交请愿书者

一名小厮

奥罗佩萨——俘虏

罗夫莱多——少尉

〔摩尔姑娘阿尔拉莎和摩尔男子阿里穆泽尔上场。

阿尔拉莎　阿里穆泽尔，我有言在先，

　　　　　若不把那个基督徒给带来，

　　　　　对你就谈不上情与爱，

　　　　　我定要对你冷眼相看。

　　　　　我要你把他完好无损地捉来，

　　　　　使他拜倒在我面前像个好乖乖。

阿里穆泽尔　这么个坏主意歪道道

　　　　　怎么能迷了你的心窍？

　　　　　我若不能降服他而将他杀掉，

　　　　　你也该将就知足，

　　　　　因为白刀子进红刀子出，

　　　　　抽回刀子改变不了结局。

　　　　　我马上动身直奔奥兰①，

　　　　　骂阵挑战叫出那基督徒，

　　　　　完完整整地将他俘虏，

　　　　　因为你不愿他一命呜呼。

　　　　　但若他惹得我发怒，

　　　　　盛怒之下手下无情，

　　　　　难保不要了他性命，

　　　　　难道我就会丧失你的爱情？

　　　　　难道这锋利的宝剑

　　　　　也有理智讲究情面，

---

① 阿尔及利亚沿海城市，即今瓦赫兰市。

　　　　　也会权衡得失轻重，

　　　　　对你的意志唯命是从？

阿尔拉莎　　阿里穆泽尔，我承认

　　　　　你的话不无道理；

　　　　　打斗厮杀中建功立业，

　　　　　哪能讲究温良恭俭让，

　　　　　好在有温柔和刚烈

　　　　　将那狂暴缓解消抵。

　　　　　我已将我的情爱标价，

　　　　　看你能否将它买下。

　　　　　提起这个人我就害怕，

　　　　　在巴巴利①全境，

　　　　　他意味着恐怖和惧怕，

　　　　　我要瞻仰他的英武潇洒；

　　　　　此人就是勇敢的费尔南多，

　　　　　他头脑聪明通古博今，

　　　　　摩尔人提到他的名姓，

　　　　　就会吓得胆战心惊；

　　　　　无数英勇业绩表明，

　　　　　他是西班牙的阿特拉斯②、

　　　　　熙德③和贝尔纳尔多④再世，

　　　　　是另一个英俊的堂马努埃尔⑤；

----

①　古地名，相当于现在的阿尔及利亚、摩洛哥、突尼斯等北非地区。

②　希腊神话中的大力士，他变为一座山，天空及其群星落在他肩上由他背负。

③　熙德(约 1030—1099)，西班牙传奇式英雄。

④⑤　均为西班牙英雄。

我要贴近观察他，

不过他须拜倒在我脚下。

阿里穆泽尔　请你注意你的许诺，

对帮助你的人

要啥给啥决非妄言。

阿尔拉莎　你想要什么？

阿里穆泽尔　我想知道你是否在开玩笑，

尽管我把你的玩笑

总是老老实实当真事办好。

作为温情脉脉的情郎，

我只想告诉你，

为了对你效劳，

我敢蹈火赴汤。

你尽管放心莫发愁，

超人的事业我也能做，

抓来上千名基督徒俘虏，

叫他们在你面前驯服低头。

阿尔拉莎　你只消把那堂费尔南多·萨阿维德拉

壮士带来我面前，

我的运气会转好，

你的运气也会好，

因为如果事情

照我的意志办到，

我已许下诺言，

委身于你决不改变。

阿里穆泽尔　也许就在今天，

我会在奥兰城前

高声叫阵挑战，

我相信，老天爷既然

给我们以光明和生命，

必定也会保佑

我马到成功奏凯歌。

阿尔拉莎　　名声显赫的阿里穆泽尔，你上路吧。

阿里穆泽尔　　你的命令给我以力量，

我意气风发斗志昂扬，

无论这任务多么艰难，

我也有勇气和胆量

将它完成奏凯还。

阿尔拉莎　　你放心去吧，

我预祝你得胜而归。

〔阿尔拉莎下场。

阿里穆泽尔　　请放心，姣美的脸，

留驻人间的天使，

你征服了世间男子，

为了你他们走上战场，

比高下分胜负，

夺名号争声誉，

你实在太美丽，

叫人痛苦又高兴；

你实在太美丽，

使我们燃起爱的烈焰！

你放心吧，没有你的光照，

道路就被黑夜笼罩；

这个西班牙人的性命

会给我带来好运。

但是真要命,我不能杀他,

只能把他活捉带回家!

哎呀,谁出的这个鬼主意,

谁想出这样的鬼花招?

〔阿里穆泽尔下场,奥兰守将——阿尔考德特伯爵堂阿隆索·德·科尔多瓦、堂费尔南多·德·萨阿维德拉、古斯曼上尉、福拉廷工程师等上。

福拉廷　将军,这个塔楼是为了瞭望海上,

它同那个塔楼遥遥相望,

因此这道幕墙一定要砌起来,

城墙这洼陷部分不必隐藏;

嗨,这有什么用,既然咱们在防卫,

再者,敌方不了解咱意图,何必这么遮挡?

堂阿隆索　敌人一定会包围这座城,

如果诸位不能以血肉保卫,

咱们肯定会受欺凌。

如果为了获取声誉,

被动守卫就不予考虑,

冲到旷野打一仗毫不畏惧。

来吧,摩尔人,我依靠

上帝和你们战无不胜的双手,

将猛狮变为温顺的羔羊。

哨兵们胜过千里眼,

无论是白天还是黑夜，

注视着陆地和海面。

战争中不可有丝毫麻痹，

稍有差池便会造成巨大损失，

因此不能原谅粗心大意。

不管机会多小，

也要紧紧抓住，

放过了就只能叫苦：

往往是转瞬之间

决定战争的胜负，

失败了叫苦于事无补。

太阳能烤灼田野山岗，

牧人躲进低矮的草房，

就可以把炎炎骄阳抵挡。

我的意思明白而又清楚，

怯懦者站在城墙后面，

受到鼓励也会变成勇夫。

〔一名士兵上场。

士　兵　将军，一个雄赳赳的摩尔人

骑着一匹枣红马，

飞快地逼近城下。

他有时走走停停，

左顾右盼地观察，

看似心怯其实胆大。

他手持皮盾腰挂刀，

长矛上带着小小的旗号，

帽子上插着几根翎毛。

如果您愿意,请登城瞧一瞧。

堂阿隆索　就在这里,我已看到。

来的是使者,我敢担保。

堂费尔南多　依我看,他是来挑战。

〔阿里穆泽尔带着长矛和盾骑马上场。

阿里穆泽尔　奥兰人,不论是官还是兵,

请你们仔细听:

你们用我们的鲜血

写出了你们杰出的事迹。

我的大名叫阿里穆泽尔,

是梅略纳城出生的摩尔人,

那里尽出摩尔美男子,

一个个勇敢而又豪爽。

这次不是穆罕默德派我到这里

现场考察了解

你们的宗教是好还是坏,

这样的事由他来掌管。

有一个威力更大的神,

既傲慢又温顺,

暴躁时像头怒狮,

温和时胜过羔羊。

此神是普通百姓摩尔姑娘,

是天下丽姝中的女王,

我是她俯首听命的奴隶,

我就是受此神的驱遣。

这倒不是说，我是只知砍杀、

冲锋陷阵的鲁莽之辈；

完完全全的钟情者不傲慢，

而是勇敢无畏。

总而言之，我爱她，

仅仅这句话

就可以说明一切，

足以使你们明白，

我认为我还有点儿价值。

不过，无论我是谁，

我已全身武装

来到这守卫严密、

庄严威武的城下；

这不是因为我在发疯，

而是表明，许下了诺言，

我就要将它实现，

否则战死沙场无留恋。

勇敢强壮的堂费尔南多，

你使摩尔人蒙受耻辱，

给基督徒增添了光彩，

因此我要向你挑战。

当然要讲个明白，

世上还有别的费尔南多，

我指的是萨阿维德拉，

我就要同他斗个高下。

你的威名如响雷，

传遍了四面八方，

轰隆轰隆惊动了

绝代佳人阿尔拉莎。

她要见到你，但不是尸体一个，

而是生擒活拿将你获得，

我来这里就是要将你拿下，

瞧这任务是多么艰难重大。

我已向她保证办到，

因为烦难艰苦事

落到痴情郎手里，

就能轻而易举地办好。

我现在给你机会，

出城来同我相会，

一对一，绝不把你亏待，

不过我要正言相告：

从远处战斗，

依靠的是火枪，

人多势众你才敢冲锋，

孤身一人你就畏缩不前；

你是借助黑夜的奥德修斯①，

而不是光天化日下的忒拉蒙；

你从未像绅士一样

拔剑与别人比过雌雄。

---

① 奥德修斯，希腊神话中人物。在攻打特洛伊城时，他采用木马计，半夜里藏在马腹中的士兵出来将特洛伊城攻破。所谓"借助黑夜"大概指此而言。

如果你不出战，我的话全是真；

如果你出战，一切重新评说，

无论战败还是战胜，

你的名声毕竟是真。

就在卡纳斯特尔附近，

我独个儿把你等候，

一直等到明天

太阳下山的时候。

比武中的失败者，

就成为得胜者的

真真实实的丰美奖品。

堂费尔南多，来吧，我把你等候。

〔阿里穆泽尔下场。

堂阿隆索　堂费尔南多，你以为如何？

堂费尔南多　这摩尔人彬彬有礼，

而且英勇无畏，

值得那美人儿

赐给他情与爱。

堂阿隆索　这么说，你是想出去？

堂费尔南多　他提出了这种要求，

我也无意朝后躲，

因为人人都知道，

凡是荣誉我就争。

请将军恩准，

不等太阳落山

我立即出城。

堂阿隆索　现在不允许考验

你那高尚的勇气。

我不愿让你出去，

因为你如果

查查军事条例，

你会发现你不属于你自己，

而是属于你的国王陛下。

战争中习惯古老，

规则①虽属重要，

毕竟只可参考，

为了公家的事，

个人的事必须放下。

驻守要塞的士兵

不属于他自己，

而属于派他驻守的长官，

他不能随便打仗，

只能投入受命的战争。

无论如何你不属于你，

而属于国王，由此推理，

我以国王的名义，有权将你管理。

你是作战的能手，

我决不能为了

一个痴情者的

愚蠢儿戏，

---

① 这里指个人之间决斗的规则。绅士遇到挑战，必须应战。

　　　　　　拿你去冒险。

　　　　　　堂费尔南多,这就是真理。

堂费尔南多　将军阁下,

　　　　　　您对我执行纪律

　　　　　　实在太严格,那摩尔人会说什么?

堂阿隆索　由他去说吧;

　　　　　　对于战争规律,

　　　　　　哪条我都记得,

　　　　　　按条条办事是我的职责。

堂费尔南多　至少必须答复他,

　　　　　　使他知道,为了服从您的命令,

　　　　　　我不出城应战。

古斯曼　堂费尔南多,

　　　　　　那家伙决不敢小看你。

堂阿隆索　古斯曼上尉,

　　　　　　把答复送去。

古斯曼　遵令,

　　　　　　我保证,

　　　　　　如果允许,我要叫这摩尔混蛋

　　　　　　好好消受,

　　　　　　他的爱情

　　　　　　会因这次挑战而完蛋。

堂阿隆索　答复他要有礼貌,

　　　　　　说话谨慎勿唠叨,

　　　　　　我相信你机智可靠。

　　　　　〔堂阿隆索和福拉廷下场。

古斯曼　　你是否愿意

　　　　　　我去答复时将他袭击，

　　　　　　送了他的命万事大吉？

堂费尔南多　　这样做对我太不利，

　　　　　　情况清楚不容置疑，

　　　　　　他只向我一人挑战，

　　　　　　而别人替我出战，

　　　　　　我的名誉受损太大。

　　　　　　但是如果那摩尔人

　　　　　　在那里多等候一天，

　　　　　　我就出城去见他，

　　　　　　即使别人要将他保护，

　　　　　　我也不会轻饶他。

古斯曼　　你有何办法？

堂费尔南多　　我的办法

　　　　　　是如此这般：

　　　　　　礼拜一我去巡逻，

　　　　　　当夜幕降临，

　　　　　　大地漆黑一片，

　　　　　　我从城墙跳进

　　　　　　城下的壕堑。

古斯曼　　壕堑太深，

　　　　　　小心丢了性命。

堂费尔南多　　有了勇气就有力量，

　　　　　　双脚就会长上翅膀，

　　　　　　我只对你诉此衷肠。

古斯曼　你知道我守口如瓶，

　　　　让我先出城去，

　　　　因为我希望此行

　　　　为你的胜利把道路铺平。

堂费尔南多　你是有益的朋友。

古斯曼　对，我是真正的朋友。

　　　〔二人下场。阿里穆泽尔及其仆人塞布里昂上场。"塞
　　　布里昂"，在阿拉伯语中意思是奴仆或马童。

阿里穆泽尔　塞布里昂，把马

　　　　拴在那棵棕榈树上；

　　　　让这匹骏马歇歇力，

　　　　我的脑子也可以休息，

　　　　不必为照顾它而劳神费力。

　　　　我将独自一个

　　　　在此放声哭泣，

　　　　或者恭恭敬敬地回忆阿尔拉莎，

　　　　同时等候着那位名声显赫者

　　　　来到沙场同我比个高下。

　　　〔塞布里昂低头而去。

阿里穆泽尔　基督徒，你真有福，

　　　　在你的战利品中

　　　　增添了一件宝物；

　　　　我徒然崇拜的丽姝

　　　　偏要将你亲眼目睹！

　　　　这就太令我心酸，

　　　　我的方寸已乱，

妒意使我明白此事非同一般:

有人不顾我活与死,

为的是让你活得喜滋滋。

不过我不会这么蠢,

如果我将你战胜,

不管是由于我的武艺或侥幸,

我当然要结果你的性命,

从此留下我的威名。

然而如果我要了你的命,

如何能完成

阿尔拉莎交给我的使命?

哎呀,哭笑不得眉头皱,

难以忍受也得忍受!

叽叽喳喳叫的鸟儿们,

你们散布爱情的哀与怨,

告诉我这种困境如何了?

是大发雷霆吵闹,

还是彬彬有礼地办好?

不过现在我还是去睡觉,

美人啊,请你原谅,

未得到你的允许,

我就让这悲哀的心灵

把痛苦减轻。

〔躺下睡觉。摩尔人纳科尔上场,他头扎绿头巾。

纳科尔　穆罕默德呀,

既然我的命注定得不到爱,

请赐给我别的恩惠：

我这不幸的纳科尔，

是你的亲戚。

我是亲王，血管中有你的血液①，

爱情对我太无情，

在我胸中将目标不断地晃动，

使爱神之箭

一支也不能射中②。

逼急了的兔子

也会鼓起勇气；

然而我不明白，

尽管在求爱者中

我最爱轻蔑，

看到我的情敌

睡在这里却不想报复打击，

不敢操起刀子将他了结，

甚至不敢碰他一根手指，

这岂不证明我胆小怕事。

安拉保佑我，这可是新事一桩，

我既嫉妒，又心虚发慌。

向前迈，还是站着不干？

我是否砍下一刀

除掉这爱情的难解的迷乱？

① 据说，在阿拉伯国家，这类亲王都是伊斯兰教始祖穆罕默德女儿法蒂玛的后代。

② 指爱神不能射中他的心，从而使他得不到爱情。

我若将此人除掉，

阿尔拉莎冷漠的心

可能会生长出情苗。

我该死，因为我不敢动手，

想干而手却在瑟瑟发抖。

〔古斯曼带着剑和盾上场。

古斯曼　请问，你是否是

堂费尔南多的挑战者？

纳科尔　我决无此斗胆，

我的心实在不幸，

里面装的是惧怕。

是那个躺着的摩尔人，

他交了好运，阿尔拉莎

对他发号施令又以目传情。

古斯曼　我觉得他在叹息。

纳科尔　如果他叹息，那是出于爱情。

古斯曼　阿里穆泽尔！

阿里穆泽尔　谁叫我？

古斯曼　你躺着睡觉，

如何为你的意中人效劳？

阿里穆泽尔　在梦中爱情的火焰

燃烧得更加旺盛，

因为在梦中出现

折磨我的幻觉、

我必须执行的任务、

使我怯懦的恐惧

和使我昂扬的嫉妒。

我正在细细思量，

发现唯独这个女子

才有如此奇怪的愿望。

你身上只有可笑的东西，

一点也没有什么了不起。

古斯曼　我也这么想。

不过，你为何说这话？

阿里穆泽尔　堂费尔南多，我承认，

你身材高大又潇洒，

与我相当又胜过我，

然而只是毫厘之差。

如果不是因为你

在摩尔女人中享有大名，

作为武装的军人，

你没有任何东西

令人生爱和钦敬；

我真不明白，阿尔拉莎

为何一心一意、千方百计

要见到你，而且要保全你的命。

古斯曼　摩尔人，你弄错了：

我打断你的话，

我不是堂费尔南多。

阿里穆泽尔　那你是谁？

古斯曼　他的朋友，

他的使者。

阿里穆泽尔　　告诉我，

　　　　　　他希望何时见我，

　　　　　　因为我在这里等候。

古斯曼　　聪明的摩尔人，你该知道，

　　　　　　我们那位英明的将军

　　　　　　不允许他出城来把你找。

阿里穆泽尔　　那为什么？

古斯曼　　因为他谨慎细心，

　　　　　　是指挥作战的能手。

　　　　　　他担心敌人来围城，

　　　　　　不愿意在

　　　　　　如此轻率的小事中，

　　　　　　让一位千军中的骁将

　　　　　　用生命冒险。

　　　　　　不过堂费尔南多说，

　　　　　　请你在这里等候，

　　　　　　他向你发誓，到了礼拜一，

　　　　　　在深夜中一定出城，

　　　　　　即使需要突破任何一方的围困。

　　　　　　如果你对此不满意，

　　　　　　而想试试你的运气，

　　　　　　并想少受损失和羞耻，

　　　　　　要用你优美强劲的臂膀

　　　　　　同我这瘦弱的臂膀比试，

　　　　　　如果把我战胜，

　　　　　　你可以把我交给那摩尔女人，

　　　　　　也许比活捉堂费尔南多更能得逞。

阿里穆泽尔　我并不这样想，

　　　　　　你的主意实在太走样。

　　　　　　阿尔拉莎派我来，

　　　　　　不为活捉你这虾兵蟹将，

　　　　　　即使把你带走，我也得不到她青睐。

　　　　　　请告诉堂费尔南多，

　　　　　　我一定按他指定的日子等他，

　　　　　　只有将他战胜，

　　　　　　才能满足你同我比武的喜好，

　　　　　　我才可以放心地

　　　　　　按你的意志行事；

　　　　　　因为你知道，

　　　　　　不允许当兵的放下首要任务

　　　　　　去干那无关紧要的勾当。

古斯曼　说得对。

阿里穆泽尔　这样，

　　　　　　我完全可得到原谅。

古斯曼　你说得好。

阿里穆泽尔　是的，我说得对。

　　　　　　你回去吧，告诉你的朋友，

　　　　　　我等他，请他不要来迟了。

古斯曼　愿你的穆罕默德保佑你。

阿里穆泽尔　愿你的基督保佑你。

　　〔古斯曼下。

阿里穆泽尔　纳科尔，怎么回事？你来干什么？

纳科尔　这样危险的事

　　　　你怎么能同意？

　　　　你接受了此事，死期临头，

　　　　看到你这样，

　　　　为了安拉，我为你感到难过。

阿里穆泽尔　怎么回事？

纳科尔　如果在夜间决斗，

　　　　对方出动大军

　　　　对付你一个，

　　　　这是很有可能的。

　　　　所谓堂费尔南多

　　　　身不由己不能来，

　　　　这不过是搪塞和借口。

　　　　基督徒一向狡诈，

　　　　他们早做了准备。

　　　　他们想在夜间捉住你，

　　　　因为无论把你杀掉或活捉，

　　　　连太阳也不能做证。

　　　　不要相信你的敌人；

　　　　阿里①，你一定要回去，

　　　　你会得到阿尔拉莎的原谅，

　　　　因为你已尽了努力而且做得更多更多。

阿里穆泽尔　纳科尔，你的脑子真灵，

　　　　给我出了好主意；

---

①　阿里穆泽尔这个名字可以分开，可称"阿里"，也可称"穆泽尔"。

但是我不能接受，

更不愿意倾听；

因为爱情

堵住了我的耳朵，

锁住了我的双脚和心灵。

纳科尔　你这样的想法是不错，

可留待更好的机会实施。

不成功便成仁

的企图要加以避免，

这才是聪明理智。

来吧，我会对阿尔拉莎解释，

使她觉得并且说，

你是勇敢的胜利者，

因为被挑战者不出阵，

就会抱愧蒙羞。

再说，当此城

被围困的时候

（谁也不能阻挡它被围），

你就可以按你心愿

干那对你方便的事：

那基督徒如果高傲、健壮，

他必定出城，

来到旷野应战。

阿里穆泽尔　纳科尔，你真了不起，

我听你的好主意。

好吧，咱们一起走，

既然你说,我可在围城时

完成现在未做的事。

纳科尔(旁白) 对,我一定这样做。

阿尔拉莎将感到羞耻,

那个基督徒不能用她吹牛,

从而将他的名声弄臭;

你们都将成为胆小鬼,

否则我嘴巴伶俐就是自吹。

〔阿里穆泽尔、纳科尔和古斯曼下场。阿尔考德特伯爵
堂阿隆索·德·科尔多瓦(奥兰城守将)同其兄弟堂马
丁·德·科尔多瓦及堂费尔南多·德·萨阿维德拉三人
上场。

伯 爵 堂马丁先生,最好

请你去马萨尔基维尔走一遭,

因为那里

需要你的部队

去增援;

敌人的轻装部队

首先朝那里冲击。

然而你们必胜无疑,

因为怯懦者一望可知,

穿上铁甲也无法掩饰。

那些混蛋摩尔人

依靠人多势众,

对咱们躲躲闪闪,

一旦遇到坚固的防卫,

就只能颓丧地败退。

尽管你看到

他们大喊大叫，

不过是为壮胆而吹的口哨；

在枪林弹雨中，

果敢的狮子默不作声。

堂马丁　你是我的长官和兄弟，

我服从你，

我将尽力而为不遗余力；

异教徒的大喊大叫

和人海战术都不能把我们吓倒。

将军，给我弹药，

我想，只要有了弹药，

在你指派的任务中

我将把西班牙人的光荣

大大加以发扬。

〔一位带请愿书的市民上场。

市　民　将军，请允许我给您

宣读这份请愿书。

伯　爵　读吧，来得正是时候。

市　民　堂娜伊莎贝尔·德·阿韦利亚内达

代表本地全体妇女报告，

昨天听到您发布的消息，

由于担心被包围，

您要把城中老幼和妇女，

全都送回西班牙；

这是慎重的决定,尽管有点儿吓人。
妇女们为此向您请求,
她们全都愿意上城,
去搬木运土,
也可用蘸醋的布,
为抵抗的勇士们擦汗,
为伤员们擦拭血迹;
姑娘们将排成队,
传递那蘸醋的布,
用娇嫩的声音向天呼喊,
求上帝怜悯慈悲。
她们的父亲以粗壮的臂膀
保卫他们的城墙和生命,
孩子们将乐意
与老人们一起
返回西班牙,
因为他们干不了什么事。
然而她们有用,
决不离开这里,
因为她们愿意
为上帝及其律法、为祖国,
在为上帝效力中牺牲自己,
如果命遭不测,
也要向她们的丈夫最后道别,
她们希望怀着基督徒哀伤的感情
为她们的父亲合上眼睛。

总之,将军,她们留下利大于弊,

因此她们全体

请求将军收回

有关妇女的命令,

如果您这样做,就是为上帝效劳,

同时也给予她们极大的恩赐。

将军,这就是请愿书。

伯　爵　我从未有过此类想法,

也不会因胆战心惊

而采取如此的应变做法。

请你告诉她们,我感谢并接纳

她们豪迈的建议;

她们的赫赫名声

将镌刻在青铜板上,

使之名垂千秋。

这就是我的答复,

你去吧,愿上帝保佑。

市　民　她们确确实实显示了

坚强无畏、一往无前的勇气。

〔古斯曼上尉上场。

伯　爵　古斯曼上尉,那摩尔人怎么说?

古斯曼　他悻悻而去。

堂费尔南多(旁白)　他真的走了?

古斯曼(旁白)　他在等你,因此他的表现说明,

他不仅勇敢,而且谨慎。

堂费尔南多(旁白)　我一定要出城。

古斯曼(旁白)　我不知道你能否办到，

　　　　　因为敌人很快要把城围困。

堂费尔南多(旁白)　我如果将他战胜，

　　　　　很快就回来；如果战败，

　　　　　那就不会回来，因为我就是无用之人。

伯　爵　那摩尔人看来很勇敢！

古斯曼　确实勇敢，

　　　　　而且是个彬彬有礼的多情郎。

〔此时一个名叫布伊特拉戈的士兵带着无鞘的剑上场，
剑把上挂着擦油的布条和几段绳子，后来他被弄得很狼
狈。他手持为炼狱中幽魂们募捐的小牌牌，为幽魂们募
捐。为幽魂们募捐，实有其事，我亲眼目睹；募捐理由将
在后面提到。

布伊特拉戈　先生们，赏给鬼魂们点儿钱吧，

　　　　　你们知道，这对我很重要。

伯　爵　喂，布伊特拉戈老弟，

　　　　　今天讨到多少？

布伊特拉戈　一共三个铜板。

堂马丁　你用这几个铜板买了什么？

布伊特拉戈　几乎买不到什么，只买到：

　　　　　一副牛肺和一百条沙丁鱼。

堂马丁　足够今天吃的啦。

布伊特拉戈　我的老天爷，

　　　　　不够我塞牙缝！

堂马丁　你今天同我一起吃饭。

布伊特拉戈　要是这样，

买的就够今天午饭吃的了。

堂马丁　口粮呢？

布伊特拉戈　什么？口粮？

早就入肚了，

还占不到棋盘格子那么大的地方。

堂费尔南多　真能吃！

古斯曼　他能吃得很，

伯爵舍给他这份钱，

为的是让他吃饱。

布伊特拉戈　那有什么用？

大家都知道

没有人给鬼魂念一句超度经，

如果有人给我半个铜板,那是奇迹；

所以我就为我的肚皮讨钱，

而不是为鬼魂。

堂马丁　这倒是，

想得实在周到。

布伊特拉戈　哎呀,我尽管出身高贵，

可谁个不知谁个不晓，

我吃六个人的饭,战场上顶七个强将！

上帝的神体与我同在！

请把食物填满我的嘴，

千万个摩尔人前来我都能抵挡；

如果我吃十个人的饭，

战场上我能顶二十个勇将，

大家就知道我布伊特拉戈到底怎样。

伯　　爵　　布伊特拉戈,你说得对,

　　　　　　然而现在,如果本城被包围,

　　　　　　只要你显示你的勇气,我将安排

　　　　　　发给你七份口粮,你不要再为募捐拌嘴。

布伊特拉戈　　不再募捐,

　　　　　　到那时不必拌嘴,而要动手,

　　　　　　不要索取,而要给予;

　　　　　　从炼狱请出的不是幽灵,而是刀子,

　　　　　　用刀子把那敢于来犯的摩尔人

　　　　　　一个个送进地狱赶进鬼门。

　　　〔小厮上场。

小　　厮　　布伊特拉戈,把魂灵儿给我,给我!

布伊特拉戈　　婊子养的,你竟敢胡说!

　　　　　　鬼孙子,不管你是谁,你难道不知,

　　　　　　即使我有一百个身子、一百个魂,

　　　　　　那也只为我的国王作牺牲,

　　　　　　像你这样耍无赖,一个也不给?

堂马丁　　塞雷塞达,不要讨厌。

小　　厮　　把魂灵儿给我!

布伊特拉戈　　去你娘的!……

伯　　爵　　布伊特拉戈,算啦;

　　　　　　他们要你给,你不给就算啦。

布伊特拉戈　　随便什么阿狗阿猫,

　　　　　　竟敢向我讨灵魂!

　　　　　　我发誓,如果不是伯爵在此,

　　　　　　臭小子,我几脚踢出你的灵魂,

尽管魔鬼把你当宝贝，会将我阻挠。

伯　爵　算啦算啦，布伊特拉戈；

收起你的魂，献出你的手，

我向你保证，已到了用手的时候。

布伊特拉戈　请诸位先为幽灵们捐献，

这事一做马上灵验。

堂马丁　给你。

布伊特拉戈　啊，战无不胜的堂马丁，

多么慷慨大方！如果像传闻那样，

你去马萨尔基维尔，

我一定在你麾下当兵。

堂马丁　你一定是我的同志和伙伴。

布伊特拉戈　上帝保佑，你是勇敢的骑士！

〔众人下场。阿尔拉莎及其女奴奥罗佩萨上场。

阿尔拉莎　阿里穆泽尔还不回来！

不知那个基督徒是什么模样。

奥罗佩萨　小姐，你对他

如同以残酷闻名的

美狄亚①。

你派他出差，

似乎表示

不让他活着返回。

阿尔拉莎　派遣他去，部分缘由在我，

全部缘由却在你，因为是你引起。

---

① 希腊神话故事中有巫术的女人，杀死自己的亲生儿女。

你对我讲述那个费尔南多的业绩，

对他倍加赞扬，

你的话从此

深深地铭刻在我心上。

由此便萌发了

一个笨拙或丑陋的愿望，

这种念头因好奇而变得虚妄，

只为了见到一个有名的男人，

尽管名人我见过千千万。

我不慎重考虑，一味地好奇，

命令阿里穆泽尔

去干那虚妄之事；

但我对他并非表示不快，

也不是加以威逼。

他至今不返回，

我失去了希望，

我那胡思乱想

没有达到愿望，

这是该得的报偿。

我有一副刚烈心肠，

如男子汉般坚强，

我喜欢那撕肝裂胆、

面对着死亡之神

也敢于挑战的好汉。

我就愿意见见

有勇有名的男子汉，

他一咬牙令人眼花耳鸣，
一挥手能断钢裂筋，
一瞪眼使人震惊。

奥罗佩萨　如果阿里穆泽尔返回，
将堂费尔南多捉来，
小姐，你在他身上将看到
我对你讲述的
丝毫不是夸张。
你也许会说我是饶舌婆，
因为相识的阿里穆泽尔
更有胆量，勇气更多。
其实是输家的名声
转移到了赢家身上。
不过，万一老天爷
将胜利判给费尔南多，
你当然会失望难过，
因为他的名声
在你心中如插翅飞升，
而你却不能将他瞻仰，
你想目睹他丰采
的愿望会随之而增。

阿尔拉莎　你说得很对；
女人说话反复不定，
弄得人东西南北分不清。

〔阿里穆泽尔和纳科尔上场。

阿里穆泽尔　小姐，真心爱你的奴隶

　　　　来到你的面前，

　　　　请伸出手或脚让他亲吻。

阿尔拉莎　哎呀,先生,勇敢的人,

　　　　为何如此屈膝谦逊?

　　　　起来吧,不要这么生分。

阿里穆泽尔　我遵命站起来。

阿尔拉莎　你是战败了还是战胜了?

阿里穆泽尔　纳科尔会来讲明,

　　　　他在现场看得清。

纳科尔　受挑战者

　　　　不愿出战,

　　　　然而可以原谅他。

阿尔拉莎　那个威名远扬、令人惊慌

　　　　的勇士原来是这样?

　　　　对他这样的行为

　　　　如何可以原谅?

纳科尔　他的上司不让他出城,

　　　　他本人毫无责任,

　　　　然而阿里穆泽尔把责任推给了他;

　　　　他们已经商定,

　　　　再等候一天,

　　　　他一定出城来比个输赢。

阿里穆泽尔　纳科尔,你疯了吗,

　　　　我真不知为什么没有要了你的命。

纳科尔　你不要威胁我,

　　　　也不要如此无礼,

免得我对你不客气，

因为你知道我是亲王，

敢碰我一下，就罪该万死。

阿尔拉莎　别说了，我的勇士，

我明白其中真情，

谁都不必争辩，

反正是他没出城，你也没有将他等。

纳科尔　是这样。

阿里穆泽尔　这亲王信口胡说！

安拉，他真是把恶事做绝！

纳科尔　你没有把他抓来，

不就说明了真情？

阿里穆泽尔　他关在城里，

我怎能将他捉拿？

你难道不知，

来了一名信使

代他对我做了答复？

纳科尔　我只知约好要等他，

其他我一概不知道。

阿里穆泽尔　难道你没有建议

我返回？

纳科尔　你错了，

我做得对，因为我想

这个建议是给的胆小鬼。

阿里穆泽尔　真是活见鬼！

我要把你砸个粉碎！

纳科尔　　我是亲王,你不能

　　　　　用胳膊也不能用牙齿碰我,

　　　　　更不能用粗壮的胳膊

　　　　　招惹我;

　　　　　你知道,穆罕默德

　　　　　把亲王的事当成他的事业,

　　　　　保卫他,并且使侮辱他的

　　　　　傲慢者拜倒在脚下,

　　　　　把他制服得老老实实。

　　〔两个摩尔人上场,他们将堂费尔南多捉来,后者没带
　　剑,只身一人。

阿里穆泽尔　　此人是谁?

摩尔人甲　　这个基督徒

　　　　　昨天被你的作战小队捉到,

　　　　　地点是在奥兰城郊。

堂费尔南多　　这混蛋胡说八道!

　　　　　是我自己束手投降,

　　　　　既不逃跑,也未抵抗。

　　　　　如果我不想投降,

　　　　　别说三个小队,三百小队人马

　　　　　也不能将我擒拿。

阿里穆泽尔　　你被俘了,

　　　　　还耍什么威风。

堂费尔南多　　我可以自我赞扬。

阿尔拉莎　　你是谁?

堂费尔南多　　是个小兵,

我来是为了进你们的大牢，

　　心里高高兴兴，

　　因为我不能容忍

　　勇敢打仗却得不到好薪金。

阿尔拉莎　那你是愿意当奴隶？

堂费尔南多　我很高兴，

　　把我交给一个主人，由他发号施令。

阿尔拉莎　真是荒唐透顶！

堂费尔南多　我就是靠荒唐苟活。

奥罗佩萨　此人定是堂费尔南多，

　　赞美他的话我说了一大箩，

　　他既不是被捉来又没有被打死，

　　我也不知他是如何来到这里，

　　更猜不透他心里是否有底。

　　在与他单独谈话之前，

　　默不作声最妙，

　　他的来到真使我惊奇。

阿里穆泽尔　阿尔拉莎，把这名小兵

　　交给你使唤，行不行？

　　如果昨日是他

　　离开奥兰的第一天，

　　他也许能说出我是否做得恰当；

　　我认为他也许知道

　　我是勇夫还是胆小鬼。

　　你告诉我：你是否听说

　　一个不幸却有信心的摩尔人

挑战叫阵？

堂费尔南多　那摩尔人被看作好样的，

是个有教养、有胆量的好汉。

受挑战者没有出城，

因为守将出于某种禁令，

阻止他出去对阵；

然而后来他打错了主意，

据我所知他出了城，

想在旷野找到

那勇敢的阿里；

他想找你比个高低，

由于我与他同行，

我来到这里，

现在已认出了你。

阿里穆泽尔　小姐，这可是万确千真，

应该让纳科尔闭嘴静听。

奥罗佩萨　嗜！什么时候

我才能同他交谈，

我有多少事要告诉他！

纳科尔　那个基督徒出城找你，

可你却拨马而回，

连多等一天也不干，

这不说明你是个胆小鬼？

阿里穆泽尔　要不是你吹嘘

你的谨慎机智，

我决不会返回。

纳科尔　一个聪明教徒的建议

　　　　被一个怯懦者歪曲盗用。

阿里穆泽尔　阿尔拉莎,我回去,

　　　　把那基督徒带到你面前,

　　　　不论他是死还是活。

纳科尔　你返回也无用。

阿尔拉莎　算啦,由他去;

　　　　听到有人叫阵,

　　　　他不跳下城墙

　　　　拔出锋利的宝剑,

　　　　他那赫赫威名

　　　　一定虚假不是真,

　　　　既然如此,我不想见他;

　　　　即使你不损他一根毫毛

　　　　而将他拿下。

堂费尔南多　堂费尔南多是条好汉,

　　　　要把他拿到决不简单。

　　　　我熟悉他如同对我本人一般,

　　　　知道他是个讲信义的英雄,

　　　　他肯定会主动应战,

　　　　并会寻找机会

　　　　与阿里打个天昏地暗。

阿尔拉莎　他勇敢吗?

堂费尔南多　跟我一样。

阿尔拉莎　他模样可俊?

堂费尔南多　说不上英俊,

　　　　可我觉得他长得相当好。

阿里穆泽尔　　这些话我越听越生气！

阿尔拉莎　　有人爱他吗？

堂费尔南多　　吹啦。

阿尔拉莎　　这么说他有过。

堂费尔南多　　我认为是这样。

阿尔拉莎　　他会移情别恋吗？

堂费尔南多　　一个人的愿望

　　　　未必永久不变。

阿尔拉莎　　他有胆量吗？

堂费尔南多　　不仅有胆量，而且有力量。

阿尔拉莎　　长得潇洒吗？

堂费尔南多　　是个白净的后生。

阿尔拉莎　　拳脚如何？

堂费尔南多　　十八般武艺样样精通。

阿尔拉莎　　这么说，他武艺高超？

堂费尔南多　　像个战神。

阿尔拉莎　　他可勇猛无畏？

堂费尔南多　　像狮子一样。

阿尔拉莎　　基督徒啊，凭你所有这些品德技能，

　　　　完全可以接纳你为摩尔人。

阿里穆泽尔　　阿尔拉莎，别说啦，

　　　　在你面前哪个不

　　　　甘心为你效命。

阿尔拉莎　　我喜欢高傲的他，

　　　　勇猛果敢武艺强。

阿里,去把那个基督徒找来;

我向你保证,只要你把他带来,

我就当你的太太。

堂费尔南多　这件事你指派他去干,

必定劳而无功空手回。

纳科尔　你们基督徒就爱胡说乱吹!

堂费尔南多　至少这个受到赞扬的人是如此。

阿里穆泽尔　这里自有人勇气不一般,

能夺下大力神赫丘利

手中挥舞的狼牙棒。

这里尽管有人阻挡,

自有人敢于承当

阿尔拉莎安排的大事一桩。

堂费尔南多　事情往往是这样,

想订购的物品人家就是不供应,

有人把事情满口应承,

心里却不愿意执行,

即使执行也不能办成。

纳科尔　谁允许你

插嘴乱掺和?

堂费尔南多　我就老老实实直说,

有的事我有权评说,

因为我是堂费尔南多的朋友,

对他的英勇果敢我都清楚,

而且亲眼见过。

阿里穆泽尔　战场上的勾当

说不清道不明变幻无常，

勇敢者和气壮如牛者

有时候就是败在

胆小畏缩者手上。

正义的事业

安拉自会相帮。

堂费尔南多 阿里，你这事有什么道义？

奥罗佩萨 拙嘴笨舌

会使你丧命。

阿里穆泽尔 爱神看顾有情人，

他会给我帮助显神灵；

有无道义不必发愁，

弱小的穆泽尔决心

战胜英勇的堂费尔南多。

阿尔拉莎 此话多么傲慢无礼！

阿里穆泽尔 你的心冷酷得出奇！

阿尔拉莎 这个基督徒留在我这里，

阿里、纳科尔，你们走吧，

愿安拉保佑你们。

纳科尔 愿安拉保佑你。

阿尔拉莎 下午你们再来见我。

〔除费尔南多和奥罗佩萨外，其余的人下场。

奥罗佩萨 你好，大兵！你是谁？

先生，你在倒霉时候来，

干上了这种差事，

同你的声誉太不相称。

堂费尔南多　　我趁此机会,向你

简短地诉说我的不幸经历。

我的上司不让我

接受那位摩尔人

对我的挑战。

为了保全

我勇敢的名声,

我从城墙缒下,

我正想寻找

现在尚在设法寻找的事,

一小队士兵走来,

发现了我。

夜色漆黑,

眼看我的希望

全部破灭,

我只能认命。

我撒了谎,交出了剑;

我告诉他们,

我是自愿

过来归降,

他们把我带来

引见主人。

他们告诉我,

这个阿里是我的老爷,

我就如此被迫而来,无力反抗。

我已将一切告诉你,

　　　　　对你已无丝毫隐瞒。

　　　　　请不要叫我的名字，

　　　　　因为我看那位摩尔美女

　　　　　打定了见到我的主意。

奥罗佩萨　　我认为她已经爱上

　　　　　你勇敢无畏的名声。

　　　　　你该发现，

　　　　　女人的主意

　　　　　说变就变。

堂费尔南多　　穆泽尔回来了，我听到了脚步声。

奥罗佩萨　　不知他要干什么。

　　　〔阿里穆泽尔上场。

阿里穆泽尔　　奥罗佩萨，静听我讲，

　　　　　请你保守秘密，

　　　　　这全要靠你谨慎的美德；

　　　　　对你的美意我保证

　　　　　给你相应的奖励。

　　　　　我将给你自由，

　　　　　如果你愿意

　　　　　返回奥兰，

　　　　　我将给你

　　　　　安排得体面又舒适。

　　　　　同时我请你们

　　　　　给我找出一个

　　　　　体面又像样的方式，

　　　　　使我无论在每个细节还是在整体上

都显出绅士风度，

还要给我指出，

我何时何地又如何

可以在战场或决斗场

同勇猛的费尔南多

拔剑较量。

也许如阿尔拉莎说的那样，

我在忠实执行任务中

会被对方战胜。

因为我求爱的奢望

不能改变她的初衷，

她的主意却更坚定，

而她命令我执行的任务中

任何危险都可能发生，

不幸的人不可能

安稳地打开幸福之门。

堂费尔南多　　我将把你的愿望

全部转告你的敌人，

现在我同你在一起，

不会有不忠实的问题，

因为不忠实的事我从不干。

阿里穆泽尔　　那基督徒并非敌人，

只是个对手，美丽的阿尔拉莎

有了这个强烈的念头，

引起了这场纷争，

招致了叫骂和明争暗斗。

堂费尔南多　彬彬有礼的阿里穆泽尔,

　　　　　　这事你就放心交给我,

　　　　　　我从速同他联系沟通;

　　　　　　而且作为一个忠实的朋友,

　　　　　　我要为你尽友人之谊,

　　　　　　因为尽管律法隔绝咱俩的友谊,

　　　　　　却不阻止我显示绅士气度,

　　　　　　相反却要求符合绅士惯例,

　　　　　　要以绅士风度衡量自己。

　　　　　　你放心走吧,我会考虑

　　　　　　在一个恰当的时候,

　　　　　　将计划中的事一件件做到。

阿里穆泽尔　愿穆罕默德保佑你,

　　　　　　多多看顾照料你。

　　　　〔阿里穆泽尔下场。

堂费尔南多　这真是美差。

奥罗佩萨　你运气好,让你得着了。

堂费尔南多　这差事难办吗?

奥罗佩萨　好办,

　　　　　　不用催逼就动起来了。

堂费尔南多　奥罗佩萨,千万保密,

　　　　　　否则会丧了性命。

　　〔二人下场。古斯曼上尉与罗夫莱多少尉争吵着上。

古斯曼　罗夫莱多少尉,

　　　　　我奉劝你

　　　　　这种话不要再说。

罗夫莱多　不行，

　　　　　我既然毫无顾忌地说出，

　　　　　就不会因害怕而闭嘴不说。

　　　　　他此去即使不是背叛基督，

　　　　　在此非常时期擅自离开城堡，

　　　　　行为也不见得好。

古斯曼　对上级和首长，

　　　　不可如此胡讲。

　　　　叛教决不可能，

　　　　如果你硬要这样说，

　　　　那就是造谣诽谤。

　　〔二人打将起来。

罗夫莱多　啊，太可怕了！

古斯曼　好吧，由你胡说个痛快，

　　　　我给你点儿苦头尝尝，

　　　　叫你以后管住你的嘴。

　　〔阿尔考德特伯爵在堂马丁·德·科尔多瓦陪同下

　　出场。

伯　爵　弟兄们，住手！

　　　　这么厮打究竟为何？

古斯曼　这家伙勇气不多，

　　　　肚里的坏水不少！

　　　　他说，堂费尔南多

　　　　是出逃叛教，

　　　　我的天哪！他是胡说，

　　　　他是胡说，无论如何

他是胡说八道。

伯　爵　无礼！

把他送去关禁闭。

古斯曼　这种凌辱不能使我羞愧，

也不使我丢脸，因为

我是为了朋友而受到

法律的制裁。

伯　爵　把这位少尉也关起来，

等这次围城过后，

他们自会言和，不再胡闹。

罗夫莱多　求您对我关照：

禁闭间要像家里一样。

堂马丁　对啦，让你们两人都住单间。

〔将少尉押下。

兵士甲　报告，哨兵刚发现，

一艘船出现在东边。

堂马丁　挂的是什么帆？

兵士甲　我看那是三角帆。

伯　爵　咱们一起去迎接海军到来。

第 二 幕

出 场 人 物

阿尔拉莎

堂费尔南多

奥罗佩萨

纳科尔

博斯梅迪亚诺——老人

堂娜玛加丽塔——扮成男子的少女

布伊特拉戈

堂马丁

伯爵

古斯曼——上尉

阿里穆泽尔

拜朗——叛教者

一个摩尔人

〔阿尔拉莎、堂费尔南多和奥罗佩萨上场。

阿尔拉莎 基督徒,你叫什么名字?

我不知你的大名。

堂费尔南多　我叫胡安·洛萨诺,

　　　　　　在非洲各地

　　　　　　此名人人皆知。

阿尔拉莎　我从未听说过。

堂费尔南多　此名同勇敢的费尔南多的名字

　　　　　　经常并列在一起。

阿尔拉莎　你太自夸!

堂费尔南多　我不是在吹牛。

阿尔拉莎　你究竟有哪些业绩?

堂费尔南多　我以同样的本领和魄力

　　　　　　建树了与他同样的业绩,

　　　　　　而且不止一次同他一起,

　　　　　　奋战拼杀出生入死。

阿尔拉莎　他是你的朋友?

堂费尔南多　亲如手足。

奥罗佩萨　请你讲讲,他到底有没有

　　　　　出城迎战我们那摩尔汉?

堂费尔南多　他在任何情况下

　　　　　　总是保住他勇猛的名声。

阿尔拉莎　这么说,阿里是胆小鬼。

堂费尔南多　不是这么说。堂费尔南多

　　　　　　可能出城时间晚,

　　　　　　阿里没有机会

　　　　　　显示他的威力。

　　　　　　我觉得那摩尔亲王

　　　　　　不顾朋友的面子，

　　　　　　指责穆泽尔的过失。

阿尔拉莎　对于他的努力和过失，

　　　　　　真实情况我一无所知。

堂费尔南多　假如穆泽尔

　　　　　　把费尔南多带来，

　　　　　　你想怎么办？

阿尔拉莎　我将非常赞赏

　　　　　　他过人的本领。

　　　　　　而那基督徒

　　　　　　非凡的名字虽曾使我

　　　　　　产生渴慕他的念头，

　　　　　　我对他就不再那么欣赏。

奥罗佩萨　而我，只要看见洛萨诺，

　　　　　　就好像见到了费尔南多。

阿尔拉莎　怎么，竟那么相像？

奥罗佩萨　若两人站在面前，

　　　　　　我不能将他们分辨；

　　　　　　他同他完全一样，

　　　　　　胳膊也同样坚强。

阿尔拉莎　那壮士做了什么功绩，

　　　　　　能使他的名声

　　　　　　到处传扬？

奥罗佩萨　谈及他的武艺和幸运，

　　　　　　请先听他的一个功绩，

　　　　　　你也许会吃惊。

在阿尔及尔的一个海湾，

距奥兰大约五海里的地方，

驶近了一艘

载满土耳其人的双桅船。

哨兵急忙向将军报告，

将军闻讯，急忙调集士兵，

率领精壮三百名，

风驰电掣向那海湾增援。

那艘船离岸很近，

土耳其人纷纷上岸，

展开了一场厮杀，

真是前所未见，万分危险。

士兵们急忙开枪，

一次又一次地射击；

打得土耳其人不敢上甲板。

然而要使那船靠岸，

却找不到靠岸的铁钩；

勇敢的堂费尔南多

果断迅速跳下海。

土耳其人来不及收锚，

正要慌慌张张

把缆绳砍断，

费尔南多把缆绳狠狠抓住。

他使出神力一拉，

那艘船就像一条小船，

船尾掉过来

在沙滩上搁浅。

他爬上岸,纵身一跳

又上了船,真如晴天霹雳,

土耳其人以为基督徒从天而降,

一个个吓得晕头转向。

堂费尔南多看出他们害怕,

大叫道:"胜利啦,胜利啦!"

他的声音因愤怒和劳累

而变得沙哑。

他的声音随风传扬,

他手执胜利的宝剑,

从船尾到船首

来回反复砍杀。

他独自一人将那船俘获,

阿尔拉莎,你看这功绩

是否足以使他的威名

传向四面八方。

他武艺高强,

打遍梅略纳①,

威镇特莱美生,

慑服了博纳。

一百摩尔人在他手中丧命,

一次决斗中他一人对付七条好汉。

被他俘获的人中

---

① 地名。以下"特莱美生"和"博纳"均为地名。

二百人在划船服苦役，

还有一百人在地牢里等候判决。

在平时他温顺谦恭，

战场上无人可与他匹敌，

无论是基督徒

还是穆罕默德的门徒。

阿尔拉莎　啊,这个名声赫赫的西班牙人!

奥罗佩萨　赫丘利、赫克托耳①还有罗尔丹②

都会在他面前受到考验。

阿尔拉莎

论勇敢,奥兰城里数他独一个。

奥罗佩萨　这样的英雄天下无双。

〔纳科尔上场。

阿尔拉莎　那个纳科尔实在讨厌,

纠缠着我一遍又一遍。

奥罗佩萨　你对他

要诚实而又礼貌。

堂费尔南多　要设法让他明白,

这样纠缠、追求都是徒劳。

纳科尔　美丽的阿尔拉莎,

我已决定

将那基督徒捉来,

就这样我马上要去奥兰。

---

① 赫克托耳,希腊神话中特洛伊城的名将。
② 罗尔丹,法国古代名将,即骑士罗兰。

阿尔拉莎　我祝愿你

取得成功,交个好运,

因为你是接受我的意志而去,

我的心为见到你

而极为高兴。

纳科尔　阿尔拉莎,你说得对;

将来有一天

我要求你爱我。

阿尔拉莎　现在不要开玩笑啦,

请你赶快出发。

堂费尔南多　倘若纳科尔不是开玩笑,

他说到定能做到;

因为受青睐的多情郎

是一头凶猛的雄狮,

为了他心上的姑娘

将冲击熊熊的火焰

和咄咄逼人的死亡。

奥罗佩萨　你干这件事

比他更妙。

堂费尔南多　奥罗佩萨,对不起,请你住嘴。

纳科尔　在这种情况下

穆泽尔只能认输,

因为他没有努力

捉到那基督徒,

而我却能将他献给你。

阿尔拉莎　纳科尔,够啦,你出发吧。

　　　　我已经发了话。

纳科尔　小姐,请向我伸出你的手,

　　　　给我以祝福和慰酬,

　　　　你的奖励将温暖我这爱慕你的心。

阿尔拉莎　纳科尔,请你自己尊重,

　　　　不要这般屈辱谦恭。

　　　　你是亲王殿下,站起来,

　　　　拜倒在我脚下令我惶恐,

　　　　穆罕默德对此岂能宽容?

纳科尔　对这样的崇敬和礼拜,

　　　　他会当好事和圣事对待,

　　　　请放心吧。

　　　〔纳科尔下场。

阿尔拉莎　你也放心去吧,

　　　　这件事办完,

　　　　同他的争吵也就了结。

堂费尔南多　这个摩尔人拿出了绝招!

奥罗佩萨　这位美人同他玩的是虚招。

阿尔拉莎　你们都来,

　　　　咱们三人一定都要去观看

　　　　我那勇敢的多情郎们开战。

奥罗佩萨　如果人们看见咱们去,

　　　　一定会看见咱们回来。

　　　〔三人下场。博斯梅迪亚诺老人和女扮男装的堂娜玛加
　　　丽塔上场。

博斯梅迪亚诺　为什么匆匆地赶到奥兰

又匆匆地离开？

这样做事令人为难！

堂娜玛加丽塔　为了追求残酷的爱情，

走了一程又一程。

博斯梅迪亚诺　玛加丽塔，我对你说过，

谁跟着盲人走，

就会吃苦头。

堂娜玛加丽塔　亲爱的老师，我不否认

你的话说得极有道理；

然而开弓没有回头箭，

迈出了步子不能再回头，

你说我又该如何？

博斯梅迪亚诺　你如果好好考虑，

他是摩尔人，就能使你回头。

堂娜玛加丽塔　堂费尔南多是摩尔人吗？

博斯梅迪亚诺　满城的孩子们

都在这么传说。

堂娜玛加丽塔　难道他做了天大的坏事！

我为此而愤怒着急！

老师，我不相信。

博斯梅迪亚诺　你做得对；

然而我觉得

他既不像基督徒，

也不像摩尔人。

堂娜玛加丽塔　我想见到他。

博斯梅迪亚诺　你的愿望总是虚妄。

堂娜玛加丽塔　我的命运需要这样；

　　　　　　如果将我埋葬

　　　　　　在这非洲土地上，

　　　　　　仍不能将我的痛苦了结，

　　　　　　那就证明我命苦不吉祥。

博斯梅迪亚诺　小姐，你该不会说

　　　　　　我没有给你出过

　　　　　　既善良又保全面子的主意吧。

堂娜玛加丽塔　谨慎者和老人们

　　　　　　总是出好主意；

　　　　　　然而狂妄、年轻

　　　　　　这本身就形成阻碍，

　　　　　　看不出他们的好心，

　　　　　　更不可能违逆己意，

　　　　　　把事情谋划得合宜。

　　　　〔布伊特拉戈携募捐牌上场。

布伊特拉戈　请诸位给我施舍，

　　　　　　以帮助那些地府幽灵，

　　　　　　这能给你们自己积阴德。

堂娜玛加丽塔　幽灵们会在我的火中燃烧。

博斯梅迪亚诺　阿纳斯塔西奥，不要多嘴；

　　　　　　不要说任何

　　　　　　难听而又古怪的话。

堂娜玛加丽塔　老总，请你走开，

　　　　　　我们没有零钱。

布伊特拉戈　这个回答很文雅！

尽管我有罪,请给我钱吧。

我就是这个样,

穿戴齐整好形象!

给我钱吧,我多么着急,

而他们却慢慢悠悠,

他们是外地来的新客,

不知道在奥兰

有人为鬼魂们募捐!

公子,收起你绵软的手,

拿出施舍的钱再走。

瞧我干什么? 拿钱来。

伸手摸钱,而不要拔剑,

用剑的时候以后会有。

博斯梅迪亚诺　想得施舍,

需靠恳求,

强要只能出丑。

布伊特拉戈　在奥兰讨钱,

就靠强要这招。

这些鬼魂生前都是大兵,

一向就是强要钱。

这里没有一个病死在床,

有人递药,有人送汤,

有人侍候,有人安慰;

这里都是在拼杀中死亡,

在弹雨下炸开胸膛。

这些鬼魂

面目凶残可憎，

手中持刀，大声呼叫，

为他们痛苦的幽灵

要求在这里替他们募钱。

奥兰的鬼魂

尽管在地府阴曹，

仍然谦恭温良，

他们说，诸位给我的施舍，

都是他们度日的口粮。

我苦口婆心，

忍着饥肠辘辘，

为他们调解纠纷，

诸位给他们的钱中

我当然要分得一份。

博斯梅迪亚诺　　兄弟，你说的我不懂，

也无钱供施舍用。

布伊特拉戈　　我真想哈哈大笑地走开！

哪里冒出个这么可怕的亲戚来？

我这衣服，像野人或流浪汉，

谁见了会不笑话咱？

然而你知道，这粗呢服装，

包裹着的是一个

能荣耀一个家族的好汉。

这位是伯爵，多了不起的人物！

然而当他给我施舍的时候，

心疼得头脑发晕直发怵。

奥兰的冤魂们,多可怜,

你们手头拮据日子紧巴巴,

祈求上帝,让人们给我钱,

因为如果我肚皮吃得饱饱,

我将为你们祈祷一遍又一遍,

每年为你们作祭祀纪念,阿门。

〔伯爵、堂马丁、古斯曼上尉和纳科尔上场。

纳科尔　将军,我可以保证,

派少数几名士兵,

在寂静的黑夜里,

我能轻易把我说的那猎物交上。

因为一切要看事实,

我乖乖地把双手绑住,

让别人将我押送而去,

我可以当向导,在天黑前指引路线。

我爱美丽无比的阿尔拉莎,

是她的倩影夺去了我的魂,

为了她我才干出背信弃义的勾当,

我只要这宝贝猎物的身。

为了她我才把这丑恶勾当

不看作卑鄙,反当作伟大高尚;

为了争夺天下或追求爱,

没有不可饶恕的罪。

为了占有那个摩尔姑娘,

我想不出别的路子可走,

就干出这争风吃醋的勾当,

其中包藏着残忍和背叛。

我命中注定要将她爱，

尽管我膜拜她的美貌，

我要把她抓获后再释放，

这样也许能使她感动或迫使她把我爱。

伯　爵　现在的局势不允许

哪怕从奥兰抽调一个兵；

敌人很快要来围困，

我不能在别的事上分心。

纳科尔　我保证稳操胜券；

这件事没有一点危险，

短时间内就可以办完，

咱们速去速回可保安全。

伯　爵　纳科尔，下午给你答复；

再见。

纳科尔　我很高兴。

　　〔纳科尔下场。

堂马丁　如果情况不是假造，

此事极妙而又牢靠。

古斯曼　我看此事极妙：

纳科尔的话说得明白，

充满了决心和信心，

描述了他的打算，

咱们如果出去，定能掠得财宝。

堂马丁　这个叛徒一脸正经，满心诚意，

肚子里却隐藏着杀机，

把他的叛变装饰得那么像样，

似乎他的话出自肺腑不是伪装。

自从有了西农①，就有上千人效仿，

因此请我们的将军仔细思量，

无论敌手甜言蜜语或慷慨激昂，

首先把他的企图弄清再商量。

伯　　爵　老弟，一定照办；你不必担心，

我决不会匆匆忙忙做出决定。

你同罗夫莱多已言归于好？

是否已请书记官作了公证？

堂马丁　古斯曼，你的火气太大。

古斯曼　在一般情况下我不会发火。

伯　　爵　对敌人你可以大发雷霆，

对朋友最重要的是注重友情。

布伊特拉戈，你怎么样？

布伊特拉戈　我正在这里

想从那块小石子里

榨出点油水，却不料

他不肯拿出分毫。

现在的人都像我这个大兵，

遵循耶稣基督的戒令②，

当我心中烦闷万事不问，

只顾吃饱肚皮去出征。

---

① 西农，希腊神话人物。在特洛伊城之战中，他说服特洛伊人把希腊人留下的木马运进城，致使特洛伊城陷落。

② 耶稣的戒令最主要的是"爱人如己"，作者在此是以反义嘲弄。

堂娜玛加丽塔　这位老总讨钱的模样，

　　　　　　牢骚忒多又大吵大嚷，

　　　　　　我在西班牙已经习惯

　　　　　　只对乞求者给予大洋。

布伊特拉戈　那我就跪下乞讨，

　　　　　　看是否有人施舍分毫。

博斯梅迪亚诺　不要过分，也不能凶狠。

布伊特拉戈　我可是基督徒。

堂娜玛加丽塔　兄弟，不是说了吗，我们没钱。

布伊特拉戈　什么兄弟！让它去见鬼，

　　　　　　或让猫把它叼去扔进土堆。

　　　　　　它不过是过时的大裆裤、女人的香腰包，

　　　　　　活该全扔掉。

　　　　　　画在墙上的大饼再好

　　　　　　也不能充饥。

博斯梅迪亚诺　你这样说话不是讨钱，

　　　　　　而是准备拔剑。

伯　爵　布伊特拉戈，住口！

堂娜玛加丽塔　绅士们不吃这一套！

堂马丁　小伙子，别发急，

　　　　　　这是此地讨钱的习气；

　　　　　　这里一切都粗声大气，

　　　　　　战争气氛里不讲客气。

布伊特拉戈　我是个大兵，只会打仗，

　　　　　　不管什么宗教信仰；

　　　　　　如果谁好生满足我的愿望，

　　　　　我同他一切都好商量。

堂马丁　那个小伙子是赫雷斯①人？

博斯梅迪亚诺　先生,他出生于那边

　　　　　诸望族中的名门,

　　　　　他的父亲

　　　　　在法国已经是上尉,

　　　　　家赀万贯还有庄园;

　　　　　他的母亲是我胞妹,

　　　　　她把他交我教养;

　　　　　我愿他继承

　　　　　其父的光荣道路。

　　　　　我得知此城将被围困,

　　　　　他极愿意来此效力,

　　　　　因此我把他带来,

　　　　　舍弃宁静美好的生活,

　　　　　接受战争艰苦的考验。

　　　　　在荣誉的等级上,

　　　　　即使拍马者滥加赞美,

　　　　　也难使高官获得

　　　　　普通士兵争得的光彩。

伯　爵　确是如此,我感谢

　　　　　这两位壮士到来,

　　　　　我愿为你们排难解忧。

布伊特拉戈　看在上帝分上请给我钱,

————————————

①　赫雷斯,位于西班牙安达卢西亚自治区。

尽管我不配领受分毫！

虽然我也发火暴躁，

但我向一切好人担保，

我是出生入死的宝刀。

冤魂们，出气诉苦，

请你们另找门路。

我也要另找路子，

来填饱自己的肚子。

无论给不给我施舍，

一个久经沙场的勇士

决不会饿死。

堂马丁　你说得好。

布伊特拉戈　我讲得并不好。

难道称赞我说得好，

就不掏出分毫？

伯　爵　咱们走吧，布伊特拉戈

看来要发火，

我不想见他起誓赌咒。

〔伯爵和堂马丁下场。

布伊特拉戈　这些钱够我吃饱。

我毕竟是个士兵，

不能充当无赖，

也不能做饭桶。

堂娜玛加丽塔　那为什么？

布伊特拉戈　我自己明白，毛头小伙子，

你走吧，藏好你的钱。

古斯曼先生,咱们再见!

古斯曼　别走,我要请你吃喝,

　　　　看我的面子,布伊特拉戈,

　　　　来吧,同我一起走。

布伊特拉戈　好,我就跟你走,

　　　　你就是统帅,就是头头。

　　　　〔上尉和布伊特拉戈下场。

堂娜玛加丽塔　老师,到了这地方,

　　　　我要同您讲,

　　　　我已下了决心。

博斯梅迪亚诺　这对你有损害。

堂娜玛加丽塔　不要打断我的话,

　　　　让我说说我奇异的想法。

博斯梅迪亚诺　你还以为我不知道?

　　　　一年来一直将我煎熬。

堂娜玛加丽塔　老师,难道您不觉得

　　　　爱神每天以新的事件

　　　　撞击着我的心?

博斯梅迪亚诺　我知道你的心对什么都不阻挡,

　　　　因为你对它们姑息欣赏。

堂娜玛加丽塔　不要再劝我了,

　　　　如果您愿意,请帮助我,

　　　　否则就杀死我。

博斯梅迪亚诺　我本性难移,你禀性不改,

　　　　谁叫我听你说话总喜爱。

　　　　我永远都会给你帮助,

因为我有责任这样做，

我是你的老师和朋友，

我陪你一起来的时候，

就向你做了这种承诺，

请说，你想干什么？

堂娜玛加丽塔　我为此事要当兵，

自有奇异想法在我心中，

因为我要设法当俘虏，

这想法马上会成真。

我要设法当奴隶，

因为我心中感到

悲伤和痛苦，

只有在这荒唐中

才能找到安宁、喜悦和光荣。

我不知不觉被他迷住，

因而要设法当他的家奴，

如此这般使我获幸福；

我将自愿让混蛋摩尔人将我捉住，

因为这样才能将心上人还我。

他是基督徒绅士，

珍惜他自己的荣誉，

不可能叛教去当摩尔人，

如果他沦为奴隶，

我愿用山积的黄金将他赎回。

谁也不会怀疑，我将找到黄金，

因为上帝永远会

看顾受苦者的心。

博斯梅迪亚诺　伟大的上帝会改变

你这荒唐的想法。

堂娜玛加丽塔　给我时间让我获悉

我所需要了解的一切，

这样才是救我，舍此岂有他法？

我想得到快乐幸福，

必须先遭灾难痛苦。

博斯梅迪亚诺老师，去吧，

去同那队基督徒士兵

商谈如何让我混过去。

博斯梅迪亚诺　我的姑奶奶，你究竟要到哪里去？

堂娜玛加丽塔　再劝阻我也是徒劳。

博斯梅迪亚诺　我要请守将

阻挡你离去。

堂娜玛加丽塔　老师，你如果阻挡，

我会变得更加荒唐，

使您痛哭一天以上。

我已认定我这命运，

跟定它一直向前，

至死也不会改变。

博斯梅迪亚诺　走入歧途的爱情

把好事变成祸殃。

只怨我曾答应

把你照料，

又怨我随着你的怪癖

离开了故土家乡！

堂娜玛加丽塔　　也许在您发怒过后

会出现希望的太阳。

〔二人下场。阿尔拉莎、阿里穆泽尔、奥罗佩萨和堂费尔

南多上场。

阿尔拉莎　　阿里穆泽尔现在何方？

奥罗佩萨你到哪里去了？

我的洛萨诺在干什么？

天哪，请倾听我的哀鸣，

不要对我如此残忍！

阿里穆泽尔　　美丽的阿尔拉莎，我在这里。

阿尔拉莎　　朋友，你来的正是时候。

奥罗佩萨　　小姐，有何吩咐？

阿尔拉莎　　来吧，朋友，这正是时候。

洛萨诺，你在干什么？

堂费尔南多　　小姐，我在这里。

有何吩咐？请说吧。

阿尔拉莎　　我太不幸啦！

阿里穆泽尔　　阿尔拉莎，什么事？

阿尔拉莎　　今晚我梦见

在寒冷的清晨，

基督徒们扑进营地，

纳科尔竟将我捉走，

我在这场袭击的

恐惧和叫喊中惊醒。

我呼叫你们，

要你们来救，

害怕这恶梦再来，

尽管我看到你们，

但我不能平静而振作精神。

我觉得纳科尔是叛徒，

我十分惊恐，

不敢指靠你们的忠诚。

阿里穆泽尔　梦中事都不是真，

亲爱的不要担心；

如果真会发生，你想想，

在你身边的人

决不允许别人把你欺凌。

阿尔拉莎　对于命运的安排

人为的反抗不能加以改变。

堂费尔南多　小姐，不必忧戚悲伤，

如果在未来的时候

你果真陷入绝境，

我敢向我敬爱的上帝发誓，

我保证把你解救。

如果奥兰的基督徒

倾城出动，

扬扬得意地直奔这里，

以为胜券

稳操在手里；

我独自一人在此足以对付，

定叫傲慢的来犯者

　　　　　　一无所获、垂头丧气。

　　　　　　这样你可以息怒，

　　　　　　也不必再为此担忧，

　　　　　　我做的会比说的多，

　　　　　　我的一举一动

　　　　　　将证明我的承诺。

奥罗佩萨　　堂费尔南多

　　　　　　竟答应与基督徒战斗，

　　　　　　他要么是发了疯，

　　　　　　要么成了基督徒的仇敌。

　　　　　　来吧，弟兄们，

　　　　　　我心中的良知不泯，

　　　　　　要飞快给你们报信。

堂费尔南多　阿里，给我一把剑，

　　　　　　再给我一块头巾，

　　　　　　我扎在头上好上阵。

奥罗佩萨　　小姐，你的英勇品性

　　　　　　到底在哪里？

　　　　　　现在你将看到

　　　　　　呐喊厮杀、刀光剑影。

　　　　　　让基督徒们来吧。

阿尔拉莎　　你说的这种愿望

　　　　　　实在偶然而虚妄，

　　　　　　女人很易改变主张；

　　　　　　现在且不要拿剑打仗，

　　　　　　先摇起纺车把纱纺。

阿里穆泽尔　小姐,谁将你欺凌,

就是冒犯了所有的人。

喂,基督徒,请来拿武器。

奥罗佩萨　洛萨诺,

请注意,你用武器对付谁。

堂费尔南多　住嘴,奥罗佩萨!

奥罗佩萨　你干这种事,

就是白有了勇气。

〔全体下场。纳科尔上场,他被绑着双手,布伊特拉戈、古斯曼上尉、堂娜玛加丽塔和一些扛火枪的士兵押解着他。

纳科尔　勇敢的古斯曼,这就是

被出卖的营地,就是我那

心上人所在的天堂。

只要派一队骑兵

就可以把它围困,

不使一个摩尔人逃遁。

古斯曼　我没有这么多兵来围困。

纳科尔　那至少你可以在右边山上

设下埋伏;

那山离此不远,

今晚上遭袭击的人

一定会到山上躲藏。

古斯曼　你说得对。

纳科尔　请你下令把我释放,

让我去寻找为爱情叛变

　　　　　　　而要得到的伟大奖赏。

布伊特拉戈　　这绝对不行！

　　　　　　　一定要开仗后放他。

　　　　　　　他就是猎兔狗，

　　　　　　　不见野兔怎能撒手。

纳科尔　古斯曼先生，这欺人太甚。

古斯曼　布伊特拉戈，放了他，再见。

　　　　　放胆干吧。

布伊特拉戈　　我勉强把你放了，走吧。

纳科尔　来吧，我将把人马安排好，

　　　　　决不会乱成一团糟。

　　　〔众人下场，只留下堂娜玛加丽塔。

堂娜玛加丽塔　　可怜我，又到了何方？

　　　　　　　命运把我带到了什么地方，

　　　　　　　乱糟糟我心中害怕。

　　　　　　　我没有功夫不会武艺，

　　　　　　　叫我如何对付？

　　　　　　　啊，荒唐的爱情

　　　　　　　迷住了我的心，

　　　　　　　连理智也丧失殆尽！

　　　　　　　在这事中我能得到什么？

　　　　　　　我害怕谁，又相信谁？

　　　　　　　我是天真的飞蛾，

　　　　　　　不爱惜安宁，

　　　　　　　傻愣愣、急匆匆

　　　　　　　像发疯一般扑向那

熊熊燃烧的烈火。

我迈出这一步,

离开各位朋友,

像盲人骑瞎马,

乖乖地把自己

抛入敌人手中。

〔幕后喊声:"杀呀,杀呀!圣地亚哥保佑,为了西班牙,冲呀,冲呀!"①纳科尔抱着阿尔拉莎上场,恰巧碰上布伊特拉戈。

布伊特拉戈　堵住营地的那个栅门!

弟兄们,到这里来,哥们儿来呀!

站住,那背东西的狗站住!

纳科尔　老总,是我,你的朋友。

布伊特拉戈　这不是拉拉扯扯的时候,

狗东西,站住!

纳科尔　安拉,救我,我完啦!

布伊特拉戈　天哪,

我把纳科尔捅了个透!

这女人一定是他心爱的冤家。

阿尔拉莎　基督徒,我投降,不要用女人的污血

玷污你的宝剑。

我任你把我带到任何地方。

〔阿里穆泽尔上场。

阿里穆泽尔　我听到美丽的阿尔拉莎

———————

① 那个时代西班牙士兵冲锋时惯常喊的口号。圣地亚哥是西班牙的保护神。

　　　　　　　在喊救命,

　　　　　　　啊,狗东西,把她放下!

布伊特拉戈　混蛋,你松手!

　　　　　　　难道这里无人帮我?

阿尔拉莎　趁他二人相争的时候,

　　　　　　　我赶快逃走,

　　　　　　　也许我能走上

　　　　　　　那座山。

堂娜玛加丽塔　小姐,过来,如果你给我带路,

　　　　　　　我愿当你的保镖、家奴,

　　　　　　　保你走到山上一路无虞。

　　〔阿尔拉莎和堂娜玛加丽塔下场。堂费尔南多和古斯曼
　　上场。

布伊特拉戈　阴曹的鬼魂先生们,

　　　　　　　既然此时此刻

　　　　　　　你们已不在地府睡觉,

　　　　　　　快来出力帮忙,

　　　　　　　我的情况实在危险!

　　　　　　　只要你们吹口阴气,

　　　　　　　我也能感到百倍力气。

　　　　　　　狗娘养的,你不要跑,

　　　　　　　老子来跟你算账,

　　　　　　　一百个也跑不掉!

　　〔阿里穆泽尔下场,布伊特拉戈跟随其后。

古斯曼　狗东西,你哪来这么大力气?

　　　　　　　难道你是魔鬼,或者不是人?

堂费尔南多　你不必钦佩,也不要惊讶,

　　　　　古斯曼,你弄错了,

　　　　　本人尊敬你,同你是一家。

古斯曼　难道你是堂费尔南多?

堂费尔南多　朋友,正是,

　　　　　尽管你没有认清。

古斯曼　你已成了基督的敌人?

堂费尔南多　又是,又不是。

古斯曼　那你为什么用你的剑

　　　　反对基督?

堂费尔南多　我是基督徒,你不必怀疑。

　　　　　待有宽松、方便的时候,

　　　　　我会详详细细、老老实实

　　　　　把我诚实的追求

　　　　　向你诉说。

古斯曼　你为什么赶来

　　　　保卫这营地?

堂费尔南多　因为这涉及安宁

　　　　　和我生命的生命,

　　　　　尽管引来了战争,

　　　　　这两件宝贝你必须留下,

　　　　　朋友,营地中其余一切,

　　　　　你尽可以扛走。

古斯曼　我听你的安排,

　　　　不再问你什么问题;

　　　　不过,为了不让别人

　　　　怀疑我与你有关系，

　　　　请独自保卫营地。

　　　〔古斯曼下场。布伊特拉戈和阿里穆泽尔上场。

布伊特拉戈　摩尔人，你虚张声势，

　　　　妄图阻止我对你追堵。

　　　　岂知我有双手，还有

　　　　两千地府冤魂佑助，

　　　　足以叫你在我脚下拜倒屈服。

堂费尔南多　朋友，要是在别的地方，

　　　　你可以沾点儿光，

　　　　在这里你可别想。

阿里穆泽尔　洛萨诺，别管他；

　　　　这里这个基督徒勇猛难挡，

　　　　我已无法招架抵抗。

堂费尔南多　你去帮别人抵抗，

　　　　把这家伙交给我，

　　　　由我来同他算帐。

阿尔拉莎（在幕后）　洛萨诺，我被捉走啦！

　　　　穆泽尔，我被捉走啦！

阿里穆泽尔　幸福啊，你偏要对我躲避，

　　　　老天爷，你残忍、妒嫉，

　　　　如果我冒犯了你，

　　　　请在我身上发泄狂怒；

　　　　请给他留下性命，

　　　　因为她的美貌、诚实、聪颖，

　　　　能给你荣耀！

〔阿尔拉莎上,堂娜玛加丽塔护卫着她,抵抗古斯曼上尉
和另三名士兵。

堂费尔南多　这几个兵算什么!

古斯曼　这个摩尔婆娘

　　　　是堂费尔南多的保护对象,

　　　　我扔下她溜走为上。

〔古斯曼下场。

布伊特拉戈　这里有中了魔法的摩尔人,

　　　　或者是背信弃义的基督徒,

　　　　我好像听到了

　　　　洛萨诺这样的名字。

堂费尔南多　不听劝的基督徒,

　　　　你这是白费气力,

　　　　这个摩尔姑娘不能掳走,

　　　　你到营地里去吧,

　　　　那里有更好的财宝在等候。

布伊特拉戈　狗东西,小心你的狗命,

　　　　竟敢指着要她!

阿里穆泽尔　哎呀,我完了,安拉保佑我!

阿尔拉莎　洛萨诺,快去救他,

　　　　他们杀死你的好朋友啦!

〔阿里穆泽尔倒进幕后,阿尔拉莎跟随他下场。

堂费尔南多　我会替你报仇,

　　　　尽管这会迫使我改变初衷。

　　　　不要走,你跑不了!

布伊特拉戈　我会跑? 见鬼!

如果我手中有一把戟，

我会捣烂你的骨头。

哦，这狗东西挺能防守！

堂费尔南多　布伊特拉戈，

你要为你的残暴付出代价，

你真是个好基督徒。

布伊特拉戈　你有魔鬼附身，

我有上帝和圣地亚哥保佑！

你是谁？你的声音

使我害怕，使我想到

那个堂费尔南多。

堂费尔南多　我就是堂费尔南多。

布伊特拉戈　哦，诚实可敬的

罗夫莱多，

你揭露了真情！

大胆、强横的古斯曼

无理地辟谣。

我不愿死在这厮手中，

赶快逃离死神为妙。

堂费尔南多　怎么，你不厮杀了？

你是在退却还是

在落网前逃跑？

堂娜玛加丽塔　你在对希望一死的人

出些离奇的主意！

我既不能退却，

也不能战斗，

因为我要让这双勇敢的手休息，

基督徒都已走光，

而你却不愿将我放过。

古斯曼（在幕后）　基督徒们，撤退！洛夫勒斯吹号！

朋友们，撤退！

一个也别留下，

走不快的，请赶快上马，

把搜罗到的东西交队伍护送。

撤退，天快亮了！

堂费尔南多　朋友，不必惊慌，

我把你扶到你们的一匹马上。

堂娜玛加丽塔　你让我留在这里，

才是给我做了大好事。

堂费尔南多　你愿意被抓去当奴隶？

堂娜玛加丽塔　也许这样才能获得自由。

堂费尔南多　天下难道还有像我这样的堂费尔南多？

我们且让基督徒们过去；

请你到这边来。

堂娜玛加丽塔　我不能走。

堂费尔南多　那把手伸过来。

堂娜玛加丽塔　很愿意把手给你。

堂费尔南多　天哪，她晕倒了。

堂娜玛加丽塔　异教徒，

你把我送给基督徒还是摩尔人？

堂费尔南多　送给摩尔人。

堂娜玛加丽塔　你会不会是基督徒

　　　　　　而想蒙骗我？

堂费尔南多　我是基督徒,但是天哪,

　　　　　　我是把你送给摩尔人。

堂娜玛加丽塔　听凭上帝安排!

堂费尔南多　天下奇闻多。

　　　　　　难道你受了伤？

堂娜玛加丽塔　我不舒服。

　　　　〔二人下场,奥罗佩萨带着战利品上场。

奥罗佩萨　你听信一个情迷心窍、

　　　　　　疯癫男子的主意,

　　　　　　上当吃亏只怨你自己。

　　　　　　我不费力气而大大受益,

　　　　　　获得了自由并且装满了腰包。

　　　　　　在自由中我赞美

　　　　　　各种好运中的

　　　　　　一个新奇样板,

　　　　　　我将用奴役我的锁链

　　　　　　装饰神庙中的圆柱。

　　　　〔伯爵、堂马丁和叛教者拜朗上场。

拜　朗　将军,敌人一定会来,

　　　　　　您将看到

　　　　　　这海面上一艘艘战船,

　　　　　　海岸上人群吼叫。

　　　　　　巴巴罗萨①的儿子已同

---

① 巴巴罗萨,又称"红胡子",十六世纪北非海岸的著名海盗。

阿拉委斯和库科王国商定，

他们将给他派出大批摩尔人，

数量之多如同夜空繁星。

其中有六千土耳其人、七千西亚人，

都是骁勇善战的精兵；

还有二十六艘大帆船

运输军火多又多。

断定哪个要塞防御牢固，

他们意见不一分歧多，

我看他们会进攻圣米格尔。

将军，这就是摩尔人方面的情况，

在阿尔及尔舰队准备出发，

国王阿桑是个果断的人，

为了荣誉将率舰队来这里。

伯　爵　他们的阴谋我一无所知或所知不多，

而你的报告让我看出了苗头，

那些野蛮人威胁圣米格尔，

那里是军事要地却防守空虚。

我已经对此做了考虑，

在那里已布下重兵，

那些野蛮人若想攻占，

定叫他们付出重大代价。

亲爱的朋友，你去休息吧，

我对你十分感谢，

一定按照你的功劳，

给你丰厚的酬劳。

〔拜朗下场。

伯　爵　古斯曼还没有来？

堂马丁　哨兵们

　　　　已看见他们了。

伯　爵　请他快来。

堂马丁　纳科尔用他的奸诈

　　　　也许已得到奖赏——他心爱的摩尔姑娘。

　　　　爱神啊，你同战神一样令我们忧伤，

　　　　你心中埋藏着严酷和狂暴，

　　　　甚至损害教徒们的灵魂，

　　　　把背叛当成你的英雄业绩。

〔古斯曼上尉、奥罗佩萨、布伊特拉戈、博斯梅迪亚诺和
其他士兵上场。

古斯曼　我从您手中领走士兵，

　　　　把从摩尔人那里

　　　　夺得的战利品交给您。

　　　　我们回来时与去时一样士气高昂，

　　　　得到了更好的名声和荣光，

　　　　带回了奴隶和服装。

　　　　纳科尔没有得到他那美丽的姑娘，

　　　　因为布伊特拉戈用锋利的剑

　　　　扑灭了那卑鄙摩尔人的爱情火焰。

布伊特拉戈　我不知道他是前来报信，

　　　　为了骑士的荣誉，

　　　　一剑刺穿了他的两胁；

　　　　如果不是堂费尔南多阻拦，

如果他们不把他抢走逃跑，

我还要踹他两脚。

伯　爵　这么说，他到底成为摩尔人了？

奥罗佩萨　将军切勿这般想，他决不会这样，

他的本意是做个诚实勇敢的强将。

我知道堂费尔南多的计划，

他很快会回到您的麾下，

英勇地为您效命。

古斯曼　将军，我知道他依然是基督徒，

作战中他将此情告诉了我。

堂马丁　他企图砍伤你？

古斯曼　他挥剑只是做做样子，

一面打一面同我说话，

我逐渐了解了他的计划。

堂马丁　先生们，像这种情况不必多说，

至少他犯了过失，

他这样胡闹不可原谅。

伯　爵　未经我允许私自出走，这已是过失，

又擅自攀越城墙，

这种行为决不能原谅。

古斯曼　为了荣誉他着急，穿上锁子甲

完全是为了保住他有名的信誉；

因为那摩尔人跑了，他就去找他分个高下。

堂马丁　哎呀，古斯曼，你是老好人！

那他为何不回来？

他为何对基督徒如此凶狠？

奥罗佩萨　他很快会表白他的心意，

　　　　　　为了基督律令的荣光，

　　　　　　将显示他全身的力量。

伯　爵　大家来吧，我很乐意给每个人

　　　　　均分这次赢得的战利品；

　　　　　这样赚钱，大家都高兴。

　　〔众人下场，留下布伊特拉戈和博斯梅迪亚诺。

博斯梅迪亚诺　哎呀，天哪，这疯姑娘没回来，

　　　　　　可怜她命蹇时乖，

　　　　　　这样她再也不会胆大逞强！

　　　　　　老总，请告诉我，你是否见过

　　　　　　那位同我一起出发、去你回来的地方

　　　　　　执行任务的士兵；

　　　　　　我说的是那个小气鬼新兵，

　　　　　　有一天他不愿给你施舍，

　　　　　　那天跟我同来的也许有六人。

布伊特拉戈　是那个神气活现、

　　　　　　插羽饰、一头鬈发、

　　　　　　酸溜溜地挖苦我的那家伙？

博斯梅迪亚诺　就是他。

　　〔布伊特拉戈下场。

博斯梅迪亚诺　孩子，你现在何方？

　　　　　　可恶的摩尔人把你拐跑，

　　　　　　你由主人沦为奴才，

　　　　　　从发号施令转为俯首听命。

　　　　　　一个愿望竟使你发狂，

这样的事怎么可能?

然而这是我亲眼所见,

事情闹到这般地步

我依然不能相信。

〔阿尔拉莎、堂费尔南多和堂娜玛加丽塔上场。

堂费尔南多　看来你出身高贵,

你想当听差跑堂,

许多苦头等你去尝;

看来你吃了不少兔肉

而面包却很少品尝,

因此你才向敌人投降,

这件事证明

你胆小如耗子一样。

堂娜玛加丽塔　你说的有道理,

不过我年轻无知,

应该得到宽恕。

有人不知我的悲伤,

就将我的胆小大肆夸张;

然而我自己清楚,

表现胆小比表现勇敢

付出的努力要更多更多。

哎,我的命多么苦,

竟落到这般地步,

盲目地在牢笼中

寻找自由,进死胡同

寻找出路!

阿尔拉莎　这位士兵似乎同你一样，

　　　　　哀叹他的勇敢未得到相应报偿，

　　　　　你对他到底知道多少？

堂费尔南多　他的情况极易了解，

　　　　　有件事使他忧伤；

　　　　　从他表面的年龄

　　　　　也许不能看到踪影，

　　　　　他在世上阅历不多，

　　　　　却无一事遂他心愿，

　　　　　这表明他怀有野心。

　　　　　我送他上马，

　　　　　让他回奥兰，

　　　　　他却不肯接受，

　　　　　这就使我产生怀疑，

　　　　　为了他的荣誉我没有声张。

　　　　　也许讨厌的军旅生活

　　　　　令他难受心伤，

　　　　　于是产生了邪念，

　　　　　追求回教徒的生活，

　　　　　感到随意而欢畅。

堂娜玛加丽塔　我虽然年轻，

　　　　　却已经知道，

　　　　　世上不会有这种怪病：

　　　　　把得到的荣誉

　　　　　当作奇耻大辱。

　　　　　再说，年轻并非过失，

　　　　　世上无人自找

　　　　　丑恶的声名；

　　　　　也无人会自找

　　　　　使自己倒霉的不幸。

　　　　　因此若说我为了不愿当

　　　　　可恶、邪恶的基督徒而逃亡，

　　　　　这理由实在勉强。

　　　　　在此我向诸位指明，

　　　　　你们把事情想得着实离奇。

　　　　　如果你们愿意待我如宾，

　　　　　你们将会看到，连那狂风

　　　　　也会停下倾听我的诉说，

　　　　　你们也会看到，留下不归

　　　　　完全是出自我一片诚心。

　　　〔阿里穆泽尔上场。

阿里穆泽尔　美丽的阿尔拉莎，

　　　　　你亲手敷的药真神妙，

　　　　　证明你是天使到人间，

　　　　　使我获得了新生命。

　　　　　我要用两条命为你效劳：

　　　　　一条命献给你，是因为你理该享受，

　　　　　另一条命献给你，

　　　　　是因为这个神妙奇迹

　　　　　使你的名声大振。

阿尔拉莎　你且安静莫把我赞扬，

　　　　　医治好你如此重伤的，

应该是我主安拉。

基督徒,请你开始讲

你那以欢乐结尾的历史。

堂娜玛加丽塔　遵命,然而你会看到,

在我讲的故事中

艰难的命运

既无不幸的开头,

也无欢乐的结尾。

我出生在西班牙

优美的地方中

最有名的地方;

双亲都富贵,

是名门望族的后代;

我在年幼的时候,

就表现机敏聪明,

我的双亲极为谨慎,

把我送进

一个名叫圣克拉拉

的修道院;

我是无福的女人,

是个不幸的女人!

阿尔拉莎　神圣的安拉保佑! 你说什么?

堂娜玛加丽塔　这么几句话就吓你一跳?

请安静,美丽的摩尔姑娘,

请听我讲完我的不幸,

尽管我的不幸无穷尽,

如有可能，我将努力

在最短时间内

简单明白地向你讲清。

父母把我关进修道院，

只是为了把我教养，

目的不是让我当修女，

而是要我结婚有个如意郎。

可惜好景不长，

阴曹地府无情地

索要了双亲的寿命，

加给我这贪生的人。

只有一个哥哥与我相依为命，

他勇武非凡，

似乎在他身上

除此之外无其他踪影。

待我到了及笄年龄，

我向他提出了我的要求，

他却以随便什么理由

对我的要求概不理会；

后来有人告诉我，

有个勇士在求婚中

以他的宝剑

对我哥哥作了回答。

〔幕后响起战鼓声。

阿里穆泽尔　　请听，我听到了号角声，

听到了鼓角齐鸣；

土耳其人的部队

正朝奥兰行进。

〔一个摩尔人上。

摩尔人　美丽的阿尔拉莎，

如果您不愿意

让过往的部队毁坏

基督徒未抢走的东西，

请站出来保卫；

阿尔拉莎,您的形象

能使太阳停止运行，

也能消弭兵灾战乱。

阿里穆泽尔　小姐,他说得对,咱们赶快出发,

因为明天还有时间

听她讲完经历，

了解她悲欢离合的故事。

阿尔拉莎　好,咱们出发。你,美丽而

心灵受伤害的基督徒姑娘，

不要因暂时不能

倾听你诉苦而悲伤。

〔阿尔拉莎下,阿里穆泽尔紧随其后,堂娜玛加丽塔跟

着,堂费尔南多走在最后。在下场前他们进行交谈。

堂娜玛加丽塔　小姐,讲述我的经历，

并不能使我感到舒畅，

幸好眼前产生了障碍，

使我不再继续往下讲。

堂费尔南多　天哪,多少悬念

在揪我的心！
我想象的事许许多多，
每一件都使我心惊。
我着急地等候，
必须等到明天，
一直等到能知道
她的故事结局的时候。

第 三 幕

出 场 人 物

阿尔拉莎

堂娜玛加丽塔

博斯梅迪亚诺

堂费尔南多·德·萨阿维德拉

古斯曼

布伊特拉戈

阿尔考德特伯爵

堂弗朗西斯科·德·门多萨

堂马丁

堂胡安·德·巴尔德拉马

阿里穆泽尔

洛阿马——摩尔人

阿桑——阿尔及尔国王

拜朗

库科国国王

阿拉委斯国国王

随员们

〔库科和阿拉委斯两国王、打扮成摩尔人的堂费尔南多、阿里
穆泽尔、阿尔拉莎和堂娜玛加丽塔诸人上场。

库　　科　美丽非凡的阿尔拉莎,你的容貌

　　　　　即使愤怒的战神见到了,

　　　　　也会将咆哮变为

　　　　　温顺的祈祷,

　　　　　把纷乱的世界变得祥和公道。

阿拉委斯　你雍容华贵的风采

　　　　　足以令你的倾慕者

　　　　　停止为争夺爱情而争斗,

　　　　　使他们的心灵恢复平和。

库　　科　你把宁静的眸子朝向太阳,

　　　　　可以使它变得更美更美;

　　　　　可以使随心所欲的上帝

　　　　　满载一车的物品欣喜地离开。

阿拉委斯　你的眸子能使被遗忘的情郎

　　　　　或吃醋嫉妒者消除愤恨,

　　　　　总之,毫无疑问,能够使

　　　　　命运之神在奔跑中停止前进。

阿尔拉莎　二位国王陛下太客气,

　　　　　将我赞美得无与伦比,

　　　　　其实我这卑贱的身份

　　　　　达不到你们称颂的万一。

　　　　　今日是我最幸福的一天,

　　　　　　　　因为我的营地

　　　　　　　　有了更大的获救希望，

　　　　　　　　那些抢掠者将受到惩罚。

　　　　　　　　我向你们奉献

　　　　　　　　一百筐刚做好的面包，

　　　　　　　　三十斤鲜美的蜂蜜，

　　　　　　　　最肥壮的羊整整一群，

　　　　　　　　还有甜甜的酸奶儿整桶。

　　　　　　　　这一切东西算不了什么，

　　　　　　　　仅仅以此表达我的心意，

　　　　　　　　报答你们的大恩大德。

库　科　　我们接受你的礼物，

　　　　　　　　保证对侵犯你的人报复；

　　　　　　　　其实我们只要见到了你，

　　　　　　　　就能置生死于不顾。

阿拉委斯　　阿尔拉莎请放心，

　　　　　　　　我们的时间紧，必须赶路程。

阿尔拉莎　　库科和阿拉委斯二位国王，

　　　　　　　　祝你们幸福快乐万寿无疆。

　　　　〔二位国王下。

阿尔拉莎　　基督徒姑娘，请继续讲你的经历，

　　　　　　　　关于你挫折或顺利的事，

　　　　　　　　一件件都讲得清清楚楚，

　　　　　　　　一点儿也不要遗漏。

堂娜玛加丽塔　　目前的壮丽使痛苦成为过去，

　　　　　　　　我愿意将事件一一叙述；

然而如果正在面临着灾祸，
心中的话语就难以出口。
如果我没有记错，我已经说到，
我那蛮勇的哥哥
对一位可爱的壮士
做了无礼的回答，
那壮士一怒之下
将哥哥重重地刺伤。
据后来得到的消息，
此人向意大利逃亡。
过了许多日子，
我哥哥恢复了健康，
再也不把妹妹挂在心上，
好像她已死了一样。
我眼看着流逝的时光，
只身被关在闺房，
却关不住我春意荡漾，
我需要自由而向外探望。
我发现我的哥哥
企图将我关在闺房
半死不活像个鬼魂，
他就可将我的财产侵吞。
然而我想结婚，
却不知如何办理，
又同谁结为伴侣，
因为我年轻无阅历。

父亲让我认识一位老绅士，

他是个好心的老头，

在说说笑笑中

真心地为我出谋划策。

我把心曲向他倾诉，

他回答说，他希望

把我嫁给

那位同我哥哥

大打出手的壮士，

让我做他的娇妻，

因为他品德出众，

无人可与他相比。

他向我把他描述，

说他平时潇洒，作战英武，

使我觉得他是阿多尼斯①，

是战神来到人间。

他说，此人的机智

与他的勇敢相当，

尽管世上勇敢与智慧

很少能相互匹配。

我对他的赞扬

表面不当回事而内心十分留意，

我用笔记下了那人名字，

把他的一切记在了心里；

① 阿多尼斯，希腊神话中的美男子。

据说,爱神通常不会

从人的耳朵进入身体,

而这次他却从我耳朵

轻轻地牢牢扎进我心里;

他的叙述真实而有力,

使得我在不知不觉之中

爱慕那亲眼未见

也无希望见到的一切;

我经不住天真诚挚

愿望的严酷折磨,

便乔装打扮离开家乡。

我硬要我英明的老师

与我作伴一路同行;

我怀着坚强的决心,

根本不考虑是否可行。

阿尔拉莎　　你不要停下,请继续

你一开头就动听的故事,

我真心地感到,

故事中每一件事

没有一件不使我感动,

没有一件不使我悲痛。

堂费尔南多(旁白)　　确实是这样,

我仔细考虑仔细想,

她说的每件事每句话

我的心都在牵挂。

堂娜玛加丽塔　　我竟爱上了前述

仅是耳闻的那位壮士，

便穿上男士服装，

离开了修道院。

抛下了我哥哥和祖国，

在我年迈老师陪伴下，

在欢乐和悲伤中

来到了美丽的意大利。

我对他更生敬意，

我在途中得知：

在生与死的决斗场中

他连胜三人而获得自由。

他的名声传扬四方，

超过你现在所听所闻，

促使他来到奥兰城，

而那里将被紧紧围困。

为了实现我的愿望，

我从那不勒斯出发；

克服一切艰难困苦，

径直来到了奥兰城，

我跨进城门还未喘气，

未经打听就惊慌地得知，

那使我心神忧伤的人

所作的一切和他的行止。

啊,愿老天爷保佑，

安慰一切忧伤的人，

嗨！我真不如对他一无所知。

堂费尔南多　把你知道的都痛快地讲出来吧。

堂娜玛加丽塔　我得知他甘愿当摩尔人，

　　　　尽管这事不可思议，

　　　　然而他已离开奥兰城，

　　　　现在就生活在你们部族里。

　　　　我不愿在这可悲的怀疑中，

　　　　忍受那死一般的折磨，

　　　　宁愿忍受当奴隶的煎熬，

　　　　而要了解有关他的一切；

　　　　就这样我勇敢而急切地

　　　　混杂在众基督徒中，

　　　　由纳科尔一路带领，

　　　　一直来到你们所见的地方。

　　　　既然我已留下成为奴隶，

　　　　我就斗胆询问你们，

　　　　是否见过我寻找的这个人，

　　　　或者你们收留的那个摩尔人。

　　　　他的大名叫堂费尔南多，

　　　　他风度潇洒器宇不凡，

　　　　名字好听而又响亮，

　　　　如同他声誉那么高尚。

　　　　为了他，也为了我得救，

　　　　对你们所提的问题，

　　　　我已尽我所知的一切，

　　　　完完全全地和盘托出。

　　　　先生们，这就是我的经历，

　　　　　　它没有欢乐,全是悲哀,

　　　　　　我按照吩咐对你们讲述

　　　　　　一定使你们厌烦或不快。

　　阿尔拉莎　基督徒姑娘,你的痛苦

　　　　　　我感同身受;

　　　　　　也许好奇与爱情

　　　　　　同样使人受煎熬。

　　　　　　对于那位以其壮举

　　　　　　燃起你爱情烈焰的人,

　　　　　　我们同你一样

　　　　　　只耳闻他的名声。

　　阿里穆泽尔　这个基督徒

　　　　　　是什么星宿下凡?

　　　　　　竟能使从不相识的姑娘

　　　　　　对他如此倾心?

　　　　　　你为他而哭泣,

　　　　　　为他而洒下宝贵的眼泪,

　　　　　　而他却夺去摩尔男子的性命,

　　　　　　攫取了摩尔姑娘们的心。

　　堂费尔南多　他不是摩尔人,这已很明白,

　　　　　　天生的好汉本性不会改变,

　　　　　　尽管他受到

　　　　　　另一宗教的欺凌。

　　　　　　这个西班牙人

　　　　　　现在将自己如此遮掩,

　　　　　　可能有他的隐情,

如同遮住太阳的一片云。
然而请你告诉我，
谁能保证你见了他以后
就能真正爱上他？
美貌引发爱情，
如果他长得并不漂亮，
正如我所相信和想象的那样，
不存在原因，
又何来爱情。

堂娜玛加丽塔　是他的温柔和勇敢，
将爱情的种子
深深埋在我心中，
而不是漂亮的面孔；
美丽这种东西
时间会轻易将它抹去，
犹如春天的花朵
没有阳光就会凋谢。
因此他即使没有我想象中
描绘的漂亮脸庞和青春活力，
我也决不会不把他爱恋。

堂费尔南多　有了这样的保证，
我马上可以让你
看到那位定能使你
兴奋并获得自由的男士。
换去这身不像样的衣服，
因为它有损你的玉容，

　　　　　　穿上摩尔女子的衣服，

　　　　　　因为现在的环境允许如此。

　　　　　　咱们同阿尔拉莎和穆泽尔

　　　　　　一起去看奥兰城，

　　　　　　在那里咱们一定能找到

　　　　　　你那多情或残酷的冤家，

　　　　　　因为那样的战事

　　　　　　他不可能不参加，

　　　　　　除非他被大海咽进肚里

　　　　　　或被大地吞下。

　　　　　　阿里穆泽尔,快去准备；

　　　　　　你应该看到,在这种情况下

　　　　　　若显得胆小怕事就毫无道理。

阿里穆泽尔　放心吧,我马上就准备好。

阿尔拉莎　什么也拦我不住。

堂娜玛加丽塔　我是否可以跟你们去,

　　　　　　请你们决定。

堂费尔南多　今天就这样过去；

　　　　　　到了明天,当鸟儿们

　　　　　　在黎明鸣啭的时候,

　　　　　　咱们就起程,

　　　　　　当天要到达奥兰城。

　　　　　　这样安排行不行？

阿里穆泽尔　没有问题。

阿尔拉莎　小姐,请问你的大名？

堂娜玛加丽塔　玛加丽塔,这名字听起来

像充满愉快的海洋,其实使我痛苦万状。

阿尔拉莎　放心,爱情永远

善待真情人。

堂费尔南多　在这里幸运给了我

何等激动人心的愉悦!

〔众人下场,布伊特拉戈一人登上城墙。

布伊特拉戈　各位,赶快拿起武器!

我看见蓝色的海面上

一支庞大舰队的船舰

在绕弯作迂回。

风助船进,把帆吹得鼓鼓,

海面平静,助他们实现企图。

拿起武器,敌人海军马上靠近,

转眼之间就会登陆。

〔伯爵和古斯曼登上城墙。

伯　爵　海面上布满土耳其人,陆上到处是摩尔人。

堂费尔南多·德·卡尔卡莫

立刻赴援圣米盖尔,

血腥的战争就要开始,

我的弟弟已经在阿尔马尔萨守卫。

这回定能决一雌雄;

这些在别处沾了便宜的恶狗,

以后再也不会狂吠乱吼。

古斯曼　海岸不容易守住。

伯　爵　已经没有必要守卫,

既然来了库科和阿拉委斯

大批人马，密密布阵无边无涯，

那座山上布满摩尔士兵，

虎视着我们干燥的牧场，

他们都是非斯①和摩洛哥人。

将士们，全部上城守卫，

各处都准备好武器；

炮兵们严阵以待，

发挥准确射击的威力，

其他各个兵种

也请使出各自的解数，

沉湎情场的人要变成金刚，

演出一番悲壮的辉煌。

〔伯爵和古斯曼走下城墙。

布伊特拉戈　冤魂们，如果你们要我

再来乞求、祈祷，

请先恳求老天爷给我恩赐，

至少该给我小小的庇佑；

尽管打仗这粗活

使我食大如牛，

只要给我十个大面包，

战场上我一人顶六个勇士。

〔众人下场。号角、战鼓齐鸣；阿桑·巴哈、拜朗与库科、

阿拉委斯两国王上场。

拜　朗　曾在马掌窝吃败仗的堂弗朗西斯科，

———————————

① 摩洛哥著名古城。

　　　　就是那位勇敢的堂胡安的兄弟，

　　　　收罗了大批人马

　　　　正在驰援这座城池。

　　　　另一个幸运而又知名的、

　　　　了不起的勇士叫堂阿尔瓦罗·巴桑

　　　　率领四艘大战船，

　　　　他一定是来封港，正如你所想。

阿　桑　我已踏上他们的海滩，

　　　　却不见你所说的繁华；

　　　　拿起武器我就发愁，

　　　　更何况得知是谁在向我抵抗。

阿拉委斯　战胜过其父，必胜其子。

　　　　啊，伟大的阿桑，不要等待，进击！

　　　　耽误时间越久，

　　　　你将丧失奇异伟大的胜利。

　　〔此时，阿尔拉莎、穿摩尔服的堂娜玛加丽塔以及摩尔人
　　打扮的堂费尔南多、阿里穆泽尔上场。

库　科　哦，阿桑国王，请陛下把

　　　　非洲和摩尔精英的光荣记在心上！

　　　　老天爷从天堂派来天使，

　　　　向你宣布你的胜利。

阿　桑　啊，尊贵的小姐！

　　　　美丽无双的阿尔拉莎，

　　　　你是天地间的尤物，

　　　　我将永远记住你的容貌。

　　　　你在尖利的金鼓声中寻找什么？

　　　　　这撕裂的空气

　　　　　传入你玉耳的

　　　　　不是甜蜜的声音，

　　　　　而是可怕的战争嘶鸣。

阿尔拉莎　战鼓的咚咚，

　　　　　战争的喧嚣，

　　　　　大炮的轰鸣，

　　　　　在我听来是轻柔的旋律。

　　　　　而且我要亲眼目睹

　　　　　你那杰出的奇妙功绩，

　　　　　我还给你带来两人为你效命，

　　　　　他们都潇洒而敢杀敢拼。

阿　桑　如此之多的关照，我非常感激，

　　　　　但愿目前的日子很快过去，

　　　　　使残酷的战争

　　　　　结出幸福和平的果实。

　　〔摩尔人洛阿马上，他带来一名被绑着双手的基督徒。

洛阿马　陛下的三桨船昨夜俘获了

　　　　　名叫拉维斯的双桨船，

　　　　　这人名叫堂胡安·德·巴尔德拉马，

　　　　　他就在那条双桨船上。

阿　桑　为什么不给他松绑？

　　〔被俘者上场时，堂娜玛加丽塔的脸用头巾蒙住。

阿拉委斯　洛阿马，你怎么知道他的名字？

洛阿马　是他告诉我的。

阿　桑　而你待他不好，

他既然是绅士①,你给他松绑。

堂胡安　天哪,我现在看到的是什么?

　　〔看到堂费尔南多。

阿　桑　基督徒,你是哪里人?

堂胡安　赫莱斯人。

阿　桑　是绅士还是乡巴佬?

阿拉委斯　穿得这么气派,

　　　　不会是一般的乡巴佬。

堂胡安　我是绅士。

阿　桑　是有钱人?

堂胡安　那倒不是,因为我想当兵,

　　　　如此这般折腾,

　　　　日子越过越不行;

　　　　我起誓我说的完全是真。

阿拉委斯　基督徒们信口起誓,

　　　　你们的誓言布满地球,

　　　　充塞海洋,连风中都有。

阿　桑　你来干什么?

堂胡安　打仗。

阿　桑　你的意图倒真诚。

堂娜玛加丽塔　小姐,他是我哥哥!

阿尔拉莎　你装成摩尔姑娘,

　　　　把脸蒙严实一点。

---

① 在西班牙语中,"堂"和"堂娜"分别是对有地位的男子和女子的尊称。因此
　　阿桑从称呼中知道堂胡安是绅士。

库　科　你现在可以好好打仗了！

堂胡安　现在这样我如何打仗？

阿　桑　西班牙有什么新闻？

堂胡安　无非是这次战争，

　　　　还有你亲自领兵出征。

阿　桑　他们也许在说，

　　　　我打了错误的战争；

　　　　他们将赶来救援，

　　　　将威胁这个世界，

　　　　而当他们大呼大叫

　　　　到来的时候，

　　　　我在奥兰安逸地等候。

　　　　阿尔拉莎，我把这个

　　　　基督徒送给你，

　　　　作为我为你效劳的标志；

　　　　请你从我手中

　　　　接受我对你的首次奉献；

　　　　我还想再对你作奉献，

　　　　这样可以改善

　　　　你那被洗劫的营地。

阿尔拉莎　伟大的阿桑，

　　　　伟大的安拉将赐福给您。

阿　桑　我们走吧，战神在召唤

　　　　我们去执行使命，

　　　　燃起你那热情的火焰。

阿尔拉莎　愿穆罕默德赐福给您，

使您英名传扬四海。

来吧，基督徒，

告诉我，你是谁？

〔除堂胡安和堂费尔南多以外，其余人均下场。

堂胡安　老天爷不会允许

此人就是那个

残忍的多情郎，

他实在使我心伤。

堂费尔南多　听着，基督徒，等一等。

堂胡安　我在等着，我在听着，我看到了

我从未想看到的事；

这儿所见的若是真，

倒道出了我心中所思。

堂费尔南多　你在嘟嘟囔囔说什么？

堂胡安　你要我说什么？

堂费尔南多　把你的大名告诉我。

堂胡安　与你何干？

堂费尔南多　使你少受点罪。

堂胡安　也许会使我多受罪！

我所受到的惊吓

证明他说的不对。

如果理智地对待，

毫无疑问

是想象力在作怪，

因为我想面前此人

面孔像堂费尔南多，

　　　　　身材、说话和风度也都像；

　　　　　而他穿的衣服证明

　　　　　我是在胡思乱想。

堂费尔南多　基督徒，

　　　　　为什么你老是嘟囔？

堂胡安　摩尔人，请原谅，

　　　　　心中的忧伤

　　　　　使我顾不到

　　　　　礼貌和谦让。

　　　　　不过，你令我目瞪口呆，

　　　　　因为你同我敬慕的

　　　　　一个基督徒非常相像，

　　　　　我越看越觉得相像，

　　　　　你与他本人没有两样。

堂费尔南多　在奥兰有个基督徒，

　　　　　据说长得同我一模一样，

　　　　　如同我两只手这般相像；

　　　　　如果让他穿上

　　　　　摩尔人的衣裳，

　　　　　没有一个摩尔人不觉得

　　　　　我同他相像，

　　　　　我与他之间的不同，

　　　　　仅仅在于他穿普通衣裳

　　　　　而我穿的是摩尔装。

　　　　　我尚未见过他，

　　　　　正设法见到他，

无论在平时或在沙场，

总之什么也不能将我阻挡。

堂胡安　他叫什么名字？

堂费尔南多　我想

他是叫堂费尔南多，

别名叫

萨阿维德拉。

堂胡安　我就是为了此人，

经历了千难万险。

堂费尔南多　如此说来

我的模样当然令你惊讶。

〔摩尔人洛阿马上场。

洛阿马　俘虏，阿尔拉莎和法蒂玛

在等你。

堂费尔南多　你放心去吧，当奥兰被攻下，

如果另一个我还活着，

你这事儿还有办法。

堂胡安　我感激你的良好愿望，

然而对这一切，我想……

嗨，我什么也不相信，

如果相信我现在所见的一切，

那就是胡思乱想。

〔堂胡安和洛阿马下场。

堂费尔南多　堂胡安心中纳闷，

他又怀疑又惊奇，

好似钻进闷葫芦里，

因为我穿着这身衣服，

使他不相信自己的眼睛。

人们不会相信，

我会来到这边

叛教而且当摩尔人，

而我就是要人们

相信我的伪装。

他的坦白很真诚，

如果他见到他妹妹，

将会惊讶而发呆。

到那时任何办法

也不可能蒙混搪塞。

我自问：我这么遮遮掩掩

和这副摩尔人衣装，

到何时才能算了？

用什么办法才能

更好地保住自己的体面？

〔堂费尔南多下场。响起警报，伯爵和古斯曼登上城墙；

同时，阿桑、库科和阿拉委斯三位国王上场。

伯　　爵　我看他们向圣米格尔

发动了十次攻击，

仗打得十分激烈，

看来那要塞难保，

堂费尔南多·德·卡尔卡莫

难以抵挡。

古斯曼　确实难以抵挡，

如果不去增援，

马上就会陷落。

哎呀，不必去救援啦，

要塞已经陷落。

阿　桑　圣米格尔已被攻克，

大批摩尔人向那边奔去。

〔响起喊杀声和战鼓声，洛阿马上场。

洛阿马　我们已攻进圣米格尔要塞，

在西班牙人城墙上

飘扬起你的星月旗，

这是安拉最美丽的旗。

逃生的几个西班牙人

都奔向马萨尔基维尔。

阿　桑　让这些狗东西

再多活几天。

阿拉委斯　他们如此逃命，

并不像通常所说，

逃跑的敌人

反倒占了便宜。

库　科　今天那头头的名声

就算永远

埋葬在奥兰，

因为你比他强。

阿　桑　勇敢的堂马丁，

你自称是战神再世，

等着吧，我要以你之道

打得你落荒而逃！

〔众人下场。阿尔拉莎、以头巾遮脸的堂娜玛加丽塔以
及作为俘虏的堂胡安上场。

堂胡安　　昨天我的眼发花，

看什么都使我发傻，

今天我的耳朵有毛病，

竟分不清什么声音。

昨天我倒了大霉，

那个混蛋家伙

在我看来竟像我的仇人，

今天我却听到我妹妹的声音。

小姐，请摘下头巾，

你得让我看个究竟，

免得我再为你胆战心惊。

堂娜玛加丽塔　　又要我摘下？现在可不行。

堂胡安　　哎呀，这声音

明明是我寻找的小冤家！

堂娜玛加丽塔　　如果你讨厌我的声音，

我再也不会给你回答。

堂胡安　　你不要再延迟，

请摘下头巾；

只要你盖着头巾，

我的心疼痛难忍。

阿尔拉莎　　法蒂玛，行啦，

摘下头巾吧；

咱们瞧瞧这基督徒

          为何顿足捶胸。

堂娜玛加丽塔　是,遵命,

          我这么盖着脸

          又有什么要紧。

堂胡安　听到这声音

          真像夺了我性命。

阿尔拉莎　摘下吧,不要担心,

          我告诉你,你应知道,

          基督徒们对摩尔姑娘来说

          算不上什么男子。

          而一旦成为奴隶就不算人,

          你不必多心。

堂娜玛加丽塔　好吧,到头来我的计划

          终究会使你满意。

阿尔拉莎(旁白)　就让他认出你,没有关系;

          而且,不管他说什么,你都不认。

堂娜玛加丽塔(旁白)　我心中十分犹豫。

阿尔拉莎(旁白)　壮壮胆,不要怕。

堂娜玛加丽塔　我摘下头巾;看见了吧,

          基督徒,仔细看吧。

堂胡安　哎呀,就是这张面孔,

          在这里她却不认我!

          哎呀,天底下从未有过

          如此轻浮的女人!

          嗨,这是撒旦的妹妹,

          不配当我的胞妹!

谁敢玩世不恭，

就失去上帝的保佑，

这种事例我见过

已不止两次。①

阿尔拉莎　狗东西，你说什么？

堂 胡 安　我说，

　　　　　这女人是我的妹妹。

阿尔拉莎　法蒂玛？

堂 胡 安　对。

阿尔拉莎　哈哈，我活到如今

　　　　　从未见过如此怪事！

　　　　　你的妹妹！你疯了？

　　　　　你可得看个仔细。

堂 胡 安　我看了。

阿尔拉莎　那你有何话说？

堂 胡 安　我既钦佩，

　　　　　又觉得我脑子不灵。

　　　　　难道穆罕默德

　　　　　创造了奇迹？

阿尔拉莎　奇迹多得很。

堂 胡 安　他能变化无穷？

阿尔拉莎　他随心所欲。

堂 胡 安　难道经常将

——————————

① 堂费尔南多和玛加丽塔装扮成摩尔人，这是两次。而在此之前，堂费尔南多
　将他刺伤，又是一次。

基督徒变成摩尔姑娘？

阿尔拉莎　对。

堂胡安　那,这个是我的胞妹,

　　　　而你的在赫雷斯。

阿尔拉莎　洛阿马,洛阿马,来呀!

　　〔洛阿马上场。

洛阿马　小姐,有什么吩咐?

阿尔拉莎　给这狗东西

　　　　活动一下筋骨。

洛阿马　遵命。

　　〔洛阿马下场。

阿尔拉莎　此人疯疯癫癫,

　　　　你抽他几鞭,

　　　　也许能使他

　　　　稍微明白一点。

堂娜玛加丽塔　阿尔拉莎,

　　　　既然此人中了邪,

　　　　他神志不清,

　　　　胡言乱语,

　　　　当然就可以原谅。

　　　　这是小事一桩,

　　　　不必将他拷打一场。

堂胡安　我对天发誓,你是我的胞妹,

　　　　否则说话的是附在你身上的魔鬼!

　　〔幕后响起攻击声。

阿尔拉莎　法蒂玛,听见没有,

> 他们在攻击马萨尔基维尔，
>
> 在这里也能听到
>
> 他们在那边厮杀。
>
> 放下这狗东西，走吧，
>
> 咱们也许能见到他①。

堂娜玛加丽塔　我永远遵命行事。

〔阿尔拉莎和堂娜玛加丽塔下场。

堂胡安　她们要我产生怀疑！

> 由于从我胞妹变成摩尔女
>
> 这中间有很大距离，
>
> 我认为自己太无知，
>
> 在头脑中才产生这个谜。
>
> 我来找人算账，
>
> 简直是胡闹，
>
> 因为他不让我看到
>
> 事情的真相。

〔堂胡安下场。堂马丁、古斯曼上尉和布伊特拉戈登上城墙，他们背上各背着背包，手持酒囊，嚼着一块面包。

堂马丁　傲慢而残暴的人，

> 算你们交了好运，
>
> 别以为这里也像
>
> 圣米格尔一样！
>
> 勇敢的古斯曼，了得的布伊特拉戈，
>
> 今天你们将大显身手！

---

① 这个"他"是指阿尔拉莎想象中的堂费尔南多。

布伊特拉戈(饮酒)　长官,请让我

喝完这口酒。

现在这些蛮人

两个两个地向我冲来,

我对天发誓,

我要叫他们有来无回!

〔阿桑、库科、阿拉委斯、堂费尔南多以及另一些抬着云梯的摩尔人上场。

阿　桑　快快攻击莫迟疑,

因为我要在现场

给勇敢者以荣誉,

给胆怯者以羞耻。

阿里穆泽尔,扛起云梯,

向我们显示一下

你的双手如何强劲,

犹如伟大的穆罕默德的手一样。

喂,朋友们,冲啊,

朋友们,向前冲啊,

今天把马萨尔基维尔

变成埋葬敌人的坟场!

〔众人攻击,喊杀声大起。阿里穆泽尔搬来云梯,架梯爬上去,另一个摩尔人从另一云梯爬上去;布伊特拉戈将摩尔人推下,堂费尔南多抓住阿里穆泽尔,将他击倒,又同另一些摩尔人作战,将他们杀死。被杀死者都退到台后。阿桑、库科和阿拉委斯在舞台一边观察战况。

堂费尔南多　现在已不是

> 按预定计划行事的时候，
>
> 不能眼看着我该给予帮助者，
>
> 被他们压住而难以抵挡。
>
> 下来吧，阿里穆泽尔！

阿里穆泽尔　　难道

> 你是想夺走我
>
> 稳操胜券的光荣？

堂费尔南多　　我的意图不仅如此。

阿里穆泽尔　　你要击倒我！等着，

> 我下去惩罚你！

堂费尔南多　　即使是战神

> 从天上降到这里，
>
> 我也不把他放在眼里。
>
> 啊，这家伙爬得挺快！

> 〔击倒另一个爬上来的摩尔人。

阿里穆泽尔　　对这个伪装朋友的敌人

> 我毫无办法又无力回击。
>
> 洛萨诺，你为什么
>
> 向我挥舞宝剑？

> 〔两人拼斗。

堂费尔南多　　因为我是基督徒，

> 我要向你显示我是基督徒。

堂马丁　　开炮！

> 布伊特拉戈、古斯曼过来！
>
> 罗夫莱多，拿沥青来！
>
> 把这桶沥青泼下去！

那边摩尔人上来了!

堂费尔南多　只要有我在这里,

　　　　　　这城墙就永远屹立;

　　　　　　我把这狗东西打下去,

　　　　　　尽管这使穆泽尔心里难受。

　　　〔击倒另一个摩尔人。

阿　桑　那人是谁?

　　　　　　他击倒了所有爬上去的人。

库　科　就是那叛教过来的家伙。

　　　　　　我看他身手不凡,

　　　　　　不过我要使他后悔。

阿　桑　作为国王,犯不着亲自上阵。

　　　〔库科国王上前与堂费尔南多交手。

古斯曼　布伊特拉戈,帮咱们守城的

　　　　　　一定是堂费尔南多。

布伊特拉戈　我正在想这事,

　　　　　　因为他在攻击摩尔人。

库　科　叛徒,狗东西,等着!

堂费尔南多　库科王,狗东西,我等着你!

库　科　我怎么没有及早结果了你!

堂费尔南多　你倒是活不长了。

　　　　　　穆泽尔,吃这一剑,

　　　　　　库科王,这一剑给你。

　　　　　　这场戏就此完结。

库　科　哎哟,你把我砍成重伤!

阿里穆泽尔　假摩尔,你送了我的命,

你这虚心假意的基督徒!

〔两人倒往后台。

堂费尔南多　我的手很重,

　　　　　　情绪很激动,

　　　　　　天知道我是否为此难过。

　　　　　　了不起的勇敢的堂马丁,

　　　　　　派人下到护城壕

　　　　　　把这些敌伤兵拖回城。

古斯曼　将军,他是堂费尔南多。

　　　　他来是赔偿

　　　　那次对我们的冒犯:

　　　　他伤了十人,杀死三个,

　　　　那个倒地垂危者

　　　　就是库科国王。

堂马丁　咱们马上去救援他。

古斯曼　另一个是阿里穆泽尔。

堂马丁　快从炮楼下去,

　　　　到护城壕把那些人拖回。

布伊特拉戈　咱俩去把他们拖回。

〔古斯曼和布伊特拉戈从城墙撤下。

阿　桑　这一仗并不便宜,

　　　　在二十次攻击中

　　　　我们损失一位国王和这么多人。

　　　　是喧闹声吗? 在桑托斯港

　　　　又是什么在响?

〔鼓角齐鸣。

阿　桑　城里的钟都在响，

　　　　号角也都在吹响，

　　　　这是欢乐的象征，

　　　　这是极大的新闻。

　　　　咱们看看到底发生了什么，

　　　　请吹号收兵。

阿拉委斯　我不知道发生了什么。

阿　桑　我很快就会知道。

　　〔众人下场，布伊特拉戈和古斯曼上场。

古斯曼　堂费尔南多，快撤离，

　　　　你在那儿极危险。

堂费尔南多　我不愿马上撤离。

布伊特拉戈　那到何时才撤？

堂费尔南多　我自己也不知道。

　　　　我爬上这城墙

　　　　不是为了逃离，

　　　　而是为了死在它脚下，

　　　　我要以生命守卫它。

　　　　我了解你对我的指责，

　　　　我将以性命拼搏，

　　　　使指责我的人

　　　　对我原谅宽恕。

布伊特拉戈　我知道得极少，

　　　　我是说，头脑应冷静，

　　　　着急拼命

　　　　不等于勇敢精神。

古斯曼　听从将军的指挥，

危险可以减少，

冒冒失失拼命

一定会丧命。

你应设法撤离，

因为谁都知道，

千重要，万重要，

性命最重要。

如果你不肯离开，

就要强迫撤离。

堂费尔南多　你强迫我走，我乐意，

因为不是以力而是以理服我。

请把那两人抬离深壕，

因为他们都是有地位的人。

布伊特拉戈　我敢对天发誓，

留下不走，完全是发疯！

〔众人下场。阿桑、阿尔拉莎、堂娜玛加丽塔、堂胡安和

洛阿马捉住博斯梅迪亚诺上场。

洛阿马　此人由奥兰

去马萨尔基维尔而被抓获。

阿　桑　此人也许能告诉我们情况，

说明他们为何兴高采烈。

博斯梅迪亚诺　啊，国王陛下，

因为他们来了援兵，

从此结束了

饥饿和恐惧。

　　　　　有个使蛮邦闻风丧胆的人，

　　　　　叫堂阿尔瓦罗·巴桑，

　　　　　突破你那舰队的封锁，

　　　　　把援兵送到奥兰；

　　　　　人数虽然少，

　　　　　勇气比天高。

堂胡安　如果此人不是博斯梅迪亚诺，

　　　　　那我就认为自己疯了。

博斯梅迪亚诺　我真是吉星高照！我为她

　　　　　吃尽了千辛万苦，

　　　　　那人难道不是玛加丽塔？

　　　　　那个俘虏不正是她的兄长？

阿　桑　基督徒，还有援兵

　　　　　来的消息吗？

博斯梅迪亚诺　听说有。

堂胡安　到这种地步我若怀疑，

　　　　　我就该感到羞耻。

　　　　　难道你不是博斯梅迪亚诺？

博斯梅迪亚诺　先生，我不是。

堂胡安　你说什么？

博斯梅迪亚诺　我说我不是。

堂胡安　天哪，你撒谎！

博斯梅迪亚诺　我是俘虏，又是基督徒，

　　　　　所以我不回答你的问题。

堂胡安　老家伙，

　　　　　难道那个不是玛加丽塔？

博斯梅迪亚诺　这是你胡思乱想，

　　　　　　　实际情况并非那样。

　　　　　　　我叫佩德罗·阿尔瓦雷斯，

　　　　　　　瞧，你弄错了。

堂 胡 安　我完全被弄糊涂，

　　　　　　每件事都令我惊讶。

　　　　　　这个不是博斯梅迪亚诺，

　　　　　　那个不是玛加丽塔，

　　　　　　另一个不是那个坏基督徒，

　　　　　　我本人则不是堂胡安，

　　　　　　而是个中了魔法的男子。

　　　〔一个摩尔人上场。

摩 尔 人　勇敢而魁梧的阿桑，

　　　　　　怎么还稳如泰山？

　　　　　　如果再迟延，就无路可走，

　　　　　　在这海面上你的

　　　　　　所有的双桅船、三桅船

　　　　　　都将落入西班牙人之手，

　　　　　　他们的船蜂拥而来，陛下，还等什么？

阿　　桑　凡是摩尔人都走，

　　　　　　土耳其人全部上船。再见，朋友！

　　　〔阿桑下场。

阿尔拉莎　法蒂玛，别扔下我，跟我一起走；

　　　　　　去你所喜欢的地方，有的是机会。

堂娜玛加丽塔　我不会离开你。你带路，小姐。

　　　〔二人下场。

堂 胡 安　喂,只剩下我和你,

　　　　　请告诉我你是谁,

　　　　　我想你是家乡的博斯梅迪亚诺。

博斯梅迪亚诺　眼下不是长谈的时候,

　　　　　咱们手中已握有自由。

　　　　　不把握时机就是发疯,

　　　　　现在我就是佩德罗·阿尔瓦雷斯。

　　　〔博斯梅迪亚诺下场。

堂 胡 安　妹妹,或者摩尔姑娘,

　　　　　我怎么能把你扔下?

　　　〔堂胡安下场。堂马丁、古斯曼、堂费尔南多和布伊特拉

　　　　戈登上城墙。

堂 马 丁　啊,狗东西,都上船逃跑!

　　　　　好好瞄准,战无不胜的勇士们,

　　　　　对准发炮。

古 斯 曼　怎么瞄准也不行啦,

　　　　　炮打不到。

堂费尔南多　抢风航行,抢风航行,

　　　　　挂了满帆,逃走啦!

　　　　　那边转过岬角就没影儿了。

堂 马 丁　陆上的摩尔人望风披靡,

　　　　　乱作一团,胆战心惊,

　　　　　旷野空荡荡,敌人全逃离。

布伊特拉戈　大炮全部扔下了。

古 斯 曼　我们的舰队掉转船头

　　　　　向港口驶去,杰出的伯爵

也已杀出奥兰城。

堂马丁　咱们到海滨去，

勇敢的堂弗朗西斯科·德·门多萨

马上就会到达。

〔堂马丁和布伊特拉戈下场。

堂费尔南多　朋友,你看：

那帮人正沿着山坡

逃离摩尔人的魔掌。

古斯曼　很好。你为何说这话？

堂费尔南多　我认为

那里有我牵挂的人。

古斯曼　阿尔拉莎？

堂费尔南多　是的。

古斯曼　愿穆罕默德保佑她！

堂费尔南多　还有我的心上人同她一起走，

我该把她们截住；

你跟我来,为了我的荣誉,

请你再助我一臂之力。

古斯曼　我跟你走；

至死不悔,我是你的朋友。

〔二人下场。堂弗朗西斯科·德·门多萨登岸,伯爵和

堂马丁以及布伊特拉戈等人上前迎接。

伯　爵　将军,欢迎欢迎,

我们多么盼望

看到你率队来临。

堂弗朗西斯科　我们来迟的原因

　　　　部分是老天爷造成。

　　　　看来这里的英雄很多，

　　　　那些断垣残壁表明，

　　　　英雄们武艺高强，

　　　　力大如神足以退兵。

布伊特拉戈　光靠饱汉和勇士们

　　　　不可能突破困难，

　　　　我的双臂和牙齿知道得一清二楚。

堂马丁　不要说了，布伊特拉戈！

布伊特拉戈　将军，我完全有资格说话，

　　　　因为我是普通士兵，

　　　　所以最怕挨饿吃不饱，

　　　　尽管围城已经结束了。

堂马丁　布伊特拉戈，别在这里说。够了！

布伊特拉戈　谁也不知道我挨饿的情况。

伯　爵　野蛮的土耳其人

　　　　发动了五十七次强攻，

　　　　每次都被打得七零八落。

布伊特拉戈　五十七次我以这双手

　　　　举起这把锋利的钢刀，

　　　　煞了他们的威风，

　　　　砍下了不止一个土耳其人的头。

伯　爵　布伊特拉戈，够啦！

布伊特拉戈　到饿死了，我才算够。

堂弗朗西斯科　声名赫赫的堂马丁，

　　　　勇敢常驻你胸中。

布伊特拉戈　　而我,只有饥渴留肚中。

〔古斯曼上尉上场,向堂弗朗西斯科念一张纸条。

堂弗朗西斯科　　照堂费尔南多要求的办,

并将他的名声传扬,

他理该享受这一切。

他会高高兴兴地来,

这正是大好机会。

古斯曼　　你的莫大勇气无与伦比。

〔古斯曼下场。

堂弗朗西斯科　　伯爵阁下,在这庆祝胜利的时候,

我有一事向你请求,

当然是比较大胆,

但做起来并不难。

伯　爵　　阁下有事请吩咐,

不要客气犹豫。

堂弗朗西斯科　　为堂费尔南多求情,

因为他的过错

全由他刚烈的心造成,

请予原谅不必太认真。

伯　爵　　实难原谅,阁下,因你说情,

我不能不遵命。

〔堂费尔南多、阿里穆泽尔、阿尔拉莎、堂娜玛加丽塔、堂
胡安以及博斯梅迪亚诺等人上场。阿里穆泽尔因负伤而
身缠绷带。

堂费尔南多　　如果痛心疾首地

承认罪过,

可以熄灭英明正直

法官的怒火，

我就及早追悔，

承认我的过错，

不作辩白，

老老实实交心。

我听到那摩尔人挑战，

就盲目奔去应战，

而不顾连最粗鲁的人

也要服从的告示禁令。

不过这里并非

我细述这奇怪

而又稀罕的经历的地方，

我把它留待以后再讲。

伯　爵　感谢你的恩人吧。

我是认为，

你犯什么罪

就该受相应的惩罚。

嗳，这些摩尔女子是谁？

这些俘虏又是谁？

堂费尔南多　过会儿您会知道，

现在我请求

允许我占用片刻时间，

把有关的事概括讲述，

你就会了解

许多事情的原因。

伯　爵　你随便讲吧，

　　　　我们愿意恭听；

　　　　但你的陈述

　　　　必须符合事实。

堂费尔南多　阿尔拉莎，我是基督徒，

　　　　请注意，我不再撒谎。

　　　　我，鼎鼎大名的堂费尔南多，

　　　　使你产生了仰慕敌人的愿望。

　　　　你对阿里穆泽尔许下的诺言

　　　　现在可以兑现，

　　　　因为我愿意听他支配，

　　　　他把我交给了你。

　　　　还有你，勇敢的堂胡安，

　　　　你那真诚高尚的意愿

　　　　把你弄得迷迷糊糊，

　　　　认不出亲朋故友，

　　　　请原谅你的妹妹，

　　　　她走出修道院

　　　　实际上是对你的赞美，

　　　　如果你喜欢她这行为。

　　　　她无须嫁妆就可以做我的爱妻，

　　　　因为只要志趣相投，

　　　　两情相爱结连理，

　　　　不愁无钱将爱情的大厦支起。

　　　　我将我自己奉献给

　　　　你这个身着摩尔衣装的胞妹，

> 如果她愿意，就做我的爱妻。

堂娜玛加丽塔　我完全愿意。

堂胡安　那位是博斯梅迪亚诺吗？

博斯梅迪亚诺　是的。

堂胡安　谢天谢地！

> 天阴了这么长久，
>
> 我愉快地看见了明亮的太阳。
>
> 今天决非冤冤相报的日子，
>
> 面对这样谦卑和乞求，
>
> 我的心如春风般和柔。
>
> 我原谅玛加丽塔，
>
> 把她许配你为妻，
>
> 你征服了我全家，
>
> 我将家中的一半献给你。

阿尔拉莎　我也答应穆泽尔的求婚，

> 尽管我是摩尔人，
>
> 我有勇气把诺言兑现，
>
> 更何况我对他早已爱恋。

伯　爵　我非常高兴看到这些事。

> 过去一切未了事，
>
> 如今都已经了结，
>
> 我不必再问当初如何开始。

堂费尔南多　伯爵，我不是对您说过，

> 到时候我都会交代明白？

〔群众甲上场。

群众甲　报告，好心的罗夫莱多少尉

刚刚咽气。

古斯曼　愿上帝饶恕他，

感谢仁慈的老天爷，

从我肩上卸下了

如此沉重的负担。

谁想在生活中

专门寻衅斗殴

而不愿得到欢乐，

无论是否故意，

都会得罪善良的人，

那他必定心神不宁，

满腹疑虑，

胆战心惊。

布伊特拉戈　谁想为自己除去

所有害怕和恐惧，

只要挨饿，就会看到

一切将如何在不食中结束。

堂马丁　布伊特拉戈，

我将增加口粮。

布伊特拉戈　愿老天爷

把你造就成

常胜将军！

伯　爵　堂弗朗西斯科，

咱们进城吧。

堂弗朗西斯科　咱们进城吧，

因为刮起的顺风

　　　　　召唤我回去，

　　　　　而我想从头开始

　　　　　弄清这些事件，

　　　　　因为我希望别人都像

　　　　　堂费尔南多一样善良。

布伊特拉戈　吹响号角，

　　　　　如果我们想吃得好，

　　　　　糖果和联欢不可少。

古斯曼　如果没有又如何？

布伊特拉戈　我们就叛教。

群众乙　布伊特拉戈,给我灵魂！

布伊特拉戈　婊子养的！难道我们

　　　　　还有什么灵魂可给？

群众乙　给我灵魂！

布伊特拉戈　哎呀,天哪！

　　　　　我如果把你捉住,倒霉蛋,

　　　　　你就会知道

　　　　　我是否有灵魂给你！

古斯曼　布伊特拉戈,

　　　　　不要再说啦,

　　　　　这部喜剧的主要意图,

　　　　　是把真人真事

　　　　　同任意的虚构掺和,

　　　　　现在到了结束的时候。

　　　　　　　　　　　　（剧　终）

争　美　记

序　言

　　《争美记》①属于骑士和传奇类作品。现在这个剧本同塞万提斯《八个喜剧集》里的一样，使人产生这样的印象：似乎是根据以前一个本子并在第一时期剧作的基础上改写而成的。塞万提斯在改写这个剧本时忽略了一个有意思的细节。在第二幕，爱情说：

　　　　说完这些话，

　　　　今天就算大功告成。

　　明明白白地指出，这幕剧到此已经结束。然而这幕剧又延续了一些时间，这说明后面都是补写的。在《堂吉诃德》第一部里（最晚在一六○四年或在此之前②）有两首十四行诗是相同的，而且属于同一人物，也就是这个剧本里的克洛丽。

---

①　本剧标题按原文可直译为《嫉妒纷争的宫廷和阿尔德尼亚森林》。本剧的时代背景是查理大帝时期。当时摩尔人势力强大，占领了西班牙大部分领土，建立了大大小小的摩尔人王国。查理大帝原是法兰克王国加洛林王朝国王（768—814），公元八○○年由罗马教皇加冕称帝。他手下有"十二勇士"，其中最有名的是罗尔丹。公元七七八年查理大帝率兵进攻西班牙，围攻萨拉戈萨城不克，回师经过比利牛斯山，在隆塞斯瓦耶斯山谷受西班牙人重创，罗尔丹战死。在这个剧本中，作者把罗尔丹和另一勇士雷纳尔多斯争夺一个美女作为主线，敷衍出许多滑稽情节，其中出现隆塞斯瓦耶斯之役中西班牙名将贝尔纳多为这两位勇士劝架的情节。罗尔丹即罗兰，又称罗兰多。

②　《堂吉诃德》在一六○五年问世，这里似指手稿。

《争美记》中也有几个作道德说教的人物,这种特点与《交易》①和《努曼西亚》②保持更多的连续性;而同塞万提斯第二时期的喜剧创作风格相差较大,在这一时期中很少有这类人物出现。此外,那些场景说明,明显地使人想到,就像前述第一时期的剧本那样,是供演出用的,而不像第二时期的剧本。柯塔雷洛·巴列多尔③根据《诗坛女助理》的引文,认为此剧原来的标题是《恋爱之林》。

《争美记》(正如标题所说)极尽骑士类喜剧离奇夸张之能事。舞台场景,如安赫丽卡带着两名壮汉、一名伴媪和一只哈巴狗走进查理大帝的宫廷,出现在智者马尔赫西面前,这可能会使观众为之惊讶;但是,就是在这种情况下,我们觉得塞万提斯不见得不是进行讽刺,就像堂吉诃德在蒙特西诺斯山洞里的梦中奇遇那样,那种讽刺很具魅力。巫师、幻觉、魔法以及各种小插曲,在这部奇怪的喜剧中俯拾即是,其中出现雷纳尔多斯、罗尔丹和贝尔纳多,后者带一名穿靴子、戴毡帽的比斯开人侍从;还有梅林的幽灵,村姑,牧童,以及象征恐惧、怀疑、绝望、嫉妒等的人物。

然而也有奇妙的时刻,有风趣,甚至有诗意的段落,例如夹进这样一些句子:

> 姑娘,你泼了水,
>
> 而事先没有说声"泼水啦!"
>
> 官府会派人把你抓。

---

① 即《阿尔及尔的交易》。
② 即《被围困的努曼西亚》。
③ 柯塔雷洛·巴列多尔(1857—1936),西班牙语言文学家。

　　塞万提斯的这部喜剧是数量众多的骑士喜剧之一,这类喜剧怪诞多于诗意,例如洛佩①的《雷纳尔多斯的贫穷》(此剧确有其不可否认的价值);库维略②的《战胜自我者》,剧中运用了阿里奥斯托③所作《奥尔兰多》的许多情节;坎塞尔④的讽刺剧《瓦尔多维诺之死》,穆绅⑤吉廉·皮耶尔(柯塔雷洛推测,可能是坎塞尔的化名)的讽刺剧《杜兰达尔特与贝莱尔玛——最真实的爱情》,或十八世纪初堂洛佩·德·利亚诺所作讽刺剧《贝尔纳多·德尔·卡尔皮奥在法兰西》,无不如此。其中以洛佩的讽刺剧为最佳,被莫雷托⑥和马托斯·弗拉戈索⑦改编成《十二勇士中的佼佼者》。

安赫尔·巴尔布埃纳·普拉特

---

①　洛佩,指洛佩·德·维加(1562—1635),西班牙"黄金世纪"新戏剧奠基人。
②　库维略(?—1664),西班牙诗剧作家。
③　阿里奥斯托(1474—1553),意大利文艺复兴时期著名诗人。
④　坎塞尔(?—1655),西班牙诗剧作家。
⑤　古代西班牙阿拉贡地区对二等贵族的称呼,现在只在某些地区用作尊称,加在神父名字之前。
⑥　莫雷托(1618—1669),西班牙诗剧作家。
⑦　马托斯·弗拉戈索(约1630—1692),西班牙诗剧作家。

剧 中 人 物

雷纳尔多斯

马尔赫西

罗尔丹

加拉龙

查理大帝

安赫丽卡

贝尔纳多·德尔·卡尔皮奥

一个伴媪

一个持盾侍从

阿尔加利亚

梅林的幽灵

玛菲莎

牧羊人劳索

牧羊人科林托

牧羊人鲁斯蒂科

牧羊女克洛丽

恐惧

怀疑

绝望

嫉妒

维纳斯女神

丘比特

臭名

美誉

菲拉古托

卡斯蒂利亚

一个天使

一名小厮

第 一 幕

〔雷纳尔多斯和马尔赫西上场。

雷纳尔多斯　这事的根源定是因为我穷。

天哪，可我这双手，

随时都能将野蛮人、法国人和异教徒残余

统统驱逐，一个不留。

罗尔丹哪，你竟对我搞这种名堂？

你要么把你掌管的教会旗标

插到至高无上的天空，

否则我就不信，我就叛教……

马尔赫西　喂，老弟！

雷纳尔多斯　去你的！……

马尔赫西　瞧，你这些话没道理。

雷纳尔多斯　我这些话决不会传到屋外。

马尔赫西　那你何必说呢？

雷纳尔多斯　我怒火中烧,气得要死!

马尔赫西　你把我说糊涂了。

雷纳尔多斯　而你呢,使我……

　　　　　你别管,由我气炸肺吧!

马尔赫西　愿上帝保佑,现在你必须告诉我,

　　　　　你同谁生气。

雷纳尔多斯　生阿格朗特宫侍卫大臣的气,

　　　　　这个杂种,狗娘养的,

　　　　　傲慢、饶舌又胡闹,

　　　　　有点儿荣誉就高傲。

马尔赫西　雷纳尔多斯,是这样吗?

　　　　　他对你怎么啦?

雷纳尔多斯　一个杂种竟敢对我如此狂妄,

　　　　　我是来受气的吗?

　　　　　我发誓,不论他来头多大,

　　　　　我也要杀了他,煮了他,吃了他!

　　　　　当时他在宫里的阳台上,

　　　　　旁边站着加拉龙;

　　　　　我从院子里进去,慢慢地走,

　　　　　仅我独自一人,好像低他一头。

　　　　　他们二人见我穿着破旧的波西米亚服,

　　　　　帽子上又不缀珍珠,

　　　　　便哈哈大笑。依我看,

　　　　　他们是笑我穿戴穷酸。

我怒气冲天,毫不畏惧,

飞身窜上了楼梯。

阳台上未见他们踪影,

我怒气难消又难忍。

他们躲进宫里不露面。

假若不是看皇上的面子,

我就在皇上面前要了他们的小命。

对我的侮辱他们的狗命不足抵偿。

加拉龙这个坏蛋,我不同他算账,

他不过是个胆小鬼、蠢东西;

可是对罗尔丹,我一定要出这口气,

因为他认识我,却瞧不起我。

这两个家伙马上会得到报应,

他们将以性命偿付对我的轻蔑,

尽管有人要阻挡……

马尔赫西　你不觉得你错了吗?

雷纳尔多斯　你这话更使我激愤。

马尔赫西　这才是罗尔丹,你瞧他来了,

　　　　　带着加拉龙。

雷纳尔多斯　你靠边。

　　　　　我倒要看看这卑鄙家伙究竟是什么东西,

　　　　　尽管天下都把他当作盖世英雄。

　　〔罗尔丹和加拉龙上场。

雷纳尔多斯　好哇,嘲笑人的家伙,

　　　　　看你能不能躲进查理大帝的宫里,

　　　　　看你能不能在造谣中伤之后

熄灭我的怒火!

加拉龙　我快躲避,因为这是个亡命徒,

就说了就会动手。

〔加拉龙下场。

雷纳尔多斯　谁让你们嘲笑我来着!

罗尔丹　这家伙疯了。

雷纳尔多斯　那个胆小鬼躲到哪里去了?

马尔赫西　走开啦。

雷纳尔多斯　他害怕我朝他吹口气

就会要了他的小命。

罗尔丹　你如此傲慢,引我发笑!

雷纳尔多斯,你同谁生气?

雷纳尔多斯　我?生你的气!

罗尔丹　生我的气?那为什么?

雷纳尔多斯　你自己知道。

罗尔丹　我只知道我一直是你的朋友,

我的意志任你摆布。

雷纳尔多斯　你的笑声就是这事的见证,

你不必如此自我表白。

你说,难道贫穷能剥夺大自然对我们的赐予?

难道我双手戴金戒指,

打扮得花团锦簇、富丽堂皇,

就能在任何地方制服

魁梧的摩尔人或英武的西班牙人?

不对,昂贵的服饰既不能产生力量,

也不能鼓起勇气。

靠我自身,靠这把剑和你所了解的

我桀骜不驯的精神,

无论何地都能打开宽阔的缺口,

有如锋利的镰刀收割干燥的庄稼一样。

我的力量天下谁个不知,谁个不敬,

人人都知道我是谁,

你对我的嘲笑毫无道理。

为了使你知道我言之有理,

请你拔出剑来比个高低,

你就会明白我丝毫不比你低。

同你比武也不是第一遭。

怎么,情况这么严重你还笑?

罗尔丹　老兄,到底是什么邪火促使你

打破咱们之间的和睦?

你所说的嘲笑又是何事?

马尔赫西　他说,他走进宫中院子时,

你嘲笑他

穿着不华丽,又是孤零零一人,

波西米亚服又旧又破。

他瞧着自己的狼狈相,想了一想,

就以为是嘲笑他,

便立刻上楼,如果在那里碰到你们,

你们的笑声就会变成哭泣。

罗尔丹　你错啦。我指天发誓,

我根本没有那种想法;

你完全可以放心,

因为我可以解释清楚,而且可以发誓。

以教会栋梁和坚固的城墙的名义,

以法兰西保护人和勇士精神的名义,

我发誓,任何人,即使要了他的命,

也不敢嘲笑你。

啊,亲爱的老兄,我这样道歉,

足以平息你前所未见的怒气!

凭我这诚实的胸怀

决不会这样侮辱别人。

尤其对你,你独自一人赚到的黄金

比利古里亚①所有的和将会有的黄金还多,

当然荣誉比衣衫褴褛的摩尔人

在梯瓦尔②淘出的黄金珍贵。

啊,老兄,向我伸出手来吧,

因为我想,咱们两只手

合在一起就天下无敌,

决不会有人胆敢小觑。

〔加拉龙伴着查理大帝回来。

皇　帝　那冒失鬼一开口就这么讲话,

　　　　而且看样子已露出苗头,

　　　　怒火很快会促使他从破口大骂

　　　　转到拔剑砍杀,是吗?

加拉龙　陛下不必劝架,

---

① 利古里亚,意大利热那亚湾沿岸的一个地区。

② 在西班牙文中词组"梯瓦尔金子"意为成色极好的黄金。作者故意把词组中的"梯瓦尔"作地名用,在语言上显得风趣。

因为在这种情况下

由他们争斗为妙，

生死由他们自己做主；

二强相斗，

必用智谋，

双方都害怕对手，

而且必定极度重视舆论，

害怕有人向陛下禀奏；

如果陛下不想吃亏，

敬请考虑我的意见。

皇　帝　他们并不像你说的那样，

你说：那位是不是罗尔丹？

这位是不是雷纳尔多斯？

他们和睦相处，手拉着手。

加拉龙　先生们，难道你们看不见查理大帝？

罗尔丹　啊，伟大的皇上！

皇　帝　哦，亲爱的弟兄们①！

你们吵架了？

罗尔丹　我们把争吵变为友好，

言归于好不需和事佬。

我承认，我们曾多次争吵，

然而没有一次真打真闹。

加拉龙　雷纳尔多斯消了气，

---

①　古时西班牙国王对大公等大臣在书信中以表兄弟相称。作者在此借用这种习惯。

早知如此，就不必请皇上到这里；

我把皇上引来，

真以为你们已打得不亦乐乎哩。

马尔赫西　你巴不得死一个，最好两个都死，

这是你的不良居心。

皇　帝　你的担心毫无根据。

使我感到欣慰的是，

这两位勇士的盔甲和宝剑

要在更光荣的时机才显神威。

罗尔丹　雷纳尔多斯，对加拉龙不要记恨，

我敢保证，他是咱们的朋友。

马尔赫西　但愿他被砸得粉身碎骨，

或者像我希望的那样，他不得好死！

此人是个煽风点火的家伙，

总是使至亲骨肉反目成仇。

雷纳尔多斯　瞧那小厮跑得上气不接下气！

小　厮　老爷，如果您愿意看到

生活中少有的奇事，

请到这边来，我保证

既古怪又好看，而且高雅。

雷纳尔多斯　这厮今天讲话好不文雅！

小　厮　我以我父亲的性命起誓。

有一位天仙降临，她前面有两个壮汉，

既当保镖，又当仆役；

有个女人，该是她的曾祖母，

骑一头漂亮的母骡跟在后头。

　　　　　我说那实在值得观赏。

　　　　　他们过来了;请看,她是否漂亮。

马尔赫西　她那么小心翼翼,好不奇怪?

皇　帝　你手头有书,

　　　　　要弄清楚毫不费事。

马尔赫西　书在这里,查个清楚很容易。

　　　〔马尔赫西退到舞台一边,取出一本小书专心阅读。不
　　　久,从舞台空处冒出一个魔鬼形象,走到马尔赫西身边。
　　　同时,安赫丽卡开始经由剧场池座步上舞台,她美貌,骑
　　　着马,脸被遮着,服装极为华丽;两个壮汉身披青藤或染
　　　绿色的麻线,拉着缰绳;后面跟着一个伴媪,骑一匹罩着
　　　马披的母骡;安赫丽卡带着一个漂亮的小匣子和一只哈
　　　巴狗;绕池座一周后,那两个壮汉扶她下马。她朝查理大
　　　帝走去。后者见到她。

皇　帝　她带的这队人马好不神气,

　　　　　服装潇洒又奇异,

　　　　　美人是个尤物,

　　　　　超凡脱俗是女神。

马尔赫西　是福还是祸?

皇　帝　马尔赫西,你说什么?

马尔赫西　我还不能确定到底是什么。

皇　帝　那你看个仔细。

马尔赫西　谨遵圣命。

皇　帝　你们去楼梯跟前迎接,

　　　　　把她带到我面前。

雷纳尔多斯　她确是个奇怪的尤物。

马尔赫西　我的法术在此事上真地出了差错。

皇　帝　马尔赫西,到底是怎么回事?

马尔赫西　请陛下细听她说,但不要信她。

　　　　　陛下眼前这位贵妇人……我还不知底细;

　　　　　听她说吧,我马上会弄个明白。

〔安赫丽卡同两名壮汉和伴媪上。陪同她的有雷纳尔多
斯、罗尔丹和加拉龙。安赫丽卡遮着脸。

安赫丽卡　全能的皇上,

　　　　　愿老天爷

　　　　　保佑您的国家繁荣昌盛。

　　　　　无论风云如何多变,

　　　　　愿陛下在世上百年、千年,福寿绵延。

　　　　　陛下驾临

　　　　　意味着恩准我的要求,

　　　　　既然如此,我不敢未得到陛下允许

　　　　　就说明来意。

　　　　　啊,伟大的皇帝,

　　　　　我的朝觐将增加陛下声望,

　　　　　为陛下增添威名和荣光。

皇　帝　有话请说。

安赫丽卡　陛下的恩准,使我心想事成。

　　　　　神圣的皇上,请细听我讲,

　　　　　还有衮衮诸公,也请静听。

　　　　　我是伟大的加拉弗朗王国的继承人,

　　　　　王国疆域辽阔,

　　　　　边界从这个海岸起,超过半个地球,

我的父王统治着广阔的海洋和天空。

他的智慧与他的伟大相称，

他得知我命中有灾，

急需将我许配给

血统和地位与我门当户对的男子。

父王已经决定，

谁在一次比武中战胜

我那身穿坚固而又华美锁甲的弟弟，

谁就可以得到王国和我本人。

我带着弟弟走遍各地，

经历了千辛万苦，

最后来到法兰西王国，

在这里我一定能达到我的目的。

我的弟弟留在阿尔德尼亚阴凉的森林中，

等候着同那位渴望得到王国、

一心要得到美人的

勇士比个高低。

〔揭下面纱。

安赫丽卡　我必须说明比武的规则。

父王有令，不准使用刀剑，

谁被长矛击倒，谁就当阶下囚，

这就是条件，或是协定。

无论是谁——贵族或平民——

战胜我弟弟，将他击倒在地，

谁就可以得到我而享尽艳福，

决不食言。

马尔赫西　这女巫说得多好听!

安赫丽卡　喂,勇士们,

　　　　　谁想得到王国,

　　　　　请快快拿起武器,

　　　　　你们眼前这位美人售价低廉,

　　　　　快来吧!

罗尔丹　天哪,她真迷人!

雷纳尔多斯　我的老天,真叫人羡慕!

安赫丽卡　我的意思已经向您讲明,

　　　　　我应该马上离开。

　　　　〔黑影①下场。

皇　　帝　如果我的命令或请求对你有效,

　　　　　请你稍作停留,

　　　　　我要按照你已知的高贵身份

　　　　　侍奉你热情又周到。

安赫丽卡　您的要求我办不到,

　　　　　请放我走,事情就算了。

皇　　帝　看来

　　　　　只能悉听尊便,

　　　　　届时你自会回来,

　　　　　接受我侍奉你的愿望。

马尔赫西　在这出假戏中他也上当!

　　　　〔安赫丽卡及其随从们下场。

雷纳尔多斯　罗尔丹,

----

① 指前面的"魔鬼形象"。

你为何跟着她走？

罗尔丹　请你不要啰唆。

雷纳尔多斯　只能我一人跟她走。

罗尔丹　你多么无礼，多么傲慢！

雷纳尔多斯　站住，不许跟她走！

罗尔丹　雷纳尔多斯，够了，你不要逼我。

马尔赫西　陛下，请命令他们站住，不要让他们走。

　　　　　陛下，请派人捉住那巫婆。

雷纳尔多斯　你要是离开这里，

　　　　　我就对你不客气。

皇　帝　这个不要脸的女人是谁？

马尔赫西　请下令捉住那不要脸的女人，

　　　　　我认为将来她会以某种方式

　　　　　毁了法兰西。

罗尔丹　我不管你和天下人如何难受，

　　　　　也要实现我的愿望。

雷纳尔多斯　你敢再向前走！

皇　帝　马尔赫西，你快宣布吧。

马尔赫西　陛下看到的这个女子，

　　　　　正如她所说，是加拉弗朗之女；

　　　　　然而她的意图（愿上帝纠正她）

　　　　　与她所编造的故事不同，

　　　　　因为她的父王下令关押您的十二名勇士，

　　　　　如果他把勇士们捉走，

　　　　　就会挥兵进攻，征服陛下的国土；

　　　　　为了实现这个阴谋，

便派出他的儿子,给他装备

一枝美丽的长矛,

使他能所向无敌。

长矛是用黄金打造,

而且被施了魔法,

具备这种性能:

谁碰到它就会吓得发抖。

因此,那不要脸的疯婆娘

要求那些胆敢一试的人

不得使用刀剑。

此外,那婆娘

又以闭月羞花之貌勾引;

她能诱骗最胆小的人

也企图一试,

使他们失败了也不知悔恨。

陛下,您如果不加制止,

您的十二勇士将成阶下囚,

您的其他许多能征善战的武将

也将成为俘虏。

皇　帝　你讲的这些事确实可怕,

然而我无法挽救,

因为我不相信会有这等事,

你既然相信,就请你去制止。

马尔赫西　我要施展我所有的本领和法术。

加拉龙　陛下,说真的,您的高参

没有一个是像样的。

·····························

〔查理大帝和加拉龙下场。

马尔赫西　那位仁兄在生罗尔丹的气，

　　　　我要阻止他们争斗。

　　　　一个难题尚未解决，

　　　　又一个难题使我发愁。

　　　　啊，这婆娘美丽又阴险，

　　　　魅力大无边，专门把人骗！

〔马尔赫西下场。贝尔纳多·德尔·卡尔皮奥全副武装

上，这位戴头盔的骑兵随带一名比斯开人持盾侍从，后者

脚穿靴子，头戴毡帽，腰悬佩剑。

贝尔纳多　这里，在路边，

　　　　我可以休息一会儿。

比斯开人　聪明的主人，您疯啦，

　　　　原本机灵的您如今变得糊涂。

　　　　我这个比斯开人

　　　　当上您的侍从，

　　　　劝您不要赶路急如流星，

　　　　要像驮夫那样慢步而行。

　　　　您走了一程又一程，

　　　　走得这么快，令人难以置信，

　　　　您已远离故乡，

　　　　进入了异邦。

　　　　在西班牙您可要急急忙忙，

　　　　因为在边境有摩尔人，

　　　　有军旗招展，军号响亮

　　　　　　这一点您可以看见。

贝尔纳多　　我不是把来这里的意图

　　　　　　告诉你了吗？

比斯开人　　太奇怪啦，

　　　　　　别人胆子再大也不会有那种想法。

　　　　　　您完全有可能

　　　　　　把好事办坏；

　　　　　　给西班牙招来兵灾。

贝尔纳多　　布拉斯，我明白你的意思。

比斯开人　　您该清楚，

　　　　　　我出的都是好主意；

　　　　　　因为我——胡安·盖科阿——

　　　　　　是比斯开人，决不是蠢货。

　　　　　　老爷，您考虑吧，如果您看出

　　　　　　那条去法国的道路崎岖，

　　　　　　您可以转身回去。

贝尔纳多　　据说，在这座森林里，

　　　　　　无论走哪条路，

　　　　　　常能遇上奇事。

　　　　　　也许在途中，也许在终点，

　　　　　　也许在起点，也许在我不知道的地方，

　　　　　　在树林里隐藏着

　　　　　　大魔法师梅林的大墓碑，

　　　　　　他的父亲是魔鬼。

比斯开人　　老爷，那墓碑早就不见了，

　　　　　　需要给他建一个。

贝尔纳多　我一定要寻找,把它找到,

　　　　　即使要绕着这森林走几千圈。

比斯开人　时间不早,

　　　　　要么赶路,要么睡觉。

贝尔纳多　你回去看看

　　　　　菲拉古托是否已跟上来,

　　　　　告诉他留在何处。

比斯开人　当侍从的总是倒霉。

贝尔纳多　打仗就是苦,令人厌恶。

　　　　　　战争啊,你只有一点好处:

　　　　　　你能使人把沙滩当作羽绒垫,

　　　　　　把硬地皮当软铺。

　　　　　　无论你到何方,

　　　　　　只要田野不狭窄,

　　　　　　你就能提供宽广无边的床。

　　　　　　你是一种麻醉剂,

　　　　　　总是给焦虑、愤怒中的人

　　　　　　奉献强制性的安眠。

　　　　　　经验显示,

　　　　　　你生来就是

　　　　　　勤奋的母亲,

　　　　　　慵懒的后娘。

　　　　　　啊,头盔,你这漂亮的尖顶物,

　　　　　　过来吧,

　　　　　　既然你是属于头颅,

　　　　　　就充当我的枕头吧,

因为突然的困倦

占据了我的全部感官。

人们说得好，

沉睡的人呈现死的面貌。

〔贝尔纳多在梅林墓碑旁躺下睡觉。墓碑必须是带斑纹的大理石，能够开合。此时山顶出现阿尔加利亚，他是美女安赫丽卡的弟弟，全副武装，手持金长矛。

阿尔加利亚　从这山顶上

可以看到许多地方；

那边是田野，

这边挡住田野的是树林；

那里是一条白带似的大道，

笔直通向巴黎。

如果我姐姐已经设下了

她一心考虑着的圈套，该是多么妙！

如果我没有看错，

那人必定是她，

沿着弯弯曲曲的路

朝这边走来。

她安排马帮

在大道上行走。

她无论想做什么事，都干得不错。

让我下山去把她迎接。

〔阿尔加利亚下，安赫丽卡带着两个壮汉和伴媪上。

安赫丽卡　必定是这条小道，

我不会弄错记号，

转过这些岩石，

必定就是我们的营帐。

伴　媪　小姐，咱们何时

能到达路程的终点？

咱们何时能脱离谬误

走上正道？

唉！何时我能再在会客室里

像不久以前那样，

坐在软垫上休息？

直到何时，每当太阳出山运行到落山，

我可以不必赶路，从这里走到那里？

何时才能见到我那装满

雪花膏、润肤霜、油脂和小香皂的

瓶子匣子？

何时我才能好好歇息

而不必担惊受怕？

法国的寒风

吹得皮肤干裂，

我的脸皱皱巴巴，

像鞋底一样可怕。

安赫丽卡　住口，一切都会办好的。

伴　媪　我看您不会如愿以偿，

那两个大汉

勇不可挡，

在这条路上和终点

　　　　　　我盼不到好结果。

安赫丽卡　你没有看到真相,

　　　　　　住口吧,我的弟弟来了。

　　〔阿尔加利亚上场。

阿尔加利亚　啊,足智多谋的美人,

　　　　　　手头究竟有多少锦囊妙计!

　　　　　　你是怎么来的?

　　　　　　你的计谋安排得如何?

安赫丽卡　计谋几乎全照

　　　　　　我的想法安排好。

　　　　　　咱们先进营帐,

　　　　　　坐着慢慢地细谈,

　　　　　　讲讲我出使的情况,

　　　　　　如何开头又如何结束。

阿尔加利亚　姐姐,你说得对,

　　　　　　来吧,帐篷就在附近。

伴　媪　她同我一样沮丧,

　　　　　　我知道事情并不妙;

　　　　　　同一根源的剧痛

　　　　　　痛得我揪心。

　　　　　　骑着马儿到处跑,

　　　　　　毫无结果心煎熬。

　　〔全体下场,只有贝尔纳多还在睡觉。忽然传来悲哀的
　　长笛声,贝尔纳多惊醒。此时墓碑开启。出现一个死人
　　形象。

幽　灵　勇敢的西班牙人，你的祖国和朋友①

　　　　　的高尚愿望使你背井离乡。

　　　　　请记住你亲爱的父亲，

　　　　　他长期被关在黑暗的牢房。

　　　　　这件事你应该全神贯注，

　　　　　你不必到异国他乡

　　　　　寻找无用的战争，

　　　　　在遥远的异国幸福等于不幸。

　　　　　这样的时刻就会到来：

　　　　　在比利牛斯山麓你将使勇敢的法国人

　　　　　低下潇洒、高傲的头，

　　　　　你将享受极为光荣的奖品。

　　　　　你的愿望价值连城，

　　　　　你的幸运同你的愿望一样美好，

　　　　　请顺应你的命运，

　　　　　你的财富将高达月球。

　　　　　你的祖国将因你而摆脱外国人的统治，

　　　　　你的祖国将因你而得到安定。

　　　　　你是水，将熄灭贞洁冷静的胸膛中

　　　　　燃烧的烈火。

　　　　　离开这森林吧，

① 幽灵这段话是劝说贝尔纳多回西班牙，不要为高尚的愿望驱使而深入法国境内。在历史上，在隆塞斯瓦耶斯（在比利牛斯山区）之役中，西班牙击败查理大帝，查理大帝的名将罗尔丹在此役中战死。贝尔纳多是当时西班牙的一员名将，在此役中立了大功。至于其父"长期被关在黑暗的牢房"，作者可能把祖国比作父亲，因当时西班牙大部分国土被摩尔人长期占领。

你在这里被奇怪的任性驱使

而盲目游荡。

贝尔纳多,回去吧,回去吧,

回到不朽的英名和清白的名声召唤你去的地方。

我是中了魔法的梅林幽灵,

为上苍保管福与祸,

我躺在这里,在这阴暗的森林里。

虽然我保管的灾祸可以消弭,

但是,我不会从此地被迁移到

不幸的地区,在那里人们不停地哭泣,

直到许多仁慈的基督教旗帜

穿越这片野蛮的森林,哭声才会停歇。

我有许许多多事要对你说,

只好留到那天再讲,因为现在你必须

躲到那些树丛里去,

躲藏时间短暂,不会很久。

有两个人都十分好斗,

你要使他们和好,如若他们不听劝告,

可以向他们表明,你的剑不会客气。

照我吩咐的做吧,不必多言,

你明白,我现在是、将来也是你的朋友。

〔墓碑合拢,贝尔纳多一言不发地进入墓碑,不久,雷纳尔多斯上场。

雷纳尔多斯　我这么行走也是枉然,

因为这许多花草中

没有一枝花草

给我指点前进的方向。

这点缀着光斑的地面

如果被她的双脚踩过，

就成为移到地上的天堂。

美人抚摸过的花草，我都觉得如此甜蜜、高尚，

她抚摸过的花，有哪朵不会变成

明亮的星星或太阳？

我心爱的美人一定在大路上行走，

因为这里的地面不放射光芒，也没有芳香，

而我却远离了大路。

当然，我不会因惜力而不去

寻找那美丽的太阳①，

因为无论是她的美貌还是光芒，

都在引导我去瞻仰。

然而这是为何，

我竟感到十分困倦？

啊，自由的力量却受制于

我这个无能的主人！

在这里，在这块陡峭的巨岩下，

我得躺下，

睡得像死人一样，

因为我已累得奄奄一息。

〔雷纳尔多斯躺下，把盾放在头边挡风。一会儿罗尔丹

上场，双臂叉在胸前。

---

① 作者经常把心爱的姑娘比作太阳或蓝天。

罗尔丹 来来去去走了这么多路,一无所得!

啊,太阳,你把阳光洒进我心中以后,

落到何处去了?

美丽的太阳,你露面吧,

我走遍平原和山巅,

急切而又沮丧地寻找你的光辉。

啊,安赫丽卡,

你是我这个盲人的神圣光芒,

引导我走向新生!

何时我的眼睛能见到你?

如果见不到你,

可怕的死亡何时

来了结我的残生?

哎,这懒东西是谁?

睡得这么香。

除我罗尔丹以外,

别人都过着安宁的生活。

这是怎么回事? 躺在这里睡觉的

是雷纳尔多斯。

啊,老兄,你生来就成为

我的脚镣,

我的手铐;

你葬送我的光荣,

阻碍我的胜利,

使我的胜利成为徒劳,

使我饮食无味!

然而我要把你完全改变，

不等世人和你自己看到你的大限之日，

我就了结你的性命。

可是罗尔丹，怎么能这么干呢？

你就这么快变成阴险的杀人者？

你说，这是不是丑恶的思想？

你说，因为他是我的情敌，

我的全部痛苦都由他引起？

是的，你是这么说的。然而我知道，

善良的恋人心地正直，

决不是阴险卑鄙之辈。

我，罗尔丹，赢得爱情也罢，

失去爱情也罢，

任何时候都讲求荣誉，

此心永不改变。

老兄，能睡你就睡吧，

把我的盾放在你身边挡风；

尽管爱情能战胜我，

阴险却不能奈何我。

我把你的盾拿过来，

等你醒来时就能发现，

真正的友谊

任何人也不能破坏。

〔罗尔丹在雷纳尔多斯旁边躺下，把后者的盾拿去放在
头边挡风。不久，雷纳尔多斯醒来。

雷纳尔多斯　安赫丽卡！啊，多么奇怪！

我看到的此人难道不是罗尔丹?

不是那想争夺我幸福的人吗?

是他,可是,是谁把他的盾

给我挡风?

啊,老兄,你讲礼貌又厚道,

一定是你做的。

只要活着我就是你的对手,

你为了除掉我,

完全可以把我杀掉,

因为我是在睡梦中。

然而你的义气

胜过你心中的爱情,

你按照习惯

做出了豪侠之举。

不过,留我一条性命,

是否因为藐视我?

不对,谁都知道

我是有价值的人,

你本人就接二连三、

一次又一次地加以证明。

我弄不清是何原因,

是由于他高傲还是因为友情

而留我一命,

然而所有吃醋的恋人

都不讲情义。

啊! 如果此人真心诚意

让我去追求那美人，

我愿上帝保佑他！

但是，如果不是如此，

老兄，你就莫想因为你的善良，

我就会放弃追求我那甜蜜的对象。

你不要责备我的追求，

因为国无二主，

爱情也无二主。

你当然可以在我身边睡觉，

因为不能伤害中了魔法的人，

你的酣睡夺去了

我向你还礼的机会。

但是等你醒来以后，咱们可以看看

你的意图究竟倾向何方；

如果是在我去的那方，

我就千方百计把你防。

我六亲不认，

不讲礼仪，

即使战神下凡，

也莫想阻挡。

罗尔丹啊，罗尔丹！你醒来吧！

你太粗心大意，

不过，如果你是为追求幸福而来，

就像我猜测的那样，

那你就拿走你的盾，

把我的盾还我。

马上醒来吧！

罗尔丹 啊,安赫丽卡,

我生命和意志的主宰！

你躲到哪里去了？

带走了我的全部幸福。

雷纳尔多斯 我们之间宣战了,

我们之间失去了和平。

罗尔丹,算了吧,起来,

把盾各还其主！

罗尔丹 你以何等甜蜜的绳结

卡住了我的喉咙；

我要说出我的心愿,

我要把我的魂儿交给你！

雷纳尔多斯 如果你不醒,

我就用剑让你醒来,

不是我宰了你,就是你杀了我,

看你还睡不睡！

这些残忍的想法

产生于忘恩负义的心肠。

我在变成另一个人了。

理性,你立刻回来吧,

我正常的办事能力已经丧失！

渴望在折磨我,

怀疑使我厌倦,

怀疑在把我毁灭,

醋意把我变得心狠手毒！

〔罗尔丹醒来。

罗尔丹　雷纳尔多斯,你要干什么?

雷纳尔多斯　不是我死,就是你亡!

罗尔丹　老兄,你要杀死我?

雷纳尔多斯　你的性命在我掌握之中。

罗尔丹　怎么是在"我掌握之中"?

雷纳尔多斯　告诉你吧:

　　　　　你只要说明

　　　　　你是否在寻找我心上人而将我追逼,

　　　　　你是否来寻找安赫丽卡。听明白了吗?

罗尔丹　能否知道你想干什么?……

雷纳尔多斯　你不住嘴,我就让你住嘴!

罗尔丹　你活得不耐烦了,要找死?

雷纳尔多斯　糊涂虫,你还是算一下正在威胁你的灾难吧。

罗尔丹　过去对你讲礼仪全是多余。

雷纳尔多斯　把我的盾还我,你就会看到

　　　　　你总是在胡说八道。

　　　　　如果你不回巴黎,

　　　　　你也马上会看到你的过错,并且受到惩罚。

罗尔丹　此事极易决定!

　　　　我既不回巴黎,

　　　　也不放弃安赫丽卡。

　　　　看你怎么办。

雷纳尔多斯　不要无礼。

　　　　　不管你是否中了魔法,

　　　　　我也要亲手把你毁。

罗尔丹　你这顽固的混蛋，

　　　　你要徒手搏斗？

雷纳尔多斯　去你的！拔出你的剑来吧，

　　　　即使你是金刚石打造的，我也不怕。

　　　　无耻的傲慢家伙，你会看到

　　　　我到底是什么样的人。

　〔二人拔剑欲厮打，此时从舞台空处冒出火焰，将他们

　隔开。

罗尔丹　我清楚，

　　　　你的魔法师马尔赫西在这里，

　　　　他害怕你被打死，

　　　　然而他救不了你；

　　　　我要乘船渡过阿盖荣特河

　　　　去惩罚你。

雷纳尔多斯　不管有多少重阻挡，

　　　　不管有火海要闯，

　　　　我发誓要追上你，

　　　　就像你在这里看到我所做的一样。

罗尔丹　我决不会饶你，

　　　　老兄。

雷纳尔多斯　我同你再无情义！

梅林的幽灵　强壮的贝尔纳多，出来吧，

　　　　将他们二人隔开。

贝尔纳多　骑士们，不要再打啦！

　　　　强壮的武士们，散开！

雷纳尔多斯　你是从天上掉下来的？

你要什么？你指挥我们干什么？

贝尔纳多　我的要求十分公道，

　　　　你们一定要服从我。

　　　　在这少有的时刻，

　　　　你们应该停止这不明不白的打斗。

雷纳尔多斯　你提供了一个极好的机会，

　　　　你的要求很妙。

　　　　请问，你是西班牙人？

贝尔纳多　很荣幸，我是西班牙人。

雷纳尔多斯　滚开，因为只有太阳

　　　　是我们二人的不幸，

　　　　因此，我们只要太阳

　　　　作我们打斗的见证人。

贝尔纳多　只要我的右手不把你们恢复为好友，

　　　　我决不走开。

罗尔丹　你真可恶！

贝尔纳多　你们不知道，你们二人更可恶。

雷纳尔多斯　西班牙人，你怎么搞的？

贝尔纳多　不管说好说歹，

　　　　从现在起，你们为这事

　　　　不能再这么斗下去。

罗尔丹　我是阿格朗特宫的侍卫大臣。

雷纳尔多斯　我是雷纳尔多斯。

贝尔纳多　好极了，

　　　　不管你们是谁，

　　　　你们必须答应我的请求。

罗尔丹　我不拒绝你的意见。

雷纳尔多斯　这个西班牙人真讨厌；

　　　　　　那个国家总是那么傲慢、固执。

罗尔丹　先生，这事与你无关，

　　　　请不要将我们阻拦；

　　　　由我们打斗到底，

　　　　这才合乎道理。

贝尔纳多　我倒愿意如此，

　　　　　可梅林的幽灵不答应。

罗尔丹　啊，你这臭西班牙人，

　　　　转世的丢尼修①！

贝尔纳多　胡说，你这个混蛋！

雷纳尔多斯　西洋镜已经戳穿，滚开。

　　　　　　罗尔丹，你过来！

罗尔丹　哼，我怒火中烧！

　　　　这是怎么回事？谁在扯我的后腿？

　　　　罗尔丹的脚会后退？

　　　　罗尔丹的脚会后退？这是怎么回事？

　　　　我不会逃跑，也决不后退！

雷纳尔多斯　这是梅林在作弄你。

贝尔纳多　好吧，我叫你们快快逃跑。

　　　〔罗尔丹向后退，鬼使神差般地爬上山。

雷纳尔多斯　你一定用钱收买了异教徒的双手②。

---

① 丢尼修，《圣经·新约》人名，是雅典高等法官，使徒保罗曾劝他皈依基督教。

② 作者在此处搞了语义双关的文字游戏。在西班牙文中 traer a mano 意为"收买"，词组中的"手"与下文所说的"脚"意思互相关连。

贝尔纳多　我连一只手也没有看到，

　　　　你们的脚倒是轻快又完好。

　　　　那有何妨？你们有完好的双脚，

　　　　可以从我跟前逃开。

雷纳尔多斯　你太放肆了！

　　〔贝尔纳多跟在罗尔丹后面,爬过巨岩上山,雷纳尔多斯
　　跟在他们后面。玛菲莎上场,她盔甲灿烂,盾上画着作为
　　其标记的凤凰和白鹰;望着那三人手提宝剑直至在山上
　　消失。

玛菲莎　那几个人是否在打斗？

　　　　如果是在打斗

　　　　我要尽力给他们劝和。

　　　　啊,这山太高啦！

　　　　我不想上去,

　　　　我骑着马,也不能上去,

　　　　再试一次也无用。

　　　　不过,无论如何,

　　　　我该试试爬上去。

　　　　可以把马留在林中,

　　　　回来再取。

　　　　这森林里总发生怪事,

　　　　好事、坏事都有。

　　〔玛菲莎爬上山。罗尔丹、贝尔纳多和雷纳尔多斯又出
　　场,他们在争吵。

罗尔丹　不知是怎么回事,

　　　　我对你的怒气已完全平息,

我连我的剑也挥舞不动，

这事有多么奇怪！

贝尔纳多　　道义在帮助我，

使你们的力量和努力徒劳无益。

雷纳尔多斯　　这分明是梅林干的，

他不该使用魔法；

我这位仁兄愤怒如狮吼，

心肠硬如石，

如果没有魔法师作祟，

他决不会后退。

〔安赫丽卡哭着上场，贝尔纳多的比斯开人侍从跟着她上场。

比斯开人　　愿上帝保佑你，把他扔进河里！

干得好！菲拉古托，你攻克了格拉纳达①！

安赫丽卡　　哎呀，我弟弟多可怜！

罗尔丹　　当苍穹需要美丽的泪珠打扮的时候，

为什么这位天仙把泪水献给了地球？

安赫丽卡　　一个西班牙人

害死了我亲爱的弟弟；

他是摩尔人，

不配当军人，行为不正，

将我的弟弟抛进了河里。

罗尔丹　　谁是摩尔人？

---

① 格拉纳达是西班牙东南部城市，在光复战争时期是摩尔人在西班牙最后一个坚固据点，一四九二年被西班牙天主教双王攻克，从此西班牙国土全部光复。这里借以恭维菲拉古托。

贝尔纳多　他是我的朋友。

罗尔丹　你的朋友？啊，你这恶狗，

　　　　必将为他的恶行受到严惩。

雷纳尔多斯　罗尔丹，不劳你动手，

　　　　由我来惩罚他。

安赫丽卡　万一这两人中

　　　　有一人把我捉住，

　　　　我的性命就落在他们手中。

　　　　我赶快两脚抹油，

　　　　带着我的护卫和我的命运，

　　　　逃进这阴暗的森林。

贝尔纳多　雷纳尔多斯，怎么啦，

　　　　你为何不同你的哥们儿一起来宰我？

　　　　为了荣誉，豁出性命我也要与你们拼斗。

　　　〔玛菲莎拔出剑，平息他们争斗；安赫丽卡逃跑，下场。

玛菲莎　这是怎么回事？散开，散开；

　　　　骑士们，请散开！本人可以指挥调遣，

　　　　要求你们这么做。

　　　　如果不是我这盔甲的闪光影响你们视线，

　　　　请看这个标记，

　　　　你们就能认出，我是世上无双的玛菲莎。

比斯开人　那婊子，那小娘们

　　　　跑啦。

罗尔丹　啊，再没有比这事更糟啦！

　　　　我一定要追赶她。

雷纳尔多斯　我去追，

你不行。

罗尔丹　你想得倒好!

雷纳尔多斯　不许你向前迈一步。

罗尔丹　我决不理睬你的胡说八道!

雷纳尔多斯　我发誓,你如果动一步,

　　　　　　我马上把你打得粉身碎骨!

罗尔丹　怎么,你这下流、傲慢的牛皮大王

　　　　竟敢将我阻挡?

　　　　你怎么如此固执?

　　　　这胆小鬼不怕我了!

　　　〔罗尔丹和雷纳尔多斯下。

比斯开人　老爷,由她逃跑吧;

　　　　　因为走那里不行,要走这条路

　　　　　才能到达海滩,

　　　　　那女人把营帐设在那里。

玛菲莎　他们为何争斗?

贝尔纳多　我知道,他们为了争风吃醋。

　　　　　告诉我,菲拉古托可曾受伤?

比斯开人　这小子好好的,连一根毫毛也没有伤。

贝尔纳多　他同谁打斗了?

比斯开人　您没有听见?

　　　　　他同那逃跑的美人的弟弟打斗。

　　　　　摩尔人大发雷霆,

　　　　　将他抛入河里,

　　　　　那可怜人凄凄惨惨送了命。

　　　　　现在他背靠山坡

在守候。

玛菲莎　我同你一起走，

我想更多了解你的功绩，

因为我发现

你具有比你外表更高贵的气质。

请注意，

你为之引路者，是世上无双的玛菲莎，

她的标记

天下独一无二，

是一只在火焰中

再生的新鸟。

贝尔纳多　无论上天还是入地，

我都陪你。

玛菲莎　没有别人，只有你

待我以如此隆厚的礼，

我一定效仿你，

礼尚往来，这才是道理。

第 二 幕

〔牧羊人劳索手持吉他从山的一边过来,科林托手持吉
他从另一边过来。

劳　索　喂,科林托,科林托!

科林托　谁在叫我?

劳　索　你的朋友劳索。

科林托　你在哪里?

劳　索　你没有看见?

科林托　哪棵树、哪根枝把你遮挡,

　　　　或是因为克洛丽向你板了脸,

　　　　你便躲到人迹罕至的地方,

　　　　在那里长嘘短叹。

　　　　劳索,当阳光由这坡照到那坡时,

　　　　如果你愿意,

　　　　就下山去到绿草地。

　　　　我们将在绿柳下或在爱神木的浓荫下

　　　　歌唱那满脸堆笑、

　　　　自以为机灵的克洛丽。

劳　索　我就下去,然而不是为了休息,

　　　　而是为了执行友人的嘱托,

也是为了在树荫下躲避炎热的太阳。

当我那甜蜜的怨家

心肠越来越硬的时候,

是忧躲不过,是喜不长久。

〔二人下山。

科林托　啊,劳索,

贫困是爱情沉重的负担,

即使你有一百个坚强的翅膀,

也难把爱情带到天上。

柔情者的体贴和机灵

再也不能征服爱情,

满怀纯情者的奇异行为也不能将她吸引。

爱情已成为买卖关系,

无论在何处它都是敞开的集市,

在那里人人都只顾自己的利益。

劳　索　啊,克洛丽,尽管我对铁石心肠者

是一只温顺的鸽子,然而由于我囊空如洗,

你待我就如一条凶恶的蛇!

你怎么能如此残忍,

不但不讨厌那蠢如榆木的鲁斯蒂科,

反而钟情于他?

科林托　穷汉如果碰她或拥有她,

最纯的黄金也会变成铜,

最聪明的头脑也会变蠢虫,

对此,经验已做了很好的证明。

哎,你听,有人在山上歌唱,

歌声婉转值得欣赏。

〔克洛丽在山上唱,手持鲜花出场。

克洛丽　姑娘,你泼了水,

　　　　而事先没有说声"泼水啦!"

　　　　官府会派人把你抓。

劳　索　那娇柔、优美的声音

　　　　出自那驱散了我欢乐的丽人,

　　　　对她的爱恋使我失去了愉悦心情。

科林托　咱们听她唱吧。

劳　索　我在洗耳恭听。

克洛丽　你泼水不是时候,

　　　　不小心泼湿了

　　　　为你效劳又爱你的人,

　　　　无意中使他蒙羞。

　　　　到了一定的时候,

　　　　受到的伤害显露,

　　　　官府会把你抓走。

劳　索　咱们一起给她凑趣,

　　　　把你我的乐器调好音。

科林托　我看音已调好,看咱俩唱什么?

劳　索　就唱你那首"维良喜科"①,

　　　　稍加改动就拿得出手。

科林托　咱俩一起对她唱。

　　　　〔科林托唱起歌来。

_____

①　一种民歌,一般以耶稣降生为题材。

科林托　姑娘,你将我的魂魄夺走,

从此不再还我;

你得把爱情给我。

你那销魂的眼睛,

谁也无法抵挡,

从感官进入我的心房,

将我的魂魄夺走。

你夺走了我最美好的一切,

从此不再还我;

你得把爱情给我。

劳　索　美貌的克洛丽,

无论在隆冬还是在盛夏

田野干枯的时候,

草原都给你献上美丽的鲜花,

你可以随时欢欢喜喜地摘取,

你的声音向我们显示着你的欢乐,

驱走了我的哀伤;

美丽的尤物啊,

是造物主安排我们同你结识,

请在此做出令人愉快的表示。

把这里变为天堂,

把烤灼我的酷暑

变为徐徐的清风凉爽的冰。

克洛丽　同前几次一样,你的要求不算过分,

尽管你的喜好同我的完全不一样,

我也要满足你的愿望。

科林托　美丽的克洛丽,告诉我,

　　　　恰好符合你喜好的壮汉、

　　　　大汉、强汉、硬汉、蠢汉或无情汉

　　　　现在何方?

　　　　我说呀,那个笨嘴拙舌、性情粗暴、

　　　　五短身材、雄鸭嗓子、

　　　　只会吃喝醉酒的饭桶

　　　　正在恭候小姐驾到。

克洛丽　科林托,我同他在一起,

　　　　比同你、劳索和里塞洛在一起好处多,

　　　　你们只拥有傲慢加谨慎。

　　　　那个把我当作他的蓝天的牧人

　　　　心灵土,又被蒙上土气一层,

　　　　他的名字也土。①

　　　　然而他尽管土,

　　　　手头阔绰洒金银,

　　　　他是新式朱庇特②,美名天下闻。

　　　　他保证满足我的喜好,

　　　　否则我把他晾在一边,

　　　　或大发怒火将他烧焦。

　　　　他唯我喜好是从,

　　　　将他卑贱的脖子伸进

　　　　我的任性为他设下的枷锁。

---

①　后面出现的她的恋人鲁斯蒂科,其名字在西班牙文中意为土里土气、乡巴佬。

②　罗马神话中最高的神。

富庶的东方也不像他的双手那样

犹如一座金矿，

对我有时残酷，有时宽厚。

彬彬有礼的牧人们，

你们的雄辩尽管机智却无用，

不如留给你们自己受用。

人体不能以愿望维持生存，

陈旧的观念不能充当必备的口粮。

笨拙者只要有钱财，

明眼人就认为他招人爱；

智者无钱财，丝毫不讨人喜爱。

科林托和劳索也许认为我在说鬼话，

可经验证明我的话一点儿不假，

很遗憾，这一点连鲁斯蒂科也知道。

劳　索　平庸妇人只会饶舌，

谈到正事就没主见，

定了的事儿说变就变。

克洛丽，我倒想纠正你的缺点，

可你死死地固执己见，

无论怎么劝说也无效验。

科林托　牧羊女，享用你的美貌吧，

请允许我做一次试验，

也许能使你重新疯疯癫癫；

牧羊女，你会看到牧人鲁斯蒂科多么愚蠢，

而为了他你才把我们抛下。

克洛丽　向我请求允许，为的是什么？

劳　索　　我好像听到了

　　　　　　鲁斯蒂科的声音。

科林托　　肯定是他，

　　　　　　正赶羊回去歇晌。

　　　　〔鲁斯蒂科在山上出现。

鲁斯蒂科　　牧人们，请注意，

　　　　　　小心羊儿掉下坡。

　　　　　　如果出了事，各想各的招，

　　　　　　快快跑去救。

　　　　　　科里东，不要玩儿啦，

　　　　　　赶羊吧。啊，羊儿跑得多么快！

　　　　　　是谁使达蒙心神不宁！

　　　　　　那天晚上狼来了，扑向羊群。你去救羊，

　　　　　　把半死的羊抱在胸前，

　　　　　　鲜血顺着双臂哗哗淌。

　　　　　　今儿晚上你要小心，

　　　　　　不要像那晚那样让狼

　　　　　　要了羊儿的小命。

　　　　　　克洛安托，你去照看到恩塞尼亚去的羊群，

　　　　　　黎明时分一定要回到此地。

　　　　　　喂，孔波，你一定要让

　　　　　　长耳朵和短尾巴在草场上

　　　　　　和睦相处，

　　　　　　切莫让它们捣乱而坏了我心情。

克洛丽　　你们瞧，鲁斯蒂科多聪明，

　　　　　　指挥羊群稳健而又机灵。

鲁斯蒂科　帕尔特尼奥,你去看看蜂箱,

　　　　　　再把留下的母牛赶到梅林墓碑,

　　　　　　把余下的山羊赶到山上,

　　　　　　或者赶到不祥的柏树林旁。

克洛丽　你们听他说的话,

　　　　他像穷汉吗?

科林托　好吧,请你躲进草丛,

　　　　莫开尊口静观察;

　　　　我们就来考验他,

　　　　看他是赢家还是输家。

克洛丽　好吧,我闭起嘴巴,躲进草丛,

　　　　请把戏演得短些、快些,

　　　　又臭又长讨人厌。

　　　〔克洛丽躲起来。

劳　索　科林托,瞧你的啦。

科林托　鲁斯蒂科,我的朋友,请细细听我说。

　　　　下山去吧,快快走,

　　　　这才是你的正事,快跑吧,脚底抹油。

鲁斯蒂科　科林托,请别急,我的朋友,

　　　　　我坐在这山顶上,

　　　　　正在数这百头牛、

　　　　　三群绵羊、五群山羊,

　　　　　你不见我数得正忙?

科林托　住嘴!

　　　　你在讥笑我?

鲁斯蒂科　哪里哪里,我怎敢?

> 我可以放下我的事为你效劳,
>
> 我就在你面前,有何吩咐?

科林托　给我把这树枝上的鹦鹉捉来,

　　　　它是从西印度群岛飞来,

　　　　今晚在这树洞中过夜,

　　　　我想把它捉来。

鲁斯蒂科　你说那是鹦鹉?

　　　　它是只杂色鸟,对着小船和船夫呱呱乱叫。

　　　　你别把假的当真的。

科林托　就是这孬种;我知道

　　　　它是学士,会说多种外语,

　　　　最主要的是杂七杂八语。

鲁斯蒂科　请问,把它捉来干什么?

科林托　你就这么站好,

　　　　伸出这条胳膊,劳索,你将它捆绑,

　　　　捆个结实,我将他另一条胳膊捆绑。

鲁斯蒂科　难道不捆绑我就不会安静?

科林托　你要是摇晃,那鸟儿会吓跑,

　　　　所以还必须捆住你的双脚。

鲁斯蒂科　随你们绑吧,

　　　　如果把这宝物交给我,

　　　　我就把它送给克洛丽,

　　　　我愿意让你们把我捆在麻袋里。

　　　　我已被捆紧。还要干什么?

科林托　让我踩着你的肩膀向上爬,

　　　　劳索小步悄悄走来帮我。

　　　　　　我想那绿叶遮盖着甜蜜的窝，

　　　　　　请劳索把树叶掀起来。

鲁斯蒂科　　那就上吧，还等什么？

科林托　　请忍着点儿，

　　　　　　不过，我不像你想象的那么重。

鲁斯蒂科　　天哪，我的骨头要被压断！

　　　　　　你够着上面了吗？

科林托　　快到顶啦。

　　　　　　你告诉劳索，小心拨开树枝，

　　　　　　不要让那鸟儿飞离。

劳　索　　它走不了，我已经看见了。

鲁斯蒂科　　科林托，请你问它，

　　　　　　像平时问其他鹦鹉一样，

　　　　　　瞧它是否懂咱们的话。

科林托　　鹦鹉，你好吗？"怎么？被关押？"

鲁斯蒂科　　嗨，笨鸟，什么玩意儿！请说别的事。

科林托　　"把船划过来，噢；把船划过来！"

鲁斯蒂科　　这又是谁说的？

科林托　　鹦鹉说的。

鲁斯蒂科　　啊，克洛丽，我给你的礼物多好！

科林托　　"克洛丽，克洛丽，克洛丽，克洛丽！"

鲁斯蒂科　　这又是鹦鹉说的？

科林托　　那还会有谁？

鲁斯蒂科　　你捉住它了吗？

科林托　　在我的帽子里了。

鲁斯蒂科　　那请下来吧，把它卖给我，

我给你四头还没有上过套的小牛，

为了克洛丽喜欢的鹦鹉，

我情愿用牛来交换。

劳　索　　给三万洛罗林①也不卖。

鲁斯蒂科　啊，老天爷，我给十万。

放开我，让我舒舒服服地

将它欣赏把玩。

科林托　　双手双脚被绑者，

只可给他放开一只手，

这是观赏此类猎物的仪式；

放开了这只手，你就可轻轻地

揭开我这幸运的帽子，

那宝物就在这里边。

睁大眼睛看这美丽的鸟吧。

小心点，别把它弄脏。

啊，等一等，你的手很脏，

请用唾沫把双手洗干净。

鲁斯蒂科　干净啦。

科林托　　干净了就好。多么幸运，

那位揭开这梦寐以求的宝物的人！

鲁斯蒂科　科林托，你说，这是鹦鹉吗？

竟敢这样戏弄我。

科林托　　这是鸟喙；

这是翅膀；这是我的朋友

_____

① 货币单位。

鲁斯蒂科的驴子耳朵。

鲁斯蒂科　放开我,老子一定要报复!

　　〔克洛丽上场。

克洛丽　啊,笨蛋,笨蛋!

鲁斯蒂科　克洛丽,你看见了吗?

　　　　　就是为了你,我才受此戏弄。

克洛丽　住嘴,你自称胜过三百个所罗门,

　　　　应该知道该为我做什么。

　　　　你应该说,这是劳索设下的圈套,

　　　　你应该要求科林托赔偿,

　　　　否则,你明天给我送来一个大像章,

　　　　外加几串漂亮的珊瑚。

　　　　像你这么傻,你一定能够、一定愿意

　　　　很快给我送来,

　　　　就像我预料的那样。

鲁斯蒂科　克洛丽,你说什么,

　　　　　还要两串美丽的珍珠?

克洛丽　劳索,这与十四行诗相当吧?

　　　　科林托,无论何种奏鸣曲,

　　　　不管它多么嘹亮,

　　　　难道比得上这大像章和珍珠串?

劳　索　这是女人见识。

克洛丽　我就是认这个理。

劳　索　在妇女里也找不到你这个理。

克洛丽　被藐视和嫉妒控制,

　　　　舌头能说出什么道理?

　　　　　你就是祸根。

　　〔安赫丽卡大吵大嚷地上场。

安赫丽卡　老天爷,救命啊,

　　　　　有怜悯心的人救救我呀!

　　　　　诸位慈眉善目的人哪,

　　　　　我愿把我的一切,

　　　　　一切的一切

　　　　　都献给你们,

　　　　　感谢你们的大恩大德;

　　　　　我是多么不幸,

　　　　　我敢保证,

　　　　　你们要是知道了我的经历,

　　　　　定会由衷地感动,

　　　　　设法为我解忧愁。

克洛丽　女士,有事请讲。

安赫丽卡　我的灾难太多,好事儿没有一桩。

　　　　　然而现在不是诉苦的时候,

　　　　　即使讲一丁点儿也来不及;

　　　　　我的苦难会使顽石心软,

　　　　　却不能供诸位消遣取乐。

　　　　　朋友们,此处有无荆棘草丛

　　　　　可让我躲藏?

劳　索　原来你要躲藏?

　　　　　这里有谁会欺侮你?

安赫丽卡　两个蛮勇的敌人在追赶我。

科林托　我们这里有三人,不必害怕。

安赫丽卡　那两人连三千个对手也不怕。

　　　　　　请把我带进你们茅屋，

　　　　　　给我换去这身装束；

　　　　　　朋友们，把我藏起来吧。

劳　　索　不必害怕。

　　　　　　这里不把巨人放在心上，

　　　　　　你何必大叫大嚷？

　　　　　　蒙塔尔万和阿格朗特①

　　　　　　在这里算不了什么，

　　　　　　因为如果我愿意，

　　　　　　我发誓可以出钱将他们收买。

安赫丽卡　今天我命难保！

科林托　你要我们把你藏起来？

鲁斯蒂科　你说是不是？

劳　　索　那是当然！咱们还拖延什么？

　　　　　　过来，换去服装，

　　　　　　挪个地方，一切都变了样。

安赫丽卡　我都快看到我的敌手们的身影了。

科林托　她看来是个贵胄，

　　　　　　她的说话和风度

　　　　　　令我敬慕。

鲁斯蒂科　令我惊讶。

　　　　〔安赫丽卡和劳索下场。

鲁斯蒂科　你们知道她叫什么名字吗？

------

① 都是传说中的巨人。

科林托　我怎么能知道？

鲁斯蒂科　试个新花样。

科林托　我会找来一只鹦鹉，

　　　　请它告诉我。

克洛丽　你一定能得手。

科林托　你一定能得到大像章。

克洛丽　你的戏弄对我都是好事。

　　　　〔众人下场，雷纳尔多斯上场。

雷纳尔多斯　难道你是达佛涅①

　　　　在躲避阿波罗？

　　　　难道你是朱诺②

　　　　想挣脱密云中可怕怪物的爪子？

　　　　啊，充满魔法的森林，

　　　　一切都不露真面目。

　　　　然而我要数清林中细小的沙粒！

　　　　也许这头噬人的野兽

　　　　为了折磨我的生活，

　　　　已像影子一般消失，

　　　　躲到意想不到的地方，

　　　　把爱情收藏。

　　　　我重新迈步

　　　　在草莽中寻找逃跑的美人。

　　　　多么艰难的时候，

----

① 据希腊神话，达佛涅是阿波罗的初恋情人。阿波罗追赶达佛涅，把她捉住时，
　她变成了桂花树。
② 朱诺，罗马神话中诸神之母，又是婚姻之神。地位相当于希腊神话中的赫拉。

活活地将我折磨！

〔幕后发出铁链声、呼号声和叹息声。

雷纳尔多斯　上帝保佑！

这是什么声音，这么奇怪？

我是醒着还是睡着？

我是搞错了还是没有搞错？

那声音又来了。

我想是从这些叶丛中

传出这可怕的声音。

哎，我看到的那可怕的嘴

是什么吓人的怪物？

可怕的嘴或黑暗的洞，

你喷出的火焰越多，

就越使我生气，就是对我的侮辱。

在这次冒险中

你是否有美事找我。

〔露出蛇嘴。

雷纳尔多斯　你缩回去吧，

否则我会顺着火焰

钻进你冒火的肚子。

〔马尔赫西从蛇嘴中出来，其衣着如我后面所描述。

马尔赫西　你要到哪里去受罪？

雷纳尔多斯　这真是冤家路窄！

你是谁？

马尔赫西　我是恐怖，

是那座门的守门人，

门里住着畏惧和最会惹事的怀疑，

怀疑由爱情产下。

我是决斗的使者，

嫉妒的代表，

他们都住在洞中。

雷纳尔多斯 请你把我带往他们住的地方。

马尔赫西 等一等，我先向他们通报。

你先见见这里的门卫，

这对你更好。

雷纳尔多斯 你请他们出来；

即使你认为

他们具有深渊般可怖的面孔，

把他们引来给我看，

我将依然脸不改色，

同平时一样。

〔幕后响起悲哀的乐曲，如前次在墓碑前一样。畏惧上场，他的衣着如下：棕色大褂，腰间围着蛇。

马尔赫西 你看到的这个人物

就是可疑的畏惧，

他产下异己者的利益，

他是个好奇的无礼者，

总是侧目斜视。

这小子不论看到什么，

无论好坏都赞叹，

真实令他痛苦，

谎言令他发抖。

　　　　〔怀疑上场，身穿杂色大褂。

马尔赫西　这女子就是无耻的怀疑，

　　　　　是嫉妒的亲家，

　　　　　把所有的事都弄颠倒，

　　　　　同她无关的事老想知道。

　　　　　她在这里生，在那边死，

　　　　　死了又在这里生；

　　　　　她同时有千百个父亲：

　　　　　这个活着，那个死，

　　　　　她也就如此生生死死。

　　　　〔好奇上。

马尔赫西　你看到的这个人

　　　　　就是爱虚荣的好奇，

　　　　　她是轻浮的女儿，

　　　　　额上长着一百只眼睛，

　　　　　然而统统都是瞎眼。

　　　　　她爱管闲事，

　　　　　一辈子醒着，

　　　　　守护着一座

　　　　　极难走出的门。

　　　　〔绝望上场，她脖子上拴着一根绳子，手持一把出鞘的
匕首。

马尔赫西　这可怖的人物

　　　　　就是绝望，

　　　　　在所有人中

　　　　　她不仅外表丑陋，

脾气更糟。

她跟着嫉妒们的不幸脚印,

总是伴着嫉妒们而行,

如果火焰消失,

你从此处可以看到他们。

〔幕后响起悲哀的乐曲,嫉妒上场,他们的打扮如下:身穿蓝大褂,大褂上画有蛇、蜥蜴,他们长着白发、黑发和蓝发。

马尔赫西　你看,他们出来了;你会发现

伴随他们的都是

凄惨的命运,

深沉、长久的悔恨

以及不幸的死亡。

嫉妒的追随者们

同他们的灾害相比,

不过是个影子;

那影子并不可怕,

当然不会把人们吓得晕倒。

你碰一下他们的手,

就会发现你的心情

变得同现在不一样,

你会吓得不能、不愿

再去碰他们。

〔嫉妒们碰雷纳尔多斯的手。

雷纳尔多斯　嫉妒们,我的胸膛在燃烧,

在嫉妒! 阿格朗特宫的那位大臣

把我弄得十分狼狈!

嫉妒们,滚开:

你们搞得我够苦了!

马尔赫西　怎么回事,

使用了我所信赖者的发明创造,

我这位仁兄的心怎么还不嫉妒?

我不明白个中原因或道理。

〔梅林在后台说话。

梅林　马尔赫西,你真少见多怪!

你的发明创造即使奇怪非凡,

我也不让你自满自夸。

你若要保全性命,

快快离开这座山。

马尔赫西　梅林,我已把你认清,

你阴阳怪气的声音

不能使我害怕吃惊,

我就是要试试

我的心愿能否成真。

梅林　这是专为我保留的草丛,

你可把你的朋友留在其中;

他的健康由我的水池担保,

因为老天爷赐予这水池

这种功效。

马尔赫西　丑陋、悲伤的人们,

从哪里来回到那里去,

我的朋友在这里等待

〔你们没有给予的治疗。

〔众影子下场。

马尔赫西　我这就去寻找

　　　　医治他的灵丹妙药，

　　　　我相信定能找到。

〔说罢，将雷纳尔多斯移到一边。

梅林　马尔赫西，

　　　住嘴，你把他放下。

马尔赫西　我这就放下。

〔马尔赫西下场。此时台上出现狮子们拉的火焰车，车
上坐着维纳斯女神。

维纳斯　这个着了魔法的幽灵

　　　　实在太任性，

　　　　催促我随他的意愿打转转，

　　　　为此我勉强舍弃了

　　　　阿多尼斯①的陪伴。

　　　　你的坏脾气我不赞赏，

　　　　等我的爱——阿多尼斯回来

　　　　把你的坏脾气打消；

　　　　你是卡里多尼亚②森林里的

　　　　一头暴躁的野猪。

　　　　哎，我的儿子③，没有你我能干什么？

---

① 阿多尼斯，罗马神话中的美少年，是维纳斯的情人，后被野猪残杀，故后面把
梅林的幽灵比作野猪。

② 卡里多尼亚，苏格兰的古代名称。

③ 指爱神丘比特。

在这急需的时候

你会在何处？

梅林选错了时机，

机灵人往往也有失误。

我要呼唤他，

他常常混在

牧人们中间，

于是就发生

卿卿我我、你欢我爱的场面。①

我的儿子，你在何方？

如果你听到我的声音，

如果你爱你的母亲，

为何不快快来临？

即使你现在就来，时候已晚。

不过，听那被风吹散的音乐般的声音，

说明他马上就会来临。

嗨，孩子，你制造的虚情假意，

枉费了我多少精力。

〔笛号声起：舞台上升起云雾，云中是丘比特神，他身上长着翅膀，穿着衣服，带着箭和一张被拆毁的弓。

爱　情　亲爱的母亲，你需要什么？

为何如此急切地呼唤。

维纳斯　有一人危在旦夕，

---

① 西方田园小说中多恋爱场面，而据神话传说，丘比特的箭无论射中谁，即使是毫无感情的人，也能在心中产生爱情。故后面有丘比特制造虚情假意之说。

你的烈火将他灼烧，

他的性命将在冰中报销。

嫉妒们都是你的孩子，

他们的意见盲目而又任性，

他们使那人胸腔冰冷，

却把他的心投入烈焰。

请你救他一命，

还他原有的自由。

爱　情　治他病的药方

这森林中可以找到。

眼前就有一个水池，

清凉的池水

可把我的烈火浇灭，

可使我爱情的痛苦

变为无礼的轻蔑。

对于你心爱的安赫丽卡，

如果你不愿再见到她，

如果你要她呜呼哀哉，

你只消喝口池中水，

那美女就倒地起不来。

壮士，我请你站起来，

你再去那边走一趟，

将会找到治病的药方。

然而你首先要历尽艰难险阻，

详情我不便透露。

雷纳尔多斯　谁心中不生嫉妒，

就没有真正的爱。

〔雷纳尔多斯下场。

维纳斯　这事儿就算办完，

　　　　亲爱的儿子告诉我，

　　　　你穿着奇怪的衣服，

　　　　背着一张破弓，

　　　　这样做有什么好处？

　　　　而你赤条条的身子原是表示你的自由。①

　　　　是谁夺走了你的箭筒，

　　　　解下了你的扎头带？

　　　　你为什么默不作声？

爱　情　我的母亲，你该清楚，

　　　　我所在的宫廷里，

　　　　凡是爱情都要赚钱，

　　　　金钱已篡夺了我的王国。

　　　　我见我的权力不中用，

　　　　便巧使一计穿起衣服，

　　　　蒙混世人，

　　　　出于无奈。

　　　　我拔去翅膀上的羽毛，

　　　　安上天鹅绒而飞翔，

　　　　顿时感到

　　　　飞得轻快、得意洋洋。

　　　　我把箭筒改成大口袋，

————————

① 　在西方国家神话中，爱神是个长着翅膀、赤身裸体的孩子。

把黄金箭头打制成盾,

穿上衣服,我如此这般

乔装打扮,

就钻入每个人的心,

不管他坚硬似钢,

冰冷如大理石;

都在我伪装冲击下

纷纷落入了圈套。

古代壮士的英武

在当今世上不吃香,

两个臭铜板

胜过两百名好汉。

〔鲁斯蒂科上场。

鲁斯蒂科　　劳索,来呀,科林托,来呀,

我觉得又看见一只

鹦鹉。

即使不是鹦鹉,那也是花花绿绿的鸟儿。

克洛丽,来呀,你会看到,

我说的是真;

你把这只鸟也带走,

如果还需要,

会有更多更多。

爱　　情　我知道,这些牧人

定能使我们得到消遣。

〔劳索、科林托、克洛丽和安赫丽卡上场,后者打扮成牧
羊女。

劳　索　笨蛋,你瞧,

　　　　他难道不是爱情之神?

鲁斯蒂科　我看见他有翅膀,

　　　　觉得那是只燕隼。

科林托　混蛋,滚开!

鲁斯蒂科　你是说我? 我干什么了?

科林托　你别挡着我,

　　　　我要对这孩子

　　　　行礼。

鲁斯蒂科　多么无知!

　　　　这是孩子吗?

科林托　他也是巨人。

鲁斯蒂科　我叫他小伙子,

　　　　因为他嘴上正在长出胡子。

　　　　你们不要嘲笑我头上的羽饰。

　　　　那给我穿衣打扮的人真该死!

爱　情　好人们,我不需要你们

　　　　为我做出牺牲,

　　　　我只把你们的意志,

　　　　握在手中为我效力,

　　　　为了报答你们,

　　　　我把等候你们的好运告诉你们。

维纳斯　孩子,你要设法

　　　　使他们停止叹息。

爱　情　劳索,你不会

　　　　受到轻蔑,也不受青睐;

科林托,从今天起,

你忘掉对爱情的追求;

鲁斯蒂科,只要你有财富,

你就会得到满足:

每时每刻你会给

克洛丽拥有的财富增添内容。

这假扮的牧羊女

会向对她求爱者求饶。

说完这些话,

今天就算大功告成。

劳　索　爱情,既然你欣赏

我们粗鲁的声音,

在你离开的时候,

请听我们鄙俗的音韵。

科林托、克洛丽,请来凑趣,

唱一支我告诉你们的歌。

克洛丽　要我们唱什么?

科林托　我不知道。

劳　索　我来说,你们跟着唱:

"丘比特,

请及时来到我们的森林里,

你要来得合时机。

欢迎你,

高明的医生,

你如此医治

遭到的遗忘和轻蔑;

我们已经理解你，

你的安排都合宜。

今天你让我们看到这些顽石的美丽，

它们从此交了好运，

它们会冒出琼浆玉液。

你来得正合时宜!"

〔他们唱歌时，维纳斯、丘比特乘车离去。笛号声响起。

劳　索　咱们回到自己的茅屋，

去寻找新的欢乐，

因为我们如今看到

这些山岗是如此漂亮，

如果咱们各自没有达到目标，

那是爱神的安排。

请大家说:"感谢安排!"

众　人　感谢安排!

〔众人下场。贝尔纳多及其侍从上场。

贝尔纳多　玛菲莎为何不来?

侍　从　她留在那座山的后面。

贝尔纳多　你站到那岩石上，

试试是否看得见。

侍　从　她说，马上从

后面赶上来。

贝尔纳多　奇怪，她竟如此英武!

侍　从　我觉得她的勇气也怪。

贝尔纳多　她还出奇的傲慢，

竟不停地独自向

> 法国十二勇士挑战；
>
> 我必须将她陪伴，
>
> 因为我曾对她许了愿。

侍　从　　您算掉进了

麻烦的泥潭。

贝尔纳多　住嘴,你这笨蛋!

寻找和看到冒险

一直是我的心愿。

如果惹下了麻烦,

巴黎就是虎穴龙潭。

我倒要看看

那女人有多大的胆。

侍　从　　她的名声超过

所有最干练的女人。

贝尔纳多　怎么,菲拉古托跑了?

侍　从　　那个摩尔人

办事体面,

勇敢又利索。

他把阿尔加里亚

抛入河中要了他的命,

扬长而去无踪影。

贝尔纳多　他真机灵。

你说,

那边走来的英俊汉

是不是那法国混蛋?

侍　从　　就是他。

他是罗马的旗手①。

贝尔纳多　是罗尔丹吗？

侍　从　的确是罗尔丹。

贝尔纳多　我现在要同他较量一番，

因为在这荒野里

不会有人来劝解阻拦。

他心事满腹，

难道是在寻找什么？

侍　从　他心中的爱情

使他昏昏沉沉。

贝尔纳多　你怎么知道？

侍　从　他打架斗殴，

又去追逐女人，

在那里显得那么伤心，

这一切您没有看见？

贝尔纳多　啊，罗尔丹呀罗尔丹！

罗尔丹　谁在叫我？

贝尔纳多　下山到这儿来，你就会知道。

罗尔丹　啊，安赫丽卡，你在何方？

侍　从　您是否看出，爱情之火在将他烧灼？

罗尔丹　骑士，你要我干什么？

贝尔纳多　你不认识我？

罗尔丹　不认识，确实不认识。

---

①　查理大帝是法兰克王国加洛林王朝国王(768—814 年在位)，公元八〇〇年由罗马教皇加冕称帝，号为"罗马人的皇帝"。故称罗尔丹为"罗马的旗手"，或"罗马大臣"。

侍　从　我的话正确无误，
　　　　　他是爱情的俘虏。
　　　　　我敢大胆打赌，
　　　　　他陷入了深渊，
　　　　　竟不知他自己是何人。

贝尔纳多　天下竟有这等事？
　　　　　怎么，你不认识我？

罗尔丹　不认识。

贝尔纳多　可我认识你。
　　　　　你不是罗尔丹吗？

罗尔丹　我觉得是。

侍　从　你们瞧，我说的没错。
　　　　　他竟然说"我觉得是"；
　　　　　爱情已使他成为迷途羔羊！

贝尔纳多　他心事重重，
　　　　　表明他受折磨实在难熬。
　　　　　啊，罗尔丹，怎么得了！

罗尔丹　难道你们是在同我说话？

贝尔纳多　这真是大不幸！

侍　从　这是爱情的不幸。
　　　　　这是奇异的陶醉！

罗尔丹　啊，甜美、高贵的安赫丽卡！
　　　　　你的脸使我的痛苦转为欢乐，
　　　　　你的娇颜现在何方？
　　　　　我的心在燃烧，
　　　　　啊，安赫丽卡，请给我以安宁。

侍　从　他讲的都是爱情的胡话，

　　　　开口闭口离不开安赫丽卡。

　　　　看来，对此人

　　　　您不能挑战。

贝尔纳多　我要尽力

　　　　将他挽救。

　　〔安赫丽卡上场，后面跟着罗尔丹；布景变换，安赫丽卡

　　和罗尔丹消失，舞台上出现臭名，他身穿黑大褂，有一对

　　黑翅膀、一头黑发，手持黑喇叭。

罗尔丹　老天爷，那难道不是我的蓝天？

　　　　是的，但被云彩遮掩；

　　　　当我的蓝天被云遮挡，

　　　　我的心就充满悲伤。

　　　　我跟着你，你就是阿塔兰塔①；

　　　　我的爱，假如你想救助我，

　　　　请在我的脚上

　　　　装一千只翅膀。

　　　　我的太阳，你落到了何方？

　　　　是什么阴影把你遮挡？

　　　　其实是你不给光亮，

　　　　将我抛入黑夜之网。

贝尔纳多　依我看，

　　　　这座森林里奇事多。

侍　从　我所见的事，

---

①　阿塔兰塔，神话人物，善奔跑，愿许配给比她跑得快的男子。

　　　　　　　我可不相信。

贝尔纳多　住嘴！

侍　从　我差不多连大气都不敢喘了。

臭　名　罗马大臣，你站住，

　　　　你飞快地将安赫丽卡追赶，

　　　　即使能把这美人拦阻，

　　　　要是不能把她带走，

　　　　一切都是枉然。

　　　　你的想法和行为都很轻率，

　　　　这样盲目行事会使你响亮的名声

　　　　从此一蹶不振，

　　　　啊，这将是多大的不幸！

　　　　我是臭名，

　　　　杰出人物若有笨拙言行，

　　　　我就一一记下，

　　　　叫他们永远蒙羞，声名狼藉。

　　　　我的手就放在这本黑皮本上，

　　　　谁遵循虚妄的爱情规律

　　　　干下了邪恶的勾当，

　　　　我就一笔抹掉他的声望。

　　　　这黑皮本上记着伟大的阿尔西德斯①，

　　　　他不去砍七头蛇怪的脑袋，

---

① 阿尔西德斯，西方神话中的大力神的别名，其希腊名字叫赫拉克勒斯，罗马名字叫海格立斯。这位大力神杀死了蛇怪。德雅尼拉是他的妻子。这里说他不去砍蛇怪的脑袋以及下文说所罗门王开脱人犯等，都是作者根据剧情的需要而杜撰的。

却穿着女人的衣服，与德伊阿妮拉①

低声细语、甜甜蜜蜜。

还记着所罗门王②，

他本来明察秋毫，

却胡乱开脱人犯。

知名的三执政官③中有一人，

见到女人那张娇嫩的脸蛋，

就忘了他的祖国和荣誉，

我也在黑皮本上记下了他的丑行。

在刀光剑影的战斗怒涛中，

在兵刃的恐怖中，

他竟属意于埃及新美人，

沉湎女色贪欢乐。

黑皮本上记录了

那些玷污自己名字和声誉者的事，

桩桩件件数不清，

都只因爱情抓住了他们死硬的心。

你如果想成为他们中的一个，

即使黑皮本上已写得密密麻麻，

我也要腾出一大块空间，

写下你的名和姓，

叫你永蒙耻辱洗不净。

---

① 德伊阿妮拉，希腊神话中赫拉克勒斯的第二任妻子。
② 所罗门，《圣经·旧约》人名。公元前十世纪中叶以色列最伟大的国王，以智慧著称，明断是非。
③ 指罗马的三执政官。

〔转换布景。

罗尔丹　我将改变主张，

　　　　尽管我心中另有所想。

贝尔纳多　骑士，你认识我吗？

罗尔丹　嗨，我怎能不认识你？

　　　　我知道得清清楚楚，你是西班牙人，

　　　　你的名字叫贝尔纳多。

贝尔纳多　感谢上帝，你看看天上，

　　　　再没有云彩遮住太阳！

罗尔丹　那沉鱼落雁的美人出现时，

　　　　你是否在场？

贝尔纳多　我在场。

罗尔丹　当一件宝物成为

　　　　无可估量的荣誉，

　　　　我当然一反常态要夺取，

　　　　这难道不符合常理？

贝尔纳多　言之有理；然而不能

　　　　由于爱一个女人而毁了荣誉。

罗尔丹　世上钟情者，

　　　　风度翩翩都做荒唐事；

　　　　然而我已神智清醒，

　　　　伤口已经痊愈，

　　　　我的双脚将

　　　　另外觅道路而行。

　　〔玛菲莎上。

玛菲莎　贝尔纳多，这位武士的

大名是否叫罗尔丹？

贝尔纳多　正是。你问他为何？

玛菲莎　因为他威名远扬，

　　　　我一定要同他较量。

　　　　又因为你把他赞扬，

　　　　我要请你看看，我给你作伴

　　　　是你莫大的荣光。

罗尔丹　在这天底下

　　　　根本不存在这么个安赫丽卡。

侍　从　老天爷，他又旧话重提！

罗尔丹　那次见到的是幻影，

　　　　可是我的心

　　　　好像又在燃烧。

〔安赫丽卡再次出现，奔向布景更换器而消失；美誉上

　场，身穿白衣，头戴皇冠，翅膀上涂着几种颜色，手持一个

　喇叭。

罗尔丹　我的太阳，你已回到黎明时光？

　　　　我跟着你走。

侍　从　这位朋友

　　　　清醒的时间没有多久。

玛菲莎　贝尔纳多，我看到的是什么？

贝尔纳多　莫开尊口细细听，

　　　　自有奇妙会发生。

侍　从　请不要再说，

　　　　我看他要开口讲话。

美　誉　既然对耻辱的恐惧

未能将你的愿望送往适宜的地方，

但愿对拥有爱情的热衷

使你行遍全球，因为你是天字第二号武士。

在这本黄金书中镌刻着

你和那些武艺精湛的

勇士们的名字，

犹如镌刻在大理石或青铜上一样。

在这本书里我记录着那位

伟大骑士马加比①的事迹

和他获得的不朽、崇高的奖励，

他是人民的向导，而上帝是他人民的好友。

几乎在他名字的旁边我看到

那位痛恨懒散无为的武士的名字，

他文武双全是个好汉子。

我还记着其他许许多多人的名字，

时间和场合都不允许我对你细讲，

还因为我必须用我的记录

大声地劝告你。

如果你不再盲目追求

温柔安逸和甜蜜的火焰，

你的美誉将声震蓝天。

罗尔丹，快快离开安赫丽卡，

你记住，追求一个烧毁你的美女，

---

① 马加比，公元前一六八年至公元前一六四年犹太独立战争领导人玛他提亚之子，后来以此指整个玛他提亚家族。

将丧失生命而赢得死亡，

同时将失去我——就是美誉。

这番道理定能将你说服，

因为战神召唤的只你一人，

爱神引诱的是没出息的人。

祝你事事如我所愿，一帆风顺。

〔布景转换。

罗尔丹　我清楚，这些都是幻觉，

都是马尔赫西变的戏法。

贝尔纳多　告诉我：你愣着不动手是因为害怕？

玛菲莎　我什么也不怕，

我是说，我只是钦佩，

我对他从来也不怕。

罗尔丹　这个幻觉，那个幻觉，

闹得我手忙脚乱；

如果我将幻觉砸烂，

它们就不会把我迷惑。

不过，它们还会回来，

它们惯于在任何地方对我袭击。

贝尔纳多，对你的提问，

我这样回答：

连大海也不能

将烧灼我的火焰熄灭。

二位放心莫慌张，

我最好还是离开这地方。

玛菲莎　他已冷若冰霜！

贝尔纳多　　罗尔丹,愿上帝保佑你。

玛菲莎　　见他如此,我不能相信,

　　　　　刚才咱们看到的是真。

贝尔纳多　　关于此事

　　　　　在路上咱们可以边走边议。

侍　从　　咱们到底去不去巴黎?

贝尔纳多　　去呀,我不是已经告诉你?

玛菲莎　　至少我要去。

侍　从　　从那边走。

　　　　　如果你们细心,就会看到有路。

贝尔纳多　　马在何处?

侍　从　　就在附近。

贝尔纳多　　你把马找来。

侍　从　　来了,请上马。

玛菲莎　　罗尔丹有满腹心事!

第 三 幕

〔牧羊人劳索和科林托上场。

劳　索　在寂静的夜里，

人们都在酣睡的时候，

我为无钱而苦闷发愁，

一心想着我的蓝天——克洛丽。

当太阳照到

玫瑰色的东门，

我以哭泣和不和谐的声音

重复原先的悲鸣。

当太阳从他缀着星星的宝座

向大地垂直放射光芒，

我号哭悲鸣。

夜幕降临,我重复这悲伤的故事,

在我苦苦的追求中,

我的蓝天——克洛丽对我总是无义无情。

科林托　劳索,我的朋友,悲叹哀号有何用?

忘掉她吧;

你说得越多越没用。

克洛丽和她对我的轻蔑,

   使我心寒如冰；

   既然美事我没份，

   发生坏事我也安心。

   克洛丽和新来的牧羊女

   不顾我们多么伤心，

   以清亮的声音

   齐声唱着来临。

   咱们迎上去，

   同她们一起唱小曲；

   如果咱们好好思忖，

   哀哀啼哭是坏毛病。

劳 索 鲁斯蒂科是同她们一道来的吗？

科林托 没人把他从她们身边赶走。

劳 索 啊，幸运的牧人！

   我不愿听她们唱，也不愿看见她们。

科林托 不行啦，

   你瞧她们来啦；

   看我的面子，你唱吧。

劳 索 你设法同她们打交道吧。

  〔克洛丽唱着歌上场，鲁斯蒂科和安赫丽卡与她一同

  出场。

克洛丽 好啊！有人打造了

   锁链哪锁链；

   好啊，有人打造了

   爱情的锁链！

   好啊！有人

心坚如钢，

有人

情深意真！

好啊！有最佳金属

铸成的钱币；

好啊！有人打造了

爱情的锁链！

劳　索　好啊！不论有过多少波折、

怨恨和轻蔑，

痴情郎志坚心不变。

他的情

超过了富有的人。

好啊，有人打造了

爱情的锁链！

鲁斯蒂科　嗬，谁能唱得这么好啊！

科林托　怎么，牧人，你不会唱？

鲁斯蒂科　不管女低音还是男高音我都不成，

活活急死也唱不出声。

科林托　好吧，你有没有勇气？①

拿出勇气，张开嘴，

再张开，你的咽炎我来治。

来呀，哎，你这人，

亏你爹生下了你！

_____

① 这里是双关语。在西班牙语中 tener agallas 意为有勇气，而 agallas 还有咽炎的
意思；同时，作为单数名词，又可作扁桃体解释，故后文有治扁桃体的话。

鲁斯蒂科　我有什么罪过？

科林托　我把你交给魔王！

　　　　你难道还不清楚

　　　　你有咽炎？

鲁斯蒂科　有就弄掉吧。

克洛丽　我喜欢这样的嘲弄，

　　　　因为我喜欢他，

　　　　别人嘲弄他，我心里就乐开花。

科林托　我会使你喜欢，治好你的咽炎，

　　　　你就可以当歌手，也可以沿街叫卖。

　　　　你身边可有绳头线脑？

鲁斯蒂科　我有一条袜带，

　　　　而且非常好。

科林托　我早知道你有这一手。

　　　　为了使你成为优美的歌手，

　　　　光用袜带还不够；

　　　　要办成这事儿，

　　　　必须用左腿的才可，

　　　　右腿的绝不可用。

　　　　我使你成为绝顶好或杰出的歌手，

　　　　你给我点儿什么报酬？

鲁斯蒂科　要钱没有，

　　　　我给你小羊一头。

　　　　这里有左腿袜带一条，

　　　　请拿去好好地干，

　　　　显示一下你的技巧。

科林托　这事有多难,只有老天爷知道。

　　　　不过有这条袜带在手,

　　　　我的目的一定能达到。

鲁斯蒂科　我这边感到不舒服。

科林托　把手拿开,让我给你绑上。

　　　　你要什么样的嗓子:

　　　　高音、女低音还是男高音?

鲁斯蒂科　我喜欢男高音。

科林托　只要我给你治病,

　　　　肯定给你男高音。

　　　　要有耐心,弄痛了不要吭声;

　　　　啊,一个扁桃体已经挤碎了。

鲁斯蒂科　混蛋,你要掐死我吗?

科林托　这声音确确实实表明,

　　　　这就是男高音。

　　　　……………………

　　　　不过,你的声音依然不佳,

　　　　再扎紧一把,

　　　　嗓音就肯定好啦。

鲁斯蒂科　坏蛋,你要掐死我?

科林托　我不清楚,不过倒想试试。

克洛丽　住手,玩笑开够啦!

鲁斯蒂科　哼,对我开这样的玩笑!

科林托　鲁斯蒂科,你嘲弄了我,

　　　　这个账非还不可。

　　　　这次请你吃饱喝够,

吃不了还要你兜着走！

朋友们，我请诸位

应和着我唱这首歌：

"修道院长穿越苇塘，

走得急急忙忙，

院长走得急急忙忙，

心里慌里慌张，

由于他的失误

招来了祸殃，

迫使他穿越苇塘。

他以为他富有，

却不知他是头笨牛；

为了这事儿，

我教你唱这支歌：

穿越苇塘……"

〔雷纳尔多斯在山上出现。

劳　索　对这家伙

就得这么整一整。

安赫丽卡　这次我又性命难逃！

大地，打开你的胸膛，

马上把我关进里边！

劳　索　牧羊女，出了什么事？

安赫丽卡　好心人哪，

我把我的性命交给你们！

〔安赫丽卡奔逃下场。

克洛丽　劳索，咱们盯住她，

　　　　　　看她出了什么事。

劳　索　狠心的美人哪，

　　　　　　我永远听你差遣。

　　　　　〔众人下场，只留下科林托。

科林托　我要留下来看个清楚，

　　　　　　这位沉思而又勇猛的人是谁，

　　　　　　我赞美他的风度，

　　　　　　却不知他是不是法国勇士。

雷纳尔多斯　难道是爱神缺乏理性？

　　　　　　难道是爱神过于残忍？

　　　　　　难道是我的痛苦比不上

　　　　　　那次对我最严酷的折腾？

　　　　　　如果爱情是神，

　　　　　　他应该无所不晓，

　　　　　　当然神就不该残忍。

　　　　　　然而是谁安排我遭此可怕的痛苦？

　　　　　　如果说是安赫丽卡，不对；

　　　　　　因为没有喜只有忧，

　　　　　　而这痛苦决非从天而降。

　　　　　　我相信我已活不久长，

　　　　　　却不知是谁造成这祸殃，

　　　　　　若有药物治此痛苦，那就是奇事一桩。

科林托　哈哈！此人受了爱情的创伤；

　　　　　　我们有事做了。

雷纳尔多斯　喂，我这样痛苦悲伤，

　　　　　　你还不愿怜悯帮忙？

牧人,你是否看见

在那树林深处

有个如花似玉的姑娘?

为了她我历尽艰险苦难当。

你是否看见

她的美目如星星一样明亮,

她的秀发似黄金闪闪发光?

你是否看见

她的前额如河岸般宽广,

两排牙齿如同两串美丽的东方珍珠?

告诉我,你是否见过

散发芳香的小嘴,

她的双唇

使精美的珊瑚黯然无光。

告诉我,你是否见过

她的颈项如天庭玉柱,

她的酥胸洁白晶莹,

其中的火焰把爱情熔炼;

她的双手用白玉做就,

爱情之箭射到她手上就折断了头。

科林托　先生,那美人

是否有肚脐?

她的双足是否像尼布甲尼撒王的

王后那样是用泥土塑成?

实话对你说,

在这一带山上我从未见过

如此奇怪而又漂亮、

高尚的姑娘。

她们如果在这一带出现，

即使不可看见，

我这好奇的眼睛

也极易将她们发现。

说什么宽阔的河岸，

两颗星星和一头黄金发，

多美的事儿！

她能藏在何方？

还有那芳香，

为什么没有把我吸引？

因为我在生活中觉得

我的鼻子发炎。

说到底，我要把看到的事

告诉你，劝你不要固执己见。

雷纳尔多斯　看到了什么？你讲呀。

科林托　三只猪爪子，

几个羊蹄子。

雷纳尔多斯　婊子养的，混蛋！

你竟敢嘲弄雷纳尔多斯？

科林托　我的风趣和玩笑

总是得到这类奖励。

〔科林托逃跑，下场。幕后传来安赫丽卡的声音。

安赫丽卡　救命，雷纳尔多斯，他们要打死我啦！

你瞧，我就是那个倒霉的安赫丽卡！

雷纳尔多斯　这是我所爱的女神的声音。

美丽、妩媚,世上无双,

我心上的宝贝,你在何方?

我这可怖的船夫乘着凄惨的船,

像俄耳甫斯①一样

下地狱去寻找你,哭泣着下去,

打碎那些金刚石大门。

安赫丽卡　快来,来晚了我就活不成了!

雷纳尔多斯　亲爱的,我该走哪条路?

你是在地底下

还是被关在巨岩中?

无论你在哪里,

也不管你是死是活,

我都要把你寻找。

〔两个萨堤尔②拖着安赫丽卡上场,犹如有一条绳子拴在
她脖子上。

安赫丽卡　雷纳尔多斯,救救我,他们要杀死我!

雷纳尔多斯　轻快的双脚,你们怎么又不跑了?

此时此刻你们竟不顾死活。

我不是人! 是谁把我定住了?

是谁把我的双脚钉在地上?

凶恶的屠手们,住手!

不要勒她的脖子!

---

① 俄耳甫斯,希腊神话人物,是杰出的乐师,为救其妻的性命,穿过冥河,进入地
府。

② 萨堤尔,希腊神话中的半人半羊怪,性好淫。

那是天仙的美丽头颅安置的地方。

我真不是人，我的双脚被锁住，

连一步也不能移动！

你们这些混蛋，为何要这么快

结束我这活生生的性命、

遮蔽这照耀大地的太阳？

坏蛋们住手！不要勒她的脖子，

这脖子发出的爱情的声音，

使有幸听到的人

得以增福避灾星！

哎呀，他们把她勒死啦！而我却毫无办法。

老天爷，救救她吧！好色的羊怪啊，

难道如此天姿国色也不能令你们心软？

〔萨堤尔们下场。

雷纳尔多斯　　他们完成了残酷的事业；

我的心肝死了，支撑着她站立

的希望也死了。

我的双脚，现在你们能移动了，这有何用？

我真正、真正不是人；

双脚，现在你们带我去瞻仰

凡人的眼睛再也见不到的最美的死者形象；

我的双脚呀，遇到好事你有病，

遇到坏事你来劲！

〔雷纳尔多斯走到安赫丽卡身边。

雷纳尔多斯　　甜蜜的人儿，他们竟当着我的面

将你杀死，这怎么可能？

有人会说我见死不救，

这怎么行？

她死于非命，

在痛苦和悲愤中

结束了她甜蜜的生命，

这怎么可能？

今日我的蓝天被送入地下，

难道是我命中注定

该有如许悲痛和不幸？

是什么样的食人生番和野人

打你的主意？

是什么样邪恶的手

夺去了你的生命？

你死亡的惨相

在诉说和证明，

准是整个地狱

都参与了这残酷的勾当。

可是，既然在你凄惨永别时

我侥幸地活在世上，

我就要让地狱不得安宁。

美丽的天使啊，

我先把你安葬，

之后，时间一到，

再把我自己埋葬。

这把匕首就是锄头，

用它挖出一条窄壕，

快挖,快快挖,

因为必须开出一道沟。

力大无比的臂膀,

使劲干吧,

来安葬这世上最大的财宝。

挖出许多泥土

来掩埋我的蓝天,

我用心良苦,但双臂的力量

用错了地方。

你是人类史上

出现的丽人之尤,

用泥土覆盖

是对你的不敬。

而且盗宝人

会把你从地下挖出;

为此我要用我的躯体将你掩盖,

再用泥土将我的躯体覆盖。

下面这部分已经完工,

还缺少上面这部分,

耗尽精力以至我的性命

我也要把它完成。

匕首啊,你在我的胸膛

再开一条深沟,

以此结束这白活多年的躯体。

我的身躯和我甜蜜的美人

留在这坚硬的土里,

　　　　　这土就如墓碑，

　　　　　告诉人们是谁躺在这里。

　　　　　啊,胆小的法国人,

　　　　　拿出勇气,自豪地死吧,

　　　　　因为没有人捆住你的手,

　　　　　也没有人绑住你的脚!

　　〔雷纳尔多斯准备用匕首自杀;马尔赫西以同样的打扮

　　出现,拉住他的胳膊。

马尔赫西　老弟,不要这么做;

　　　　　因为在这场混乱中,

　　　　　我不愿意你丧命,

　　　　　而希望你得到爱情。

　　　　　那个埋葬的尸体,

　　　　　不是美人安赫丽卡,

　　　　　而是她的影子或形象,

　　　　　是你的眼睛出了偏差。

　　　　　为了恢复你的本性,

　　　　　我做了个假;

　　　　　无望的爱情

　　　　　不会久长。

　　　　　然而你爱得发狂,

　　　　　没有她你依然挣不脱情网。

　　　　　为了让你不自杀,

　　　　　你不妨打开墓穴观察。

雷纳尔多斯　什么? 你这样作弄我,

　　　　　还同我称兄道弟!

　　　　你这巫师、坏家伙，

　　　　我饶不了你。

　　　　告诉我，你为什么

　　　　要这样戏弄我？

马尔赫西　因为你行事急躁，

　　　　不想计策也不谋划高招。

　　　　过来，我会把真正的

　　　　安赫丽卡送进你的怀抱。

雷纳尔多斯　我将一辈子

　　　　俯首帖耳为你效劳。

　　〔全体下场。远处传来杂乱的喇叭声，查理大帝和加拉
　　龙上场。

查理大帝　是什么喇叭在响！

　　　　难道又有什么奇事

　　　　要将我们坑害，

　　　　同上次的奇遇一样？

　　　　马尔赫西的预言说得对；

　　　　可我是基督徒，我不相信，

　　　　他的预言我不予理睬，

　　　　对他也不加信赖。

　　　　喇叭又响了。为何没有人

　　　　来报告发生了什么？

加拉龙　我马上就向你禀告。

查理大帝　还是此人来禀报吧。

　　〔小厮上场。

小　厮　大事不好，

来了两个衣冠楚楚的骑士，

他们似乎是外邦人，

不过都力大无穷：

一个是又高又大真壮实，

另一个是英俊美少年。

加拉龙　他们到哪里了？

小　厮　他们马上就到。

如果你们愿意，

请举目观看，他们已在那边出现。

〔玛菲莎和贝尔纳多骑马上。

查理大帝　多潇洒，多骁勇！

加拉龙　这两人带来

大队人马！

查理大帝　我敢说，这是来挑战。

加拉龙　看样子确是如此。

查理大帝　现在罗尔丹

在何处？

加拉龙　啊，陛下！

朝廷里就没有与罗尔丹一样的人吗？

查理大帝　我不知道。

别吱声，他们说话了。

加拉龙　遵命。

查理大帝　如果你说的是不一样的人，那倒有……

玛菲莎　查理大帝，你听着，

尽管我们相距甚远，

我要让你听到我的声音，

也请你那知名的十二勇士

洗耳恭听，

只要他们愿意，

任何时候我都可与他们较量。

我是个女子，

胸中的大志

大地不能容纳，

要与老天比个高下。

我身为裙钗，

行事胜须眉，

腰佩剑,手持盾,

不爱红装爱武装；

不把基督放心上，

穆罕默德又算什么；

我的臂膀就是我的上帝，

我到处行侠遨游四方。

不在舞蹈歌唱中扬名，

要披坚执锐寻找荣光。

你的十二勇士

挥舞的刀、腰佩的剑

都赫赫有名，

吹毛断发

天下无双。

为了试试是否真实，

强烈的欲望把我带来，

向他们一个个挑战，

　　　　只为与他们比个输赢；

　　　　为了不使他们与女子

　　　　比武而感到羞愧，

　　　　我把我的名字报上：

　　　　敝人乃玛菲莎是也。

贝尔纳多　玛菲莎将在

　　　　梅林石碑旁

　　　　等候三天时间，

　　　　为的是与他们决斗一场。

　　　　如果他们个个都上阵，

　　　　事情就不好处理，

　　　　因此她挑选我，

　　　　让我当她的助手。

　　　　我是西班牙骑士，

　　　　出身高贵，有据可查，

　　　　也许是与玛菲莎同样的欲望

　　　　把我带到这里。

　　　　请你们听仔细，

　　　　挑战坚决而又认真，

　　　　因为大的荣誉

　　　　必须有大的危险才相称。

玛菲莎　你们让罗尔丹

　　　　摆脱爱情的纠缠，

　　　　响当当的战神

　　　　怎能与维纳斯、丘比特为伴。

　　　　这位西班牙人说的

句句是真,由于时间已晚,

石碑又不在附近,

道声再见,愿上帝保佑你们。

查理大帝　加拉龙,在巴黎是否还有

另一些罗尔丹式勇士?

是否还有别人能与

雷纳尔多斯相称?

如果我们有人,听到挑战,

怎能默不作声?

啊,安赫丽卡,你是灾星,

给我将灾祸降临!

你使我所有的勇士

都被你的美貌迷了心;

他们扔下了巴黎,

只顾去把你找寻。

加拉龙　只要我加拉龙活在世上,

谁也不能将陛下欺凌。

明日我将以行动

把我的誓言加以证明。

陛下,请允准我,

以便我披挂上阵。

查理大帝　你是十二勇士之一,

不必请求恩准。

〔众人下场。菲拉古托和罗尔丹上,他们持剑相斗。

罗尔丹　西班牙摩尔人,是你杀死了他,

你不讲仁义,如此阴险毒辣。

菲拉古托　你信口雌黄，

满口胡言乱语。

罗尔丹　你把他扔入河中，

这难道不是干了恶事？

菲拉古托　胜利者对于战败者

可以任意处置。

罗尔丹　这是你的谬论。

高傲的蛮人，不要走，

看我来惩罚你的不义不仁。

菲拉古托　我就走，阿格朗特宫的吹牛大王；

我倒想不走，可是双脚不愿从命。

我敢对天起誓，

我真不知是谁推着我

从你面前把我引走，再见，骄傲的勇士！

罗尔丹　我给你一剑，要你的命还不算晚。

〔菲拉古托下场，罗尔丹踏上布景更换器，并向前者刺去
一剑。更换器旋转，在上面出现安赫丽卡和罗尔丹，后者
向她脚前扑去；而在罗尔丹弯下身去时，更换器旋转，在
上面出现一个萨堤尔，罗尔丹则抱住萨堤尔的双脚。

罗尔丹　大智大能的上帝，这是多大的神迹？

我见到的难道是爱情的怜悯？

上帝把我抛到你的脚下，

满足了我的全部愿望。

亲爱的冤家，请收下我允诺献上的财宝，

把一位勇士吻你双脚当作胜利果实，

陈列在你爱情的殿堂。

> 我以为这双脚散发琥珀味，
>
> 却不知散发的是硫磺味。
>
> 爱情啊，我经受了多少失望，
>
> 而又是谁能造成如许多的幻觉？
>
> 我来看看她是否受了剑伤。

〔布景更换器旋转，马尔赫西以其模样出现。

马尔赫西　老兄，难道你既不悔改也不害怕？

罗尔丹　啊，马尔赫西！我的爱情和你的法术

　　　　合起来就是个奇迹。

　　　　不过你明明知道

　　　　有理智的人对你的法术既不相信也不接受，

　　　　你为了证明我是废人、在发疯

　　　　而对我反复考验又有何用？

马尔赫西　罗尔丹，你跟我来，

　　　　你苦尽甘来，我要给你甜头尝尝。

罗尔丹　哟，多英明的意见！

　　　　老兄，赶快带我飞离这相思地狱，

　　　　让我去见我的蓝天。

马尔赫西　你把背靠紧这竹竿，

　　　　闭上眼睛，不要胆战心惊。

罗尔丹　这事还挺啰唆。

马尔赫西　你照着办，

　　　　此行与你的喜事有关。

罗尔丹　这样可以了吧？

马尔赫西　好了。

罗尔丹　愿耶稣将我保佑，

尽管他在此事上从未成功。

〔布景更换器载着罗尔丹转过去；贝尔纳多和玛菲莎上场，台后响起喇叭声。

贝尔纳多　我听到喇叭声和马蹄声，

　　　　　我看一定有勇士朝石碑这边来；

　　　　　他兴冲冲地来，满以为

　　　　　能把你玛菲莎战胜。

马尔赫西　我看是步行来的。

贝尔纳多　那么是谁让他下马步行？

玛菲莎　同咱们一样。

　　　　你没有看见，马在此处不能通行？

贝尔纳多　好像是个法国人，

　　　　　肯定是来决斗。

〔加拉龙上场，身穿护胸甲和背甲。

加拉龙　愿上帝拯救你，幸福的美人，

　　　　你勇敢又漂亮。

贝尔纳多　愿上帝拯救你，使你满意。

玛菲莎　这种问候令人讨厌！

　　　　愿我的臂膀拯救我，

　　　　愿我的力量使我满意。

加拉龙　你们的挑战

　　　　迫使我来到这里。

玛菲莎　告诉我，你是勇士吗？

加拉龙　我当然是勇士。

贝尔纳多　你是今天从巴黎出发的？

加拉龙　是在昨天。

贝尔纳多　那么是为何而来？

加拉龙　不过是为了弄明白，

　　　　在你这里能否见到漂亮的玛菲莎。

贝尔纳多　你倒是来得很快。

加拉龙　来快了就好，因为必须如此。

玛菲莎　你想干什么？

加拉龙　战胜你，

　　　　然后回巴黎。

贝尔纳多　如果你的刀剑

　　　　像你的舌头那么锋利，

　　　　你的目的定能实现，

　　　　不过你先报上姓名。

加拉龙　说出来你要吓一跳：

　　　　我是马甘萨首领，

　　　　名叫加拉龙，

　　　　是十二勇士中的佼佼者。

贝尔纳多　我早就知道，

　　　　你枪法绝伦，

　　　　是熔炼真理的坩埚，

　　　　葬送雄辩的深渊，

　　　　科学难以解释的谜团，

　　　　是一位极忠诚的人。

玛菲莎　贝尔纳多，你都弄错了。

　　　　此人是世上

　　　　最最有名的

　　　　孬种，

是每个勇士的死敌,

是最恶毒的诽谤者,

造谣生事,

背信弃义,

尤其是胆小如鼠。

加拉龙　我没时间啰唆,

现在就来比个高下,

因为天色已经不早。

不过,战斗尚未开始,

如果你们想溜走,

我可以发誓,愿为你们效劳,

不拔剑与你们争斗。

贝尔纳多　你许的愿极好,

很值得加以思考。

玛菲莎　伸出你的手来,

我想把你当作朋友。

加拉龙　我把手给你,

因为我一向以骑士气度行事。

谁叫我是五尺男子汉呢,

难道还怕你捏碎我的骨头!

玛菲莎　看来你是不怕?

加拉龙　一点也不怕。

哎哟,你握得太紧,

险些送了我的命。

贝尔纳多　一位少女垂青于你,

把手伸给你,

你反而哼哼出粗气，

亏你还是著名的勇士！

加拉龙　这位是少女？气死我也，

竟对我如此藐视。

玛菲莎　天哪，他昏过去了！

贝尔纳多　你怎么能这么使劲地捏？

玛菲莎　我把他的手捏碎了。

贝尔纳多　啊，不幸的法国佬！

玛菲莎　他没有戴护臂甲，

我把他的胸甲、背甲都扒下，

当作战利品

挂到树枝上，

再写上几行打油诗，

叫他的名声到处传扬。

只可惜想不出词儿来，

使我的诗兴不能如愿以偿。

　　〔马尔赫西在幕后说话。

马尔赫西　我向你保证，词儿有一大筐，

因为我了解你的良好意向。

我现在把词儿送上，

它们会实现你的愿望。

贝尔纳多　哟，多奇怪的新鲜事！

玛菲莎　谁知道我的意向？

诗句必须表达我心中所想。

难道这些魔鬼要把加拉龙

押到地府深渊？

加拉龙　马尔赫西,我告诉你,

　　　　我知道你在这里。

　　　　我问你:你为何不找来轿车

　　　　或肩舆供我享用?

　　　〔萨堤罗斯们将加拉龙用手抬起带走。

玛菲莎　你说说打油诗的内容,

　　　　也许我不懂。

贝尔纳多　写得好,写得妙。

玛菲莎　高声念吧。

贝尔纳多　我高声把它念:

　　　　"那把明亮、光滑的刀,

　　　　削铁如泥世上少见,

　　　　的的确确、真真实实是

　　　　马甘萨首领之宝。"

　　　　这座森林真的

　　　　充满奇事。

玛菲莎　太阳已经下山,

　　　　林中黑暗无光,

　　　　他去把地狱拜访,

　　　　我们也累得够呛,

　　　　需要养神休息。

　　　　我就睡在这里,

　　　　贝尔纳多,你睡在另一方,

　　　　直到星星出来

　　　　为太阳守夜。

　　　　如果三天中

不来勇士，

我们就找

需要更大勇气的目标。

贝尔纳多　你说得好，尽管我对休息

毫不在乎，

我还是在这坚硬的巨岩上

睡它一觉。

〔他躺下睡觉，卡斯蒂利亚①从舞台空处上场，一手牵一
头狮子，另一手托一个城堡。

卡斯蒂利亚　贝尔纳多，我的朋友，你睡着了？

睡得如此深沉，

竟毫无戒备。

外国人将你的祖国

无理地继承②，

你要逃避作此事的见证？

此事你竟能容忍？

请注意，你的舅舅③

违反常理，

在天真的心中

竟生出恐惧和古怪的念头，

干出对你忘恩负义、对我败坏声誉的坏事。

---

① 卡斯蒂利亚是西班牙的中部地区，是西班牙的象征，也是形成西班牙语的地
区（因而西班牙语也叫卡斯蒂利亚语）。作者在此以卡斯蒂利亚代表西班牙。

② 历史上摩尔人占领西班牙大部分领土长达数世纪。此处"外国人"似指摩尔
人。

③ 在历史上，贝尔纳多在其舅舅阿尔丰索指挥下，在隆塞斯瓦耶斯大败查理大
帝。至于后文所说，他舅舅想把西班牙交给法国，似与史实有出入。

他害怕在我土地上的摩尔人

至死不投降,

便想把我交给法国;

对我的胆略

和我所敬仰的你那天下无双的英武,

他都一无所知。

他无视佩拉约①

在我身上激起的

尊严和果敢、英勇、

一往无前的精神,

而我将这种精神永远保持在我心中,

任何恐怖也不能使我改变。

来吧,你的到来

将赋予吓晕了的人

新的心胸,

医治国王的病痛。

国王由于恐惧

小心翼翼、六神无主,

使我受尽耻辱。

你如果不赶来

将我救援,

我将无脸再见天日,

将在黑暗中为我的不幸悲泣。

---

① 佩拉约(？—约737年),在摩尔人占领西班牙期间率先在西班牙北部山区战胜摩尔人,由此开始了西班牙驱逐摩尔人的光复战争。

贝尔纳多，

我要带你走地心中的暗道，

回到祖国的土地上。

快快来吧，

你的荣誉和我的慰藉

都寄托在你的臂膀上。

来吧，慈祥的老天爷

会将你保佑。

我将把你的侍从

由同一条路带走。

你，世上无双的英雄，

期望得到神圣的荣光，

应该干一番别的事业，

你现在做的是小事一桩。

在现在这场争吵中

没人会与你战斗，

因为美人安赫丽卡

以其貌美主宰着这场纷争，

她是所有想享艳福者的凶恶公敌。

数年之后你将看到

会有怪事发生，有苦有乐，

还会受到欺骗，遭受某种不幸。

现在你稍安毋躁，

一切都会按我对你的祝愿发生。

〔卡斯蒂利亚和贝尔纳多由舞台空处下场。

玛菲莎　这座森林充满魔法，

我看到的那玩意儿是什么？

出现的这些图象是什么？

它们是好还是坏？

这些好像是影子，它们使我将信将疑；

对此我只有赞叹，毫不恐惧。

他们已将贝尔纳多从我身边夺走，

我又何必在此等候。

我要去可以显示我武艺的地方。

我立刻转身，

哪里混乱我就朝那里走。

〔牧人科林托和打扮成牧羊女的安赫丽卡上场。

科林托　即使是天涯海角，

我也答应把你带去。

安赫丽卡　我完全相信

你的胆量世上无双。

科林托　只要有钱，

无论哪里我都带你去。

安赫丽卡　你要多少钱，

我就给多少；

我有珠宝首饰，

漂亮又值钱。

科林托　该到哪里去卖呢？

安赫丽卡　这是个问题。

科林托　不要舍不得：

当需要的时候，

削价出售才见商人本色。

　　　　　巧使智谋，

　　　　　任何难关都能过。

　　　　　你决定咱们何时动身？

安赫丽卡　明天。

科林托　咱们从这里出发到马赛，

　　　　　由那里上船，

　　　　　直航美丽、富庶的

　　　　　西班牙。

　　　　　离开海峡，

　　　　　在深邃、白浪翻飞、

　　　　　几次三番嘲弄我的大海上，

　　　　　朝着这边行驶。

　　　　　如果有舰船，

　　　　　又没有逆风，

　　　　　我敢担保，不出三个月，

　　　　　我就把你送到契丹①。

　　　　　你还要求什么？

安赫丽卡　如果老天爷这么安排，

　　　　　这就够了。

科林托　你别瞧我模样差，

　　　　　我是祖传的水手，

　　　　　游泳如水中鱼，

　　　　　机敏如林中兽，

　　　　　力大如神，

---

① 中世纪时欧洲国家对中国的称呼。

干活赛老牛。

论到保密,

你放心,我是哑巴。

你愿意咱们今天就动身?

〔雷纳尔多斯上场。

安赫丽卡　刚出龙潭又入虎穴!

如果此人认出我,

我必死无疑埋此地。

科林托　如果你能遮盖,

就遮住你漂亮的脸蛋。

不过,你告诉我,

这家伙是不是那天的法国佬?

再见吧,我的牧羊女,

我还是溜走保命重要。

〔科林托逃跑。

安赫丽卡　与其坐而待毙,

不如逃跑。

雷纳尔多斯　姑娘,让我瞧瞧,你的脸蛋是否漂亮,

腰肢是否超凡脱俗。

请把脸抬起来。你为何遮住脸?

越遮越使人认为你是个美娇娘。

请把脸抬起来。我的天哪!

我的双眼看到的是什么?

我的恼怒得到了荣耀,

我的怀疑从此冰消!

是谁给你穿上这身衣裳?

　　　　你要逃跑？哎,天哪!

　　　　你不识好歹,我一定紧追;

　　　　不管下地狱,

　　　　还是飞上天,

　　　　无论你藏到何方,

　　　　我决不会失去方向,

　　　　因为前方有这样的火光。①

　　〔安赫丽卡逃跑,进入一个门,雷纳尔多斯紧随其后,在
　　从另一个门出场时,刚进门的罗尔丹与她相遇。

雷纳尔多斯　老天为我的痛苦所感动,

　　　　把你送进我的怀中。

安赫丽卡　放开手,不要脸的色狼,

　　　　看我把你打个跟跄;

　　　　我叫你放开手,

　　　　不要这般无礼猖狂。

罗尔丹　无情而野蛮的影子,

　　　　你为何打乱我的安宁?

　　　　你没见这宝贝属于我

　　　　是合理又合法。

雷纳尔多斯　天哪,你苏醒啦!

安赫丽卡　我的命好苦啊,真是倒霉透顶!

雷纳尔多斯　你一定是中了魔法

　　　　才不愿自卫?

罗尔丹　我没有中魔法,

━━━━━━━━━━

①　指逃跑的安赫丽卡。

而是把你当成痴情郎。

雷纳尔多斯　天哪,我一定要杀了你!

罗尔丹　有本事你就马上杀了我。

雷纳尔多斯　有这样厚颜无耻的人吗?

罗尔丹　有这样呆头呆脑的情敌吗?

安赫丽卡　有我这样不幸的女人吗?

我想不会有。

暴徒,放开手,

你要把我掐死啦!

雷纳尔多斯　我叫你放开手!

罗尔丹　不放!

雷纳尔多斯　那我就要你的命!

罗尔丹　那也不放!

雷纳尔多斯　你疯啦!

罗尔丹　我是疯了,

尽管我希望头脑清醒。

安赫丽卡　你们把我拆开,

从中分成两半。

罗尔丹　美人在我怀中,

我不会把她拆开。

雷纳尔多斯　不许你动她一个指头,

否则我要了你的小命。

安赫丽卡　哎呀,这些暴徒如虎似狼,

抢夺我这头羔羊!

老天爷可怜我,

从上边塌下吧。

罗尔丹　大胆的强盗，

　　　　你这一切全是徒劳！

　　〔云雾降下，将三人笼罩，他们藏在舞台的空处。之后查理
　　大帝和加拉龙上场，后者一只手被玛菲莎捏伤，裹着绷带。

查理大帝　你已将玛菲莎打败？

加拉龙　我马到成功，

　　　　因为我不失时机，

　　　　图的是痛快。

　　　　她用剑平拍下来，

　　　　狠狠地砸我，

　　　　可怜我的手倒霉，

　　　　就这样被砸伤。

查理大帝　你对那个西班牙人如何处置？

加拉龙　他见到我，好像见到了整个法国，

　　　　他那股傲气

　　　　顿时云散冰消，

　　　　我也把他打得一败涂地。

查理大帝　加拉龙，你功绩显赫！

加拉龙　此心受陛下恩宠，

　　　　功绩归于陛下。

查理大帝　此人是谁？

加拉龙　马尔赫西。

查理大帝　唔，来得正好！

　　　　他似乎站住了。

　　　　他是否全副武装？

加拉龙　我看是的。

〔马尔赫西带着加拉龙的盾上场,盾上写着前述的四句诗。

查理大帝　啊,马尔赫西,珍贵的朋友!

　　　　这是副多么奇怪的甲胄。

加拉龙　这冤家的计谋

　　　　不只要夺走我的荣誉、性命。

马尔赫西　陛下,您是识字的,

　　　　请念念这些字吧。

加拉龙　如果我再待在这里,

　　　　我会被吓得钻入地底。

　　　　我要走开,

　　　　设法报复这骗子。

　　　〔加拉龙下场。

马尔赫西　陛下,过会儿我要告诉您

　　　　令您惊讶的事情。

查理大帝　罗尔丹在哪里?

　　　　雷纳尔多斯在哪里?

马尔赫西　圣明的皇帝,您瞧瞧

　　　　他们那副模样。

　　　〔罗尔丹、雷纳尔多斯和安赫丽卡像云雾将他们遮住下

　　场时那样上场。

雷纳尔多斯　不管我多么用力,

　　　　依然是徒劳无益。

罗尔丹　雷纳尔多斯,我不是安泰俄斯①,

---

①　安泰俄斯,罗马神话中的大力士,大地是他的母亲;他只要与大地保持接触,
　　就有用不完的力气。

　　　　　没有使不完的气力。

安赫丽卡　你们怯懦而又蛮横，

　　　　　竟如此将我欺凌，

　　　　　哪还称得上什么骑士，

　　　　　更谈不上什么多情人！

马尔赫西　至圣至明的皇上，请把目光移向这边，

　　　　　您会看到巴黎的精灵——

　　　　　上帝派给您的天使

　　　　　正穿云劈雾飞翩跹。

查理大帝　多么灿烂的景象，这是少有的奇事！

　　　〔一个天使踩着一片云出现。

天　使　查理，请你注意倾听，

　　　　　天庭对你的一切做了决定，

　　　　　其中有的使你受损，有的使你高兴，

　　　　　你要倾听这些神圣的决定。

　　　　　我将给战场以威严的巨响，

　　　　　轰隆隆，轰隆隆，

　　　　　上天的意志将以恐怖和威吓

　　　　　迫使夏甲人①和非洲人逃遁。

　　　　　阿格拉曼特②产生了非分之想，

　　　　　为了马孔和特里维甘特的光荣，

　　　　　穿戴起坚硬的盔甲，

---

① 夏甲是《圣经·旧约》中提及的埃及使女，相传为阿拉伯人的祖先。
② 阿格拉曼特，一部文学作品中的人物，是摩尔人首领，率兵攻打巴黎。后面提到的马孔、特里维甘特都是当时法国的地名。菲拉古特是摩尔人首领之一。马尔西里奥则是当时萨拉戈萨摩尔人王国国王。

菲拉古特起兵从安达卢西亚出发。

国王马尔西里奥及其

小心谨慎、神机妙算的侄儿，

从萨拉戈萨率领凶猛的摩尔人，

充当先锋，向山下猛冲。

利比亚的摩尔人统统出动，

非洲的清真寺全部走空，

他们以骇人听闻的话

齐声辱骂你的金百合花①。

然而你将保持你在高雅事业中

天下无双的庄重，

迎击这些恶棍，

你将在战斗中失利，

然而全能的手将帮助你，

使你威震西班牙摩尔人

和法国摩尔人，

将他们彻底击败而所向披靡。

讲完这些我就回天庭，

再去了解又有什么

对你有利的决定，

届时我会来造访回禀。

〔天使下场。

查理大帝　　谢谢你，天恩浩荡，

　　　　感谢给我的圣谕和恩典！

————————

① 当时查理大帝旗帜上的标记。

罗尔丹　既然她落在我手中，

　　　　我当然要享用。

雷纳尔多斯　你还在想这事？

罗尔丹　你也在想这事？

查理大帝　我要利用你们的疯狂，

　　　　取得良好的效益。

　　　　我做出如下的安排：

　　　　你们把那位姑娘带走，

　　　　马上交给

　　　　巴伐利亚大公；

　　　　谁在战斗中

　　　　将敌军砍杀得多，

　　　　就可把所钟爱的宝贝

　　　　作为奖品带走。

雷纳尔多斯　我乐意。

罗尔丹　我乐意。

　　　　安达卢西亚人和非洲人

　　　　都将死在我手中。

马尔赫西　你们的企图不会得逞！

罗尔丹　我将把阿格拉曼特

　　　　和他的部队都击溃！

　　　　你们已经可以把他当作死人看待。

马尔赫西　傲慢的人，请不要吹嘘，

　　　　上帝安排的是另一套，

　　　　这在现实中你会看到。

罗尔丹　阿格拉曼特啊，你在何方？

雷纳尔多斯　这个女神一定属于我!

　　　　当你凯旋的时候,

　　　　你的欲望会增长,声誉会不胫而走,

　　　　不过现在

　　　　咱们先停止林中的争斗。

　　〔笛号响起,喜剧结束。

　　　　　　　　　　　　　　　　　　(剧　终)

被囚禁在阿尔及尔

序　言

　　这是一部喜剧力作,在塞万提斯所有关于囚徒生活的文学作品(包括小说)中,这是最好的作品。他以新的技巧、新的因素、新的矛盾冲突及更为和谐的布局,不仅使人联想到《阿尔及尔的交易》的剧情,而且超越了该剧。

　　有的批评家,如舍维尔和波尼亚①,想把《被囚禁在阿尔及尔》的创作日期退回到一五八二年前后,而他们援引的各类事物关系和场面,均属细枝末节,不能令我信服。在戏剧史的关键时刻,在塞万提斯的特殊戏剧风格和形式范围内,这个喜剧同《鬼点子佩德罗》和《改邪归正成正果》一样,都在世俗人情、爱情和诗意方面达到了具有强烈个性的戏剧作品的顶峰。对这样的作品,其创作时间我倾向于尽可能推迟。《被囚禁在阿尔及尔》情节丰富,发展速度快。恋爱、痛苦和冒险,加上囚禁生活,多种情节统一在一个主题之中。洛佩·德·维加的喜剧想必使塞万提斯初期的创作风格产生了一场革命,《被囚禁在阿尔及尔》的文学风格主要受他的影响,也吸取了西班牙新技巧的进步成果;这个剧本之所以令人赞叹,不仅仅是由于它的戏剧悬念,主要是由于它从头至尾跌宕起伏、与现实生活血肉相联的情节,在舞台上得到生动的表现。

―――――――――

　　①　这两位都是塞万提斯研究学者。

也许在这里,小说和戏剧创作不同道路的接触点可能体现了它们之间的交汇,而作为现代叙事世界创造者的塞万提斯,在倡导写风俗人情、主张实心实意的真实性(不排除理想化和风趣)的同时,善于以极少的华丽词藻、极浓的人情味炮制纯净朴实的戏剧,并使之生动活泼。这个剧本以海盗劫掠西班牙海岸村镇的场面开始,既有两位少年烈士(小胡安和小弗朗西斯科)血淋淋的个人事件,又有粗鲁、耍赖的教堂司事的滑稽风趣,其间囚徒们的爱情生活和痛苦经历的情节,在观众眼前一场一场地出现,剧情紧紧地抓住观众的心,使他们兴味始终不减,直到以基督徒囚徒们得到解放而结束。这些囚徒在海岸上听到友好船只"神圣的划桨发出的柔和声音"、看到解放者们的信号像星星一般在水面上闪烁时,全剧到此才圆满结束。

《被囚禁在阿尔及尔》中有部分情节同穿插在《堂吉诃德》(1605年)第一部中囚徒的事相同,而这个喜剧同时又具有原先《阿尔及尔的交易》的主题,因而如果硬要死抠的话,我倾向于把这个喜剧的创作时间放在产生《堂吉诃德》中那个情节的时期之后,尽管有人认为是在产生那个情节之前。我的观点是这样,这个主题经历三个阶段的发展过程:第一,《阿尔及尔的交易》的粗犷激情和所使用的陈旧技巧;第二,囚徒的故事以另一种文学形式加以表达;第三,把旧的主题加以重新制作,他找到了富有人情味的形式,那就是纯净、真挚、直观而又震撼人心的戏剧,他把各种情节集中到新的喜剧——《被囚禁在阿尔及尔》。请注意,塞万提斯在小说创作方面也是逐渐由意大利式长篇演说演变到生动而又震撼人心的风情派的。塞万提斯回忆他过去的时代:洛佩·德·鲁埃达演出《座谈会》(西班牙囚徒们演出),在阿尔及尔战争时代恋爱、冒险和失望之类的经历,其诚实的自传式回声反映在述及要求获得解放这一情节时所作的这类表示：

> 知情者多，
>
> 恐怕会把消息走漏；
>
> 在阿尔及尔这地方，
>
> 任何事情若被多人知晓，
>
> 没有一件不被毁掉。

这段话里明显地回荡着被囚禁的塞万提斯痛苦的声音。基督徒们的联欢聚会、恐怖、屠杀、爱情纠葛的细腻情节都聚集于一个画面，其真挚和充满矛盾冲突、感情激荡的戏剧威力产生了最佳效果。第一幕的最后一场戏，阿正杀死叛徒尤素福，重新皈依基督教，给人留下深刻的印象。阿正的话流露了被囚禁的囚徒们的内心感情和思想斗争：

> 上帝啊，求您饶恕
>
> 我犯了太多的罪，
>
> 我曾公开背叛您，
>
> 也要公开向您忏悔，
>
> 以此了结我所犯的罪！

他以刀子保卫信念，以殉教洗涤错误，这同普通教徒和神职人员永远感受到的精神一样，是一种实干的宗教精神，这种精神在鼓舞着作者。剧中抒情成分与情节巧妙地结合，如囚徒们唱《在海岸上》的歌谣（第二幕）中的一个叠句：

> 亲爱的西班牙，你是多么温暖！

还有小弗朗西斯科这个男孩子唱的一首回想他也被囚禁的老父亲的小歌谣，充满对祖国生活琐事的温情：

> 爸爸，您让他们唱

> 我母亲在咱家
>
> 常唱的那首歌。

小歌谣的歌词是：

> 我爱上了一个人，
>
> 我不说出他的姓名，
>
> 他那一双眼睛，
>
> 温柔又多情。

这几句歌词有明显的民歌印记。在此之后，另一个被囚禁者安布罗西奥记起了歌谣式的诗，极符合他所处的悲惨境遇：

> 你们以为我快乐，
>
> 其实我心里很痛苦。

堂洛佩代表《西班牙美男子》这部喜剧里热恋中的勇敢贵族这类人物，相当于《堂吉诃德》中的被囚禁者。妙趣横生的教堂司事，游手好闲，狡黠奸滑，捉弄犹太人，同时又笃信自己的宗教，有其独特的西班牙风格，其形象粗鲁，也是个活泼的人物。他下面的一句诗：

> 就像太阳升起的时候

其来源是卡洛斯五世时期一则笑话。这则笑话塞万提斯在《慷慨的情人》中提及，那是安达卢西亚人和加泰罗尼亚人之间即兴说出的一串拗口的谐音。因而剧中人物考拉利一听就说："这是喜剧吗？这个基督徒是丑角吗？"

安赫尔·巴尔布埃纳·普拉特

剧 中 人 物

考拉利——阿尔及尔队长

尤素福——叛教者

四个摩尔人①——分别为甲、乙、丙、丁

老者

小胡安和小弗朗西斯科——老者的两个儿子

教堂司事

科丝坦莎——女基督徒

基督教徒队长

两名基督教徒火枪手

堂费尔南多

巴希——看守

囚徒

堂洛佩和比万科——两人均为囚徒

阿正——叛教者

卡拉奥哈——摩尔人

阿桑·巴哈——阿尔及尔王

卡迪②

阿丽玛——摩尔女子

---

① 这是按原文直译,剧中的"摩尔人"在大多数情况下应为"群众",因为那是在摩尔人的国家里,老百姓都是摩尔人。

② 卡迪,阿拉伯语音译,意为民事法官。

萨阿拉——摩尔女子

三个摩尔孩子

安布罗西奥

卡塔琳娜太太

一个犹太人

奥索里奥

吉列尔莫——牧师

第 一 幕

〔阿尔及尔队长考拉利、叛教者尤素福和四名摩尔人甲、乙、丙、丁上场。

尤素福　　就是这条小路，就是这个地方，

你们一个一个地跟我来，静悄悄地走，

一直朝着那座山的方向。

考拉利　　尤素福，小心，不要弄错，

否则会丢了你的小命。

尤素福　　请放心，

让大家准备战斗。

考拉利　　尤素福，我们在何处攻击，

你是否已拿定主意？

尤素福　　就在这个山坡，

因为坚固而不设防。

我说过，我在这里出生长大，

熟悉所有的入口和出口，

知道何处最易突破。

考拉利　准备好的梯子拿来了，

那些瞭望塔现在

还昏睡在梦乡。

尤素福　晨曦初现以前

是最好的时机。

考拉利　你必须负责一切，

引路、战斗并取胜。

尤素福　但愿一切顺利，

只要不打乱我提出的计划，

无疑我会把你们引向胜利，

无须乞求救援。

〔众人下场，幕后响起摩尔人的呐喊声；燃起火把，升起

熊熊大火，一位老者赤裸着上身走上城墙。

老　者　老天爷！这是怎么回事？

难道这里闯来了摩尔人？

我们完蛋啦，多么悲惨！

乡亲们，大祸临头，快拿起武器！

瞭望哨睡在梦乡，

没有留意

羊肠小道，

让人家钻了空子。

如果我是个有神力的基督徒，

我将趁着这明亮的火光,

把我的两个可爱的孩子

扛在我瘦弱的肩上!

喂,怎么无人呼叫:拿起武器抵抗?

为什么无人将这些沉默的钟

重重地敲响?

亲爱的孩子们,我去救你们!

〔老人下场,教堂司事走上城墙,他身穿旧教士服,手缠
一块敲钟毛巾。

教堂司事　　他们都是土耳其人。

啊,我的敌楼啊,

在这个时候

你胜过圣器室!

我要把这些钟敲响,

高声呼喊:拿起武器抵抗!

〔敲钟。

教堂司事　　我的心失去了勇气,

瑟瑟发抖怕得要死。

在海滨不见一个火把,

没有一个瞭望台射出亮光,

这迹象表明

我们面临大难。

我是个教堂司事,

不是干活的粗汉,

不会挥剑战斗,

不如摇动钟舌叮当响。

〔再次敲钟，下场。考拉利、尤素福和另两个摩尔人上。

尤素福　　那些人想逃往山上躲避，

　　　　　必定会跑到这里；

　　　　　你在此静候观察

　　　　　他们惊恐地到此逃命；

　　　　　在他们援兵到达以前，

　　　　　我们先拔腿撤离。

考拉利　　停泊岸边的船舰是否已准备好？

摩尔人甲　不管货物好赖，反正已经装满。

〔老者来到城墙边，一手抱着一个赤裸上身的小男孩，另
　一手牵着一个男孩。

老　者　　我的心肝，我把你们带向何方？

　　　　　我的方寸已乱，没了主张。

　　　　　与其眼看你们被捉走，

　　　　　不如将你们送进坟墓。

考拉利　　我的剑不许你大发议论，

　　　　　也不准你想死就死，

　　　　　它要让你好好地活，

　　　　　赞美我交好运占有了你。

小弗朗西斯科　爸爸，为何把我拖出被窝？

　　　　　我冷得要命！咱们奔向何处？

　　　　　把我贴近你的胸膛，就像对我弟弟一样。

　　　　　为什么要起得这样早？

老　者　　啊，狂风从我这无用而老朽的树干上

　　　　　吹折了娇嫩、可爱、美丽的枝叶！

　　　　　我不知向何处去，尽管我知道

> 在这条路的尽头就死到临头。

考拉利　拜朗①,把他们带到船上,

　　　　注意,舰队很快要出发,

　　　　因为那喇叭声向我们表明,

　　　　黎明很快来临。

老　者　灾难在命中注定,

　　　　想逃避是白费劲。

　　　　〔老者下场,教堂司事上场。

教堂司事　我本已感到,如果老天爷不保佑,

　　　　静静地待在敌楼里

　　　　比到处乱跑更为安全。

　　　　谁会骗我? 更不用说

　　　　如果我走错了小道或山路。

考拉利　狗东西,到船上去!

教堂司事　我是狗东西?

　　　　啊,我现在才明白我妈是母狗。

考拉利　你押着他快走,

　　　　旗舰起锚沿着海岸航行

　　　　到咱们停泊处等候。

　　　　〔摩尔人甲和教堂司事下场。

尤素福　考拉利,你说什么?

摩尔人乙　我服从命令。

尤素福　考拉利,你听,

　　　　我好像听见了号角声。

---

① 阿拉伯语,意为叛徒,此处指尤素福。

考拉利　一定是你害怕心惊，

　　　　乱了方寸才听到那声音。

尤素福　请收兵，因为天已明，

　　　　你的舰船已装满战利品，

　　　　我觉得他们来了救兵，

　　　　快上战舰迅速起程！

考拉利　喂，快上船！

　　　〔众人下场，传来隐约的号角声。四个摩尔人一个跟一

　　　　个上场，每人扛着抢掠来的东西。

摩尔人甲　东西不多，但是有用。

摩尔人乙　我不知道我扛的是啥，管它呢。

摩尔人丙　到目前为止，干得挺顺利。

摩尔人丁　愿安拉保佑，海滩上通行无阻。

　　　〔一个摩尔人上场，他抓住一个叫科丝坦莎的上身赤裸

　　　　的少女。

科丝坦莎　心在胸中猛烈地跳，

　　　　　我吓得四肢无力喘不过气，

　　　　　求求你，请慢点跑。

摩尔人甲　狗东西，快走，

　　　　　快到海边了！

科丝坦莎　再见，我的天空和故乡！

　　　〔科丝坦莎下场，群众甲走上城墙。

群众甲　朋友们，快去海滩，

　　　　土耳其人很快要上船了！

　　　　快追呀，定叫敌人

　　　　扔下抢掠的财宝。

〔一名基督徒火枪手上。

火枪手　也许我们只能证明

这里是第二个特洛伊城①。

群众乙　残酷的命运啊,

请给我双脚以翅膀,给我双手以火焰!

群众丙　我们白跑了一场,

土耳其人都已上船,

在海边舒舒服服地离去。

〔基督徒队长上场。

队　长　啊! 我的脚走惯了山路,

在沙滩上寸步难移!

骑兵们干什么去了?

群众甲　当贼船起锚的时候,

骑兵们沿着海岸追赶,

紧紧赶来的有三个步兵连。

海滩上有两名巡逻员尸体,

我发现是被火枪打死。

瞭望塔在黑暗中难以监视,

才发生了这起卑鄙的事。

群众乙　咱们怎么办?

队　长　请大家先在树林里转一转,

再埋伏在附近观察

海盗们还要干啥。

---

① 这个典故出自希腊神话故事。特洛伊城坚不可摧,希腊人久攻不下,最后以里应外合(即"木马计")的计谋攻下该城。

群众甲　海盗们除了回阿尔及尔还能干什么？

　　　　因为他们已达到目的。

队　长　谁能如此冒险来抢劫？

群众乙　假如是海盗莫拉托，他胆大包天；

　　　　再说，也可以想见

　　　　也许他带来了叛徒，

　　　　为他们作向导带路。

队　长　确实有一个叛徒

　　　　对此地了如指掌。

　　　　我的弟弟到哪里去了？

群众甲　他刚到这里，

　　　　就惊恐万状，

　　　　到处乱闯。

队　长　他正准备完婚，

　　　　悲惨的事也许会发生。

　　　　〔城墙上出现堂费尔南多。

堂费尔南多　雉堞锃亮闪光，

　　　　整个城墙如裹银装，

　　　　城墙啊，你保管过我的希望①。

　　　　请告诉我，我在何处能找到科丝坦莎？

　　　　房屋燃烧，喷出熊熊火焰，

　　　　街道上洒满鲜血和眼泪，

　　　　我的爱，我的冤家呀，

　　　　你现在何方？

---

① 指下句的少女科丝坦莎。

啊,太阳,请放射光芒;

早霞,请敞开玫瑰色大门;

让我看到老天爷因我之罪而拒绝赐予的宝贝,

她正航行在海面上。

队　长　咱们去救他,叫他不要着急,

他那么说话,是发疯的苗头。

群众甲　对,咱们去救他,

他的毛病需迅速果断救治。

〔二人下场。

堂费尔南多　哎,我这胆小鬼在说什么?

从这卑鄙的抢劫行为可以断定,

我心爱的宝贝已被掳走,

必须设法把她解救。

我要爬上那高耸的巨岩,

从那里发出信号,也许那卑鄙的摩尔人

愿意用美女换取金钱,

其实任何宝物也不能同这美人相比。

〔堂费尔南多下场。队长在城墙上出现。

队　长　我的弟弟已不在这里,

恐怕剧烈的痛苦使他

忘记自己的体面和身份。

啊,这是多么奇怪!

群众甲　队长,我看他是到那边去了。

〔队长下场,堂费尔南多上场,一步步爬上巨岩。

堂费尔南多　双脚,别怕累,向上爬!

爬上这高耸陡峭的

巨岩之顶，

我心忧如焚，不允许

双脚在荆棘中停留。

马上就会发现

那飞一般的舰船

在它那可怕的吃人肚子里

载着我那

亲爱的宝贝。

张开翅膀，

双脚飞奔向上爬。

我发出赎买、求和、友好的信号，

却毫无作用，

我拼命地呼叫，

尽管我的嗓子训练有素，

也毫无作用。

啊，我的甜美的科丝坦莎！

啊，甜美而忠实的妻子！

你切莫听信

那假心假意的哀求，

也不要向摩尔人的暴力

屈服低头，

我有办法将你搭救。

强盗们，回来，回来，

我保证使你们的

衣兜和双手

满载着胜利，

叫你们乐呵呵、喜滋滋，

高兴又满意。

强盗们，回来，回来，

我把山积的财宝献给你们，

只为换取我的太阳①，

如果你们拒绝我奉送的财物，

抢掠所得将一钱不值。

啊，海风呀，你掀起的巨浪

像乌云一样挡住了我的太阳。

我将慷慨地献上

阿拉伯的全部黄金，

南方的全部珍珠，

泰尔最好的紫红颜料，

尽管你们以为

我极难拥有这些财宝。

如果你们将我的妻子归还，

我将献上一个新的世界，

以及天下地上

所包罗的全部财宝。

我在说疯话：既然我不能取得光荣的胜利，

你们不如将我带走，

因为你们已抢走了我的心灵。

〔堂费尔南多从巨岩上跳下。看守巴希和一名手拿纸笔
的囚徒上场。

---

① 作者以太阳比喻心爱的人。

看　守　喂，基督徒们，干活去！

　　　　一个也不准留在屋里，

　　　　不管是病人还是健康人；

　　　　不要拖延时间，如果我进去，

　　　　我这双手对你们不会客气。

　　　　我要你们全都干活，

　　　　不管是帕帕斯①还是绅士。

　　　　喂，讨厌的家伙！

　　　　难道要我叫你们两次？

　　　〔一名囚徒上场，其他囚徒尽可能一个接一个地上场。

囚徒甲　我第一个来。

看　守　这个去砍柴，

　　　　这个去船上，

　　　　你们都小心干活；

　　　　三十个人去炮楼，

　　　　六十个人去城墙；

　　　　二十个人去修炉子，

　　　　十个人去考拉利家干活。

　　　　抓紧时间，半天又要过去了。

奴　隶　卡迪要四十个人，

　　　　理应给他派去。

看　守　那是当然。这你不必考虑。

　　　　你再派四人

　　　　去继续干昨天的烧砖活。

_____

①　北非沿海土著对西班牙神职人员的称呼。

奴　隶　什么事都得干，

　　　　再来两千人也不够。

　　　　绅士们①去哪里干活？

看　守　让他们休息，

　　　　到明天他们将同第一批人去干活。

奴　隶　如果他们给钱呢？

看　守　事情很简单，

　　　　哪里有钱那里就平安。

奴　隶　我会同他们协调好，

　　　　叫他们讨你喜欢，

　　　　给你钱钞。

看　守　你派他们去兵工厂。

奴　隶　照办，再见。

　　　〔众人下场。堂洛佩和比万科上场，二人皆为囚徒，戴着
　　　脚镣。

堂洛佩　今天运气真好，

　　　　逃避了原定的

　　　　苦活和辛劳。

比万科　只要不干活，

　　　　我就难受发慌。

　　　　关在这狭窄的地方，

　　　　就像遭磨难一样。

　　　　看到田野或海洋，

　　　　就减轻心底惆怅。

————————

① 指被掳的西班牙人中的绅士。

堂洛佩　干活我可受不了。

　　　　失去活动自由，

　　　　我郁闷发慌，

　　　　感到十分惆怅；

　　　　需要冷清孤寂，

　　　　不要人多热闹。

　　　　干活而不吃饭，

　　　　显然是要我们

　　　　一步步走向死亡。

　　　〔一名基督徒囚徒上场，躲避着看守棍棒的追打。

看　守　混蛋！你们就老这样

　　　　躲躲藏藏？

　　　　你们这些无用的东西，

　　　　都是只会吃喝的饭囊。

基督徒　老爷，我实在是有病！

看　守　我给你一棒，

　　　　马上治好你的病。

基督徒　我两天连续发烧，

　　　　头疼腿软走不了，

　　　　天哪，我真的在发烧。

　　　〔看守追打着，二人下场。

看　守　你这就躲起来？

基督徒　是的，老爷。

看　守　狗东西，走！

堂洛佩　天哪，他可是个好兵，

　　　　决不会偷奸要滑，

　　　　　　　　如此挨打实在可怜！

比万科　　你看吧，他生了病，

　　　　　　　　就倒了八辈子大霉。

　　　　　　　　这囚徒病入膏肓，

　　　　　　　　他们不信还要打他，

　　　　　　　　岂不太不讲道理？

　　　　　　　　如果他们见他倒毙，

　　　　　　　　就说："哟，这家伙

　　　　　　　　一定是有病！"

　　　　　　　　啊，这些丑恶的混蛋，

　　　　　　　　没有半点儿怜悯之心！

　　　　　　　　你们见过世上有人

　　　　　　　　临近死亡还要撒谎？

　　　　　　　　你们无端的怀疑

　　　　　　　　给我们造成无穷灾难，

　　　　　　　　到头来把我们送入黄泉；

　　　　　　　　你们只相信死人，

　　　　　　　　却不相信活人。

堂洛佩　　比万科，抬起眼睛

　　　　　　　　盯住那个地方，

　　　　　　　　那里有一块白布

　　　　　　　　挂在一根长杆上。

　　　〔出现一根长杆，上面绑一块白布和一个包裹。

比万科　　有的，你说得对。

　　　　　　　　我要走到那边去，

　　　　　　　　看清这件怪事。

啊,天哪,杆儿往上抬!

堂洛佩　　去呀,也许会下降。

比万科　　堂洛佩,这不是冲我来的,

你过去试试,

我记不清谁对我说过,

你这双幸运的手

一定能把它抓到。

堂洛佩　　可能有个小伙子

在那里设置了诱饵或圈套,

为了捕捉楼燕。

比万科　　这玩意儿既不高也不远,

来吧,咱们快去看看。

你看到否? 那杆子

在向你降落。

啊,上帝呀,这是奇事!

堂洛佩　　包里有财宝。

比万科　　假如是财宝,你就解开它。

堂洛佩　　有十一个金埃斯库多①,

其中有一个多乌隆②,

这倒像念珠串上的

大念珠一样③。

比万科　　你说的比喻真是好。

堂洛佩　　杆子又向上升起。

---

①② 西班牙古金币名。

③ 祈祷使用的念珠串上,每隔十个念珠加一个大念珠。这里说十一个金币中有一个与众不同的金币,故作此比喻。

難道这是从天上落下吗哪①?

抑或是哈巴谷②

可怜我们被囚禁而赐予

一篮子比食物更为珍贵的东西?

比万科　堂洛佩,你为何

不去感谢和问候

那位行此奇事的人?

啊,长杆啊,今天你不是长杆,

而是一根神棒!

堂洛佩　在那狭小的百叶窗里

没有人的踪影,

你要我向谁表示谢意?

比万科　不过,那一定是有人在操纵。

堂洛佩　那自然;然而我不知是谁。

也许是个叛了教的

女基督徒,

或是这大院里

某个被囚的女基督徒,

愿意表示她的怜悯。

不论此人是谁,

最好要让她看到

我们感谢的表示:

你赶快向她鞠躬行礼,

---

① 《圣经》词语,指上帝赐予的食物。

② 《圣经·旧约》中的人名,是十二个小先知中的第八名。

使她相信咱们的心意；

我按摩尔方式向她致礼，

万一做此好事的

是个摩尔女士。

〔叛教者阿正上场。

堂洛佩　别说话，因为阿正来了。

比万科　这混蛋来的不是时候！

我骂他的娘，

骂他的祖宗三代！

堂洛佩　天哪，我看他会听见你说的。

比万科　啊，上帝保佑，他听到了也无妨，

因为我没有提到他的姓名。

阿　正　只要有你们二位的签名，

我将愉快、高兴地

踏上西班牙的海岸；

一路顺风，

海面平静。

我要回到西班牙，

向它坦白忏悔

我的年少无知和所犯之罪；

我决不像尤素福这条狗

去出卖他的故土。

〔他拿出一份个人行为材料交给他们。

阿　正　这里所写的事件件是真，

我对基督徒

亲切温和，

决不像土耳其人那样

辱骂殴打；

我救过好多人；

我从小被迫当土耳其人，

在海盗抢掠过程中

我内心是个好基督徒，

如果能寻找到机会，

我一定会留在祖国故土，

那是我渴望的地方。

堂洛佩　改正你的错误，

你就能得救。

你要求我们签字，

我们很高兴接受，

阿正，既然已经证明

你是个诚实人，

你所说的都是真。

愿神圣的老天爷

按照你的愿望

给你铺开光明之路。

比万科　你的决心真大。

阿　正　不仅下了决心，

我还要设法在所乘船上

策动造反。

堂洛佩　你如何设想？

阿　正　我已同另外四人

商议好。

比万科　知情者多，
　　　　恐怕会把消息走漏；
　　　　在阿尔及尔这地方，
　　　　任何事情若被多人知晓，
　　　　没有一件不被毁掉。

阿　正　你所说的我都考虑了。

堂洛佩　阿正，你是否知道
　　　　那屋里住着谁人？

阿　正　是那屋？

比万科　对。

阿　正　那屋里
　　　　住着一个摩尔富翁，
　　　　有地位，心肠好，
　　　　家中钱财真不少。
　　　　特别是，老天爷
　　　　赐给他一个好女儿，
　　　　她的美貌天下无二，
　　　　她是摩尔富翁的掌上明珠。
　　　　穆莱·马卢科
　　　　想做她的丈夫。

堂洛佩　这摩尔富翁
　　　　怎么说？

阿　正　他说，匹配，
　　　　因为他是国王，
　　　　而且这位国王
　　　　以黄金做嫁妆。

在这个国度里一切都颠倒，

不是女方而是男方给嫁妆。

比万科　她与他父亲

意见相同？

阿　正　她没有拒绝。

堂洛佩　在这家人家

是否有个叛了教的

女奴或基督徒？

阿　正　几年前

有个叫胡安娜的女奴，

对，她是叫胡安娜，

我记得她的别名

是叫伦特丽娅。

堂洛佩　她干什么？

阿　正　她死了，

我说的这摩尔姑娘

就是由她抚养长大。

她是个了不起的管家，

具有基督徒的全部品德，

是女囚徒中的魁首；

本城中像她这样的好人

找不出第二个。

我们这些信念不坚定者

哀哭她的逝世，

因为失去她的光照我们成了盲人。

上帝召唤她回去，

使她的主人失去了她。

堂洛佩　阿正，你放心去吧，

　　　　改天下午来让我们签字。

阿　正　愿圣父圣灵和灵子全都保佑你们。

　　　　〔阿正下场。

比万科　有这点儿钱，

　　　　咱们又可以摆摆阔。

　　　　共有多少钱？

堂洛佩　我不是说过有十一个金币？

　　　　然而我心里难过，

　　　　因为看不到那给钱的人。

比万科　依我看，此人

　　　　就是老天爷，

　　　　他神奇的手

　　　　通过看不见的渠道，

　　　　送来几个小钱，

　　　　算是救济咱们，

　　　　尽管咱们不配这样的恩典。

　　　　〔杆子又出现，上面挂一个更大的布包。

比万科　你看，那杆子又出来了。

堂洛佩　你若要去试试那杆子是否

　　　　向你落下，那才费劲呢。

比万科　这样钓鱼即使是穆罕默德，

　　　　那也是神圣的功德。

　　　　然而我刚向那边移步，

　　　　那杆子就向上举起，

我不知是何道理；

假如是害怕我，

请予说明，我就回来。

朋友，这天大的好运

是给你保留；

来吧，咱们看看到底是什么；

你的双脚不要偷懒，

因为福到不可怠慢。

〔杆子向堂洛佩倾斜，他将布包解下。

堂洛佩　我看这个布包

　　　　比刚才那个还沉。

比万科　那财宝更多。

堂洛佩　啊，有一张便条！

比万科　你现在念念行吗？

　　　　看看包里是金还是银，

　　　　我高兴得要命。

　　　　怎么，你不愿意看？

〔堂洛佩看便条，没看完便说话。

堂洛佩　上帝啊！一百多个金币，

　　　　而且都是两面有花纹的！

比万科　为什么你不看便条，

　　　　却急忙清点财宝？

堂洛佩　这真是

　　　　奇事中的奇事。

比万科　便条上说什么？

堂洛佩　我看了一点儿，

就知道其中有奇事。

比万科　咳,我觉得有人来了。

堂洛佩　有不少人拥来;

咱们进茅屋去,

在那里单独

看便条上说什么。

比万科　你打招呼告别了吗?①

堂洛佩　已经打招呼了。

比万科　眼前来了这档子麻烦。

　　〔看守巴希、一个叫卡拉奥哈的摩尔人和一个基督徒上

场。后者耳朵被割去,用血污的布捂着。

卡拉奥哈　你这笨狗,我不是对你们说过,

如果在陆上逃跑,

就这么对付你们。

基督徒　自由的呼唤

有巨大的引力。

卡拉奥哈　啊,没良心的东西!

我曾劝你从海上逃跑,

而你这赖皮

不顾有多少障碍,

总想从陆上逃跑。

基督徒　到死我才罢休。

卡拉奥哈　这狗东西从陆上逃跑了三次,

我付给那些捉到他的人

————————————

① 指向那长杆的操纵者告别。

　　　　　　总共三十个金币。

基督徒　　你若不加强防卫，

　　　　　小心，我就会逃跑：

　　　　　即使你把我的四肢都截去，

　　　　　对我加以比现在

　　　　　更为严厉的管制，

　　　　　我获取自由的愿望更为强烈，

　　　　　依然要设法逃跑，

　　　　　从陆上，或者乘风而去，

　　　　　从海上，或化作火焰而去；

　　　　　为了获取自由，

　　　　　任何事我都能做，

　　　　　即使遭受任何灾难也心甘。

　　　　　你大发雷霆也无用，

　　　　　我明白你对我说的——

　　　　　每逃跑一次你割去我身上一个器官，

　　　　　树枝枝砍去不要紧，

　　　　　只要不砍去树根根，

　　　　　只要不砍去我的双脚，

　　　　　逃跑我决不迟疑。

看　守　　卡拉奥哈，这家伙

　　　　　是不是西班牙人？

卡拉奥哈　难道还看不出？

　　　　　你没有瞧见他的暴躁脾气？

看　守　　愿安拉保佑，这家伙即使死了，

　　　　　你也难以将他看住。

狗东西,快进去治疗!

你那玩意儿

只能喂狗。

卡拉奥哈　　那倒是。

〔基督徒下场。

看　守　　听,有人向海面

发了一炮。

卡拉奥哈　　我没有听到。

〔一名囚徒上场。

囚　徒　　老爷,考拉利已回来,

据说,他这次发了大财,

轰轰烈烈,十分荣光;

国王驾临海滨,

亲自视察决定

如何处置俘虏和战利品。

看　守　　你想跟我一起去看看?

卡拉奥哈　　我的腿是瘸的。

看　守　　可以慢慢走。

〔众人下场。堂洛佩和比万科上场。

比万科　　你再念一遍,我很钦佩,

这便条话说得平常,

却包含着大志向。

堂洛佩　　请注意,如果有人来,

你挪到这边来。

便条上就是这些话,

我生平第一次见到

道理讲得这么朴实无华。

伟大的主啊，

这是您的神迹！

比万科 快念吧。

〔堂洛佩念便条。

堂洛佩 "我的父亲是个大富翁，家里囚禁着一个女基督徒
俘虏，她以她的奶喂养我长大，并把全部基督教知识
教给了我。我会做各种祈祷，会读会写，这张便条
就是我写的。这个女基督徒的名字叫莱拉·马莲，
按你们的叫法就是圣马利亚。她对我说，她非常喜
欢我，又说，将来会有一个男基督徒把我带到她的祖
国。我透过百叶窗看到了这院子里很多男基督徒，
可我觉得没有一个像你这样好。我长得美丽，手头
掌握着父亲的许多钱。如果你愿意，我可以给你许
多钱，让你为自己赎身，并且留心如何将我带到你的
祖国，再在那边同我成婚；如果你不愿意，那也不要
紧，因为莱拉·马莲会保佑我得到一个丈夫。院子
里无人时，你可以把你的答复拴在杆子上。告诉我，
你叫什么名字，哪里人，是否已娶妻，千万不要相信
摩尔人和叛教者。我叫萨阿拉，愿安拉保佑你。"
你觉得如何？

比万科 老天爷

让我们在世上看到

这样圣洁的心。

堂洛佩 一定是在萨阿拉身上

显示着地上的一切善良。

比万科　也许她正看着我们。

　　　　你回过身去，多做

　　　　表示感谢的手势。

　　　　咳，你为何愣着不动？

堂洛佩　我在想怎样答复她。

比万科　那还不容易，

　　　　按照要求，

　　　　你尽力而为。

　　〔阿正上场。

堂洛佩　阿正回来了。

阿　正　你们为我做的好事，

　　　　我十分感谢，

　　　　将牢牢记在心里，

　　　　永远不会忘记。

　　〔将文件还给阿正。

堂洛佩　阿正朋友，已经签字了，

　　　　我很高兴地交给你，

　　　　希望我们的签字对你有益。

比万科　考拉利已经回来了，

　　　　对吗？

阿　正　已经在梅塔夫海角

　　　　登岸了。

堂洛佩　你在想什么？

阿　正　哼，现在我一定要

　　　　去见那叛徒，

　　　　并且告诉他，

　　　　　　　我是何许人。

比万科　你是指尤素福？

阿　正　我说的

　　　　　就是这恶狗。

堂洛佩　阿正，你同他作对，

　　　　　那很糟糕。

比万科　别管他；上帝会诅咒他。

阿　正　我再也不能忍受

　　　　　这只可耻的恶狗

　　　　　出卖亲人，使他们流血，

　　　　　他就是敌人。

　　　　　愿上帝保佑我，再见，

　　　　　你们再也见不到我啦，

　　　　　愿上帝给你们自由。

比万科　阿正，你要三思！

阿　正　是上帝叫我干这事！

　　　　〔阿正下场。

比万科　你敢打赌，

　　　　　像他这样发火，

　　　　　会去打尤素福？

堂洛佩　他的怒气会过去，

　　　　　穆罕默德的雷霆会从地上消失。

　　　　　咱们写回条不更好？

　　　　　万一咱们仰望的那颗星①

----

① 指摩尔少女萨阿拉。

　　　　　再次出现。

比万科　我也这么想，

　　　　　现在就写。

堂洛佩　写吧。

比万科　写。

　　　〔二人下场。阿尔及尔王阿桑·巴哈、卡迪、卡拉奥哈、
　　　阿正、看守巴希及其他一些随行摩尔人上场。响起笛号
　　　声和登岸的叫喊声。

巴　哈　考拉利，欢迎你!

　　　　　大家是多么高兴。

　　　　　巴希看守，你说怎么样?

看　守　我总是看到

　　　　　他勤奋和机灵的硕果;

　　　　　他勇敢，又依靠一个

　　　　　勇敢的叛教者带路。

巴　哈　是不是尤素福?

看　守　是尤素福,

　　　　　他是个有名的好摩尔人,

　　　　　有名的好兵。

　　　〔考拉利和尤素福上。

考拉利　强壮的阿桑,我的国王、我的主人,

　　　　　请允许我吻您的脚。

巴　哈　我从不让这样卓越的人物,

　　　　　一个这样勇敢的队长,

　　　　　用双唇吻我的脚。

　　　　　请站起来吧。

尤素福　您不让考拉利吻脚

　　　　实在应当，

　　　　那就让我吻吧。

巴　哈　你们二人都吻我的胳膊。

卡　迪　也来吻卡迪的胳膊。

　　　　欢迎你。

考拉利　谢谢你。

卡　迪　好极了：

　　　　西班牙让你发了大财啦？

　　　　因为它待大胆的海盗

　　　　总是那么好。

尤素福　洗劫了我的村镇，

　　　　它尽管不富，还是找到了

　　　　财宝，抓到了俘虏。

阿　正　你比狡滑的尼禄①还坏，

　　　　超过了那个毁灭西西里亚的人！

巴　哈　叫一个俘虏来见我，

　　　　不过你们要找一个

　　　　最漂亮的。

考拉利　陛下，为了让您高兴，

　　　　我愿亲自去把他们带来。

　　　　〔考拉利下场。

巴　哈　共有多少俘虏？

尤素福　一百二十个。

----

① 尼禄，罗马皇帝（54—68 年在位），亦译作尼罗，是迫害基督徒的祸首。

巴　哈　他们之中有

　　　　善划桨的吗？有军官吗？

尤素福　我看会有，

　　　　即使最差的，您看了也会喜欢。

卡　迪　有小孩子吗？

尤素福　只有两个，

　　　　但是长得漂亮，

　　　　你马上会看到。

卡　迪　西班牙出漂亮孩子。

尤素福　你会非常喜欢他们，

　　　　我想

　　　　他们是我的侄子。

卡　迪　你为他们做了大好事。

阿　正　人面兽心的叛徒

　　　　你干的好事！

　　　　〔考拉利带老者上场，老者一手牵一个男孩子，另一手抱

　　　　一个不说话的小男孩。与此同时，教堂司事、堂费尔南多

　　　　和另两名俘虏上场。

考拉利　我想这老头儿

　　　　是这两个男孩的父亲。

尤素福　他的脸同我的脸一模一样。

巴　哈　他们的母亲也捉来了吗？

考拉利　没有。

卡　迪　这个长得不难看。

巴　哈　都很小啊。

考拉利　不管怎么说，

> 只要罗马不从中捣乱①，
>
> 时间长了，我自会安排
>
> 给穆罕默德培养两名奴才，
>
> 他们会为您忠实效劳。

老　者　真倒霉呀！他们在说什么？

卡　迪　你们过来。

老　者　老爷，不要把我们分开，

　　　　我一直同恐惧拼搏，

　　　　恐惧是大力士，

　　　　它将伸手把我擒住。

考拉利　这老头会拼命，

　　　　船起锚以后，

　　　　他竟跳进海里，

　　　　我向他抛去铁钩，

　　　　像鱼一样将他钓起。

巴　哈　是谁促使他这么干的？

考拉利　是他胸中对他儿子的爱，

　　　　因为他害怕他的儿子

　　　　在咱们的舰船上。

巴　哈　这小伙子怎么啦？

尤素福　不清楚。

卡　迪　怎么是这模样？

考拉利　他该留在那边才好。

---

① 作者以罗马指基督教，用穆罕默德指伊斯兰教。意思是说，只要不发生重大变故，就能将两个男孩驯服。

堂费尔南多　哎,科丝坦莎! 你怎么样了?

巴　哈　他说什么?

堂费尔南多　也许

　　　　　我已在那里将她丢失!

巴　哈　明智的做法

　　　　是先去找她,

　　　　找不到,再想别法;

　　　　为了找她而使自己迷失,

　　　　那是最糟的生意。

　　　　此人又是谁?

考拉利　我说不准。

俘　虏　陛下,您说我? 我是木匠。

阿　正　啊,缺乏经验的基督徒!

　　　　金钱不能使你

　　　　脱离苦海,走上归途。

　　　　如果你是工匠,

　　　　只要还活着,

　　　　就别想脱离这些魔掌。

考拉利　所有的基督徒都来了吗?

巴　哈　随便再叫一个来看看。

　　　　〔教堂司事上场。

巴　哈　这个是帕帕斯吗?

教堂司事　我不是教皇①,

---

① 在西班牙语里,帕帕斯和教皇发音相似,仅差一个字母,故在此处有教皇之
　说。

　　　　　而是个可怜的教堂司事，

　　　　　尽管我有一件法袍。

卡　迪　别人怎么称呼你？

教堂司事　特里斯坦。

巴　哈　你家乡在哪里？

教堂司事　地图上没有，

　　　　　我家乡叫莫约里多，

　　　　　在老卡斯蒂利亚

　　　　　一个很偏僻的地方。

　　　　　这狗东西折磨得我好苦！

　　　　　愿老天爷保佑我神志清醒不糊涂！

巴　哈　你干什么职业？

教堂司事　演奏①；

　　　　　你会发现，我是神圣的乐师。

阿　正　要么这可怜虫已发疯，

　　　　　要么他是个小丑。

巴　哈　你吹笛还是笛号？

　　　　　还是会唱优美的歌？

教堂司事　我是教堂司事，

　　　　　每天无论何时，

　　　　　我都敲打得叮当响。

卡　迪　这不是你们所叫

　　　　　的钟吗？

教堂司事　是的，老爷。

---

①　在此处，西班牙文词既可作"演奏"解释，也可作"敲打"解释。

巴　哈　交代得好：

　　　　你敲钟奏乐，

　　　　为我们带来优美乐曲。

　　　　你会划船吗？

教堂司事　陛下，我不会，因为

　　　　我体弱，害怕累断了脊梁骨。

卡　迪　那你去管牲口。

教堂司事　在冬天我最怕冷，

　　　　而在夏天

　　　　对热又怕得要命。

巴　哈　这个基督徒是小丑。

教堂司事　我是小丑？陛下，不对：

　　　　我以前是可怜的乡巴佬。

　　　　说到我的本领，

　　　　那就是看门

　　　　或者捡柴禾。

卡　迪　你倒是同你的行当很相配，

　　　　最好你不要离开西班牙。

　　　〔一个摩尔人上场。

摩尔人　禁卫军在宫中

　　　　等候陛下。

巴　哈　咱们走吧。队长，再见！

　　　　以后再慢慢说。

考拉利　啊，我的事情多么顺利！

　　　〔众人下场，留下阿正和尤素福。

阿　正　我逃脱了基督教规的惩罚①，

　　　　财富又为我

　　　　铺平了我的幸福之路。

尤素福　我现在要同阿正说话。

阿　正　我也正想同你说话，

　　　　让考拉利去吧，

　　　　因为他要把俘虏们带走，

　　　　咱们留在这里。

尤素福　你讲得简短一点，

　　　　因为我有事情要做。

阿　正　但愿简短些。

　　　　你对自己的亲人

　　　　无法无天，

　　　　不管在基督教或伊斯兰教，

　　　　你都见不了上帝，

　　　　这暂且不说。

　　　　不过，无论如何

　　　　你的残暴

　　　　难以想象的奇怪，

　　　　竟能做出

　　　　违反自然规律的事情。

　　　　当你自告奋勇地踏上

　　　　西班牙海岸的时候，

―――――――――

①　指前文所说，他让基督徒签名，证明他未做坏事，因而可以不因叛教而受惩罚。

假如你有起码的人性，

就极易认识到

正在犯下滔天罪行。

你有没有

像发怒的法拉里斯①，

咆哮的迪奥尼西奥②，

傲慢的喀提林③

对骨肉同胞狠下毒手？

你有没有拿起剑

反对你的祖国？

你有没有用锋利的镰刀

刈割你的同胞

培植的牧草？

尤素福　天哪，阿正，你别吓唬人！

阿　正　你不惜出卖了

你的叔父和侄儿，

出卖了祖国，

叛徒，你害怕过没有？

尤素福　阿正，你这不守信义的家伙，

你胡说八道，

你一定是基督徒。

阿　正　你说对了；这只手也将证明

你说对了，

---

① 法拉里斯(公元前570—前554)，古代意大利暴君。
② 迪奥尼西奥(公元前430—前367)，古代意大利暴君。
③ 喀提林(公元前108—前62)，罗马贵族，为了实现个人野心，不惜毁灭祖国。

　　　让人们永远记住

　　　你的残暴行径。

　　〔阿正用匕首扎尤素福。

尤素福　哎哟,他杀死我了!

　　　穆罕默德,按照习惯,

　　　您要替我报仇!

阿　正　把你的良好愿望

　　　带到索多玛湖①去吧。

　　〔卡迪回来。

卡　迪　怎么回事?我听到喊叫什么?

阿　正　天哪,卡迪回来了!

尤素福　哎呀,老爷,阿正杀害我,

　　　他是基督徒!

阿　正　说得对,

　　　我是基督徒,堂堂正正地站在这里。

卡　迪　狗东西,你为什么杀死他?

阿　正　并不是因为他杀人,

　　　我才要了他的命,

　　　而是因为他乱杀无辜,

　　　是个十恶不赦之徒。

卡　迪　你是基督徒?

阿　正　是的,

　　　而且非常坚定;

----

① 《圣经·旧约》记载,索多玛城是罪恶之城,被上帝毁灭而沉入死海,“索多玛湖”可能指此。

　　　　因而如你所见，

　　　　我愿舍命去同基督在一起，

　　　　如果可能，就在今天。

　　　　上帝啊，求您饶恕

　　　　我犯了太多的罪，

　　　　我曾公开背叛您，

　　　　也要公开向您忏悔，

　　　　以此了结我所犯的罪！

　　　　我完全明白，这个人冒犯我

　　　　同冒犯了您一样，

　　　　应该由您将他处置。

卡　　迪　什么时候发生过这种事？

　　　　一定要处以极刑！

　　　　马上把他绑在柱上！

阿　　正　只要我与上帝同在，

　　　　我把我的灵魂献上，

　　　　那绑我的木柱

　　　　就像舒适的牙床。

　　　　敌人，来吧，给我这张床，

　　　　这正是我的灵魂所向往。

　　　　尽管木柱坚硬伤我身；

　　　　把我绑起来吧，

　　　　也许是上帝在召唤我。

　　〔阿正取出一个木十字架。

阿　　正　耶稣我主，千万不要改变他的决定，

　　　　请在他身上确认

    　　您的意图和我的请求①，

    　　卡迪的残忍

    　　将实现对我的拯救。

卡　迪　　你们快走，把他带到那边去，

    　　在海滩上将他施以桩刑。

阿　正　　我希望从木柱得到荣耀②，

    　　这样我将轻快地奔跑。

摩尔人　　狗东西，快走！

阿　正　　基督徒们，我去了，

    　　我死不做摩尔人，而要做基督徒；

    　　直到今天我的生活

    　　全都是愚昧罪孽，

    　　现在我彻底抛弃。

    　　如果你们能逃离这牢笼，

    　　回到西班牙见到我父母，

    　　请将我的一切告诉两位老人。

卡　迪　　割下这狗东西的舌头！

    　　结果他的狗命！你们愣着干什么？

    　　你给他一棒，

    　　看他是否还有气。

摩尔人　　好像他还有口气。

卡　迪　　送他到我家去治一治。

    　　这事令我钦佩，

---

① 基督教徒们认为，为耶稣基督献出生命，就是灵魂得救而获永生，就是实现基督拯救人的意图。

② 基督徒们认为，为基督而死就是荣耀。

在他身上人们看到

一个新的见证①,

这个见证在世上也新鲜;

然而,如果这狗东西是西班牙人,

那就不能令我钦敬。

〔众人下场。

---

① 基督教用语,教徒们把取得的任何成绩、成功或胜利,都归功于基督的功劳,
是对基督神力的见证。

第 二 幕

〔考拉利的妻子阿丽玛和堂娜科丝坦莎上场。

阿丽玛　基督徒姑娘,怎么样?

科丝坦莎　太太,很好。

　　　　　当您的女仆是我交了好运。

阿丽玛　这事情一清二楚,

　　　　算你占了便宜。

　　　　任何灾难比不上

　　　　丧失自由更惨,

　　　　我尽管不是奴隶,却明白这道理。

科丝坦莎　太太,我在想这事。

阿丽玛　你想的与事实相反,

　　　　我仅仅因为被丈夫

　　　　拴住,就感到

　　　　心里很不舒服。

科丝坦莎　有心计的女人

　　　　　会软化强硬丈夫的心。

阿丽玛　你已经结婚?

科丝坦莎　老天爷要是允许,

　　　　　我可以结婚,

　　　　　然而老天爷没有答应。

阿丽玛　　你既有礼貌，

　　　　　又很机灵。

　　〔考拉利和堂费尔南多上场，后者是囚徒。

考拉利　　她长得非常漂亮，

　　　　　然而我怕她的冷酷

　　　　　同她的美丽一样可畏。

　　　　　哎，怎样才能从这顽石中

　　　　　取出烧灼我的爱情之火？

　　　　　我已把全部情况告诉了你，

　　　　　为的是请你巧使智谋

　　　　　讨我的欢心。

堂费尔南多　我的好老爷，既然您把我放在这位置，

　　　　　您就可以要求我尽责任。

　　　　　请把您那女囚叫来看看，

　　　　　尽管她不具备

　　　　　巨大的爱情引力，

　　　　　您必须知道她对您的痛苦

　　　　　是否表示怜悯或心软。

考拉利　　她就在这里；这位是阿丽玛，

　　　　　是我的妻子，你的女主人。

堂费尔南多　她确实是可爱的人儿！

阿丽玛　　嗨，老朋友，又有什么事啦？

考拉利　　难受的事儿多着呐！

阿丽玛　　战利品让国王独吞了？

考拉利　　那倒不算倒霉。

阿丽玛　那还有什么更糟?

考拉利　命令我马上再出去劫掠,

这不是更糟?

不过安拉会保佑。

我向你献上这个奴隶,

他是个有价值的基督徒。

堂费尔南多　我的神志是否清楚?

这是劳累的结果还是因害怕而发昏?

我的双眼所见

岂不是我为之而跳海的丰厚珍宝?

这姑娘难道不是

我为之

梦绕魂牵?

考拉利　基督徒,你在同谁说话?

为什么不拜倒在地

去吻阿丽玛的手?

堂费尔南多　见我遭受非凡的痛苦,

这人尽管失误多,竟能说出好主意。

太太,请把您的脚伸给我,

在您面前跪着的人

是您的奴隶。

阿丽玛　我现在收下的奴隶

日后是我的主人。

你可认识这个女奴隶?

堂费尔南多　当然不认识。

科丝坦莎　你说得好。

> 如果你因痛苦而丧失记忆，
>
> 我这苦命人还是死了为好，
>
> 因为我不愿活着被遗忘。
>
> 不过，可能他是佯装，
>
> 他觉得说了谎话
>
> 到时会有用场。

考拉利　为什么只是嘟嘟囔囔，

　　　　不把话讲得清清楚楚？

堂费尔南多　你叫什么名字？

科丝坦莎　我？科丝坦莎。

堂费尔南多　是单身还是已婚？

科丝坦莎　我曾有希望成婚。

堂费尔南多　你已感到失望？

科丝坦莎　倒是还有信心，

　　　　只要活着，

　　　　就要为利益而拼命，

　　　　这是人人都干的傻事情。

堂费尔南多　你的父亲是谁？

科丝坦莎　你问是谁？

　　　　是个叫迭戈·德拉·巴斯蒂达的人。

堂费尔南多　你不是已经同一个

　　　　名叫堂费尔南多、

　　　　别号安德拉达的人订了婚？

科丝坦莎　是的，然而这样的喜事

　　　　从未实现。

　　　　多亏叛徒尤素福，

　　　　　　我的老爷考拉利

　　　　　　把我所拥有的财富

　　　　　　和我本人都

　　　　　　带到了这里。

堂费尔南多　太太,请好好待她,

　　　　　　因为她是有地位的女子。

阿丽玛　只要她好好为我效劳,

　　　　　我不会亏待她。

　　　　〔萨阿拉穿戴齐整上场。

萨阿拉　阿正被钉死啦。

阿丽玛　萨阿拉小姐,怎么啦?

　　　　没想到你来得这么快。

萨阿拉　我不喜欢那院子,

　　　　我更讨厌看见

　　　　那可怕的事件。

阿丽玛　什么事件?

萨阿拉　阿正杀死了尤素福,

　　　　卡迪立即判处

　　　　将他钉死。

　　　　我见他死得那么舒畅,

　　　　以为他没有死。

　　　　假如死亡就是这般模样,

　　　　我就羡慕他的死亡。

考拉利　那他不是作为摩尔人而死?

萨阿拉　据说他保持了

　　　　基督徒们的一种习惯,

就是临死前

向他们热爱的基督忏悔。

我在那里看到

许多人在哭泣，

我也在那里哭泣，

因为我毕竟是个女人，

有一颗宽厚仁慈的心。

考拉利　你竟停步观看！

萨阿拉　我是个极好奇的人。

考拉利　萨阿拉，

今天下午你留在这里吗？

萨阿拉　对，我要同阿丽玛

聊聊天。

考拉利　谈论大兵们？

萨阿拉　有可能。

考拉利　愿安拉保佑你们。

萨阿拉　愿安拉保佑你。

　　〔考拉利准备下场。

阿丽玛　基督徒小伙子，你别走。

考拉利　你留下。

堂费尔南多　这里的人说话挺干脆。

科丝坦莎　这真是不幸中的万幸！

阿丽玛　为什么？

科丝坦莎　因为在不幸中我有所得。

萨阿拉　你得了什么？

科丝坦莎　在灾难中

> 我以忍耐赢得了
>
> 失去的幸福。

萨阿拉　人生阅历十分有益!

科丝坦莎　我见识了很多,知道得更不少。

萨阿拉　这些基督徒都是新来的?

阿丽玛　你看他们的脸和手就知道啦,

　　　都是那么柔软又洁净。

堂费尔南多　你下令,我就出去。

阿丽玛　不必害怕,

　　　摩尔男子对囚徒没有顾忌,

　　　对基督徒不会产生醋意。

　　　你把这种诚实习惯

　　　留在你们家乡吧。

堂费尔南多　遵命。

阿丽玛　这里的摩尔女子

　　　对摩尔男子,不论他是普通百姓

　　　还是贵族国王,

　　　坚贞不渝永不变心。

　　　因此我们被允许

　　　同我们的囚徒谈话。

堂费尔南多　你们的习惯我知道了!

萨阿拉　痛苦和疲劳

　　　能打掉淫乱念头;

　　　害怕犯罪坐牢,

　　　我们就会把自己约束好;

　　　依我看,谁另有所图,

平静的心胸就乱了套。

基督徒小伙子,你过来,告诉我:

在你们家乡是否有人

承诺了而又不兑现?

堂费尔南多　个别混蛋是这样。

萨阿拉　即使在秘密的地方

　　　　发誓许诺也管用?

堂费尔南多　只要老天在上

　　　　作见证,天空

　　　　也要把事实说清。

萨阿拉　难道对敌人

　　　　也如此忠实?

堂费尔南多　同谁都是一样:

　　　　绅士一诺千金,

　　　　说了话决不食言,

　　　　好人的信条

　　　　是为人真诚。

阿丽玛　你了解那些人是否真诚

　　　　同你有何利害关系?

　　　　说到底,他们都想回去。

萨阿拉　啊,安拉,愿您让我

　　　　挑选的人全是绅士!

阿丽玛　萨阿拉,你想干什么?

萨阿拉　没什么。

　　　　你让我独自待着,如果你愿意,

　　　　让我同你这个诚实的女奴在一起。

阿丽玛　你又要追根究底！

萨阿拉　谁不愿意多长点知识？

阿丽玛　你同她谈，

　　　　我同我的男仆谈。

科丝坦莎　我担心的事

　　　　终于出现。

　　　　难道又应了俗话：

　　　　"冤家路窄"？

　　　　在那边我开始倒霉，

　　　　到这里就彻底完结；

　　　　因为完全可以看出，

　　　　这样分开个别谈心，

　　　　必定是出于爱情。

萨阿拉　朋友，你叫什么名字？

科丝坦莎　科丝坦莎。

萨阿拉　丧失自由

　　　　令你反感吗？

科丝坦莎　如果要说实话，

　　　　倒是有件事令我反感。

阿丽玛　手的柔软或粗糙，

　　　　向我们表明

　　　　你们是富有或贫困。

　　　　伸出手来，伸出手来，

　　　　把手缩回是蠢笨，

　　　　因为如果你要赎身，

　　　　这是个大好机会，

　　　　　　你要听话遵命。

萨阿拉　你在看什么?

科丝坦莎　我在看

　　　　　　一件怪事。

堂费尔南多　太太,这样的事

　　　　　　应由我的老爷来验证;

　　　　　　这种骗人的把戏

　　　　　　不管你信与不信,

　　　　　　都令我笑破肚皮;

　　　　　　因为在我家乡

　　　　　　有懒惰的穷人,

　　　　　　整天四肢不勤。

阿丽玛　这双手证明你是谁,

　　　　　　你不要再瞒人啦。

科丝坦莎　咳,好一个吉卜赛女郎骗人精!

　　　　　　你这样的眼光

　　　　　　注定了我要遭殃。

　　　　　　咳,冤家,

　　　　　　为什么这么慢腾腾地缩回手?

萨阿拉　基督徒姑娘,怎么啦?

科丝坦莎　我会有什么? 没什么。

萨阿拉　顺便问问,你在家乡

　　　　　　是否恋爱过?

科丝坦莎　在这里我也在恋爱。

萨阿拉　你说是在这里? 怎么可能?

　　　　　　难道你爱上了摩尔人?

科丝坦莎　不,是爱上了一个叛教者,

　　　　　他信念不坚定,假心假意。

堂费尔南多　太太,看够了吧。

萨阿拉　任何一个基督徒姑娘

　　　　至今没有像你这样犯傻。

　　　　摩尔姑娘爱上基督徒男子,

　　　　这是常有的事;

　　　　基督徒姑娘爱摩尔人,

　　　　却至今未见。

科丝坦莎　决不是

　　　　　这么回事。

阿丽玛　你怕什么?

　　　　不要这么躲躲闪闪。

堂费尔南多　太太,无论贫富软硬,

　　　　　我是你的奴隶,

　　　　　我能这样,

　　　　　是交了好运。

科丝坦莎　我是生不如死!

萨阿拉　咳,你竟爱得这么深?

　　　　你昨天刚到,今天就爱上了?

　　　　爱情之火在烧灼你的心!

　　　　然而那位为他而苦恼的姑娘

　　　　会怎样责备你?

　　　　依你所说,一个摩尔男子

　　　　惹得一个如此美丽的

　　　　基督徒姑娘心烦意乱,

　　　　朋友,对于这种事

　　　　我觉得不解又好奇。

科丝坦莎　不是男子,而是摩尔女子。

萨阿拉　你瞎说,

　　　　决不是这样,

　　　　那岂不是疯狂又荒唐。

科丝坦莎　在恋爱中常有荒唐事,

　　　　这难道奇怪?

萨阿拉　你解释得好。

阿丽玛　你们俩在谈什么?

萨阿拉　这个基督徒姑娘聪明又高尚。

阿丽玛　这个基督徒男子也不蠢笨。

科丝坦莎　他一定口是心非、虚情假意。

阿丽玛　咱们走吧,你已经听到了

　　　　不少新鲜事,骄阳也已

　　　　过了中天。

堂费尔南多　多幸运啊,找到了宝贝!

科丝坦莎　多倒霉啊,失去了宝贝!

　　　〔众人下场。老者——男孩子们的父亲——和教堂司
　　　　事上场;老者身穿囚服,司事仍穿原来衣服,手提一个
　　　　水桶。

教堂司事　我们只能忍耐,

　　　　把自己托付上帝;

　　　　寻死觅活,

　　　　那是犯傻胡闹。

老　者　你倒好,

什么都想得开，

在禁食日吃肉开斋。

教堂司事　别耍孩子脾气！

那是我主人给我吃的。

老　者　他把你腐蚀了。

教堂司事　不要在这里说教！

老　者　难道你不记得

那些希伯莱孩子

给我们讲的故事？

教堂司事　你说的大概是马加比家族？

他们由于不吃荤腥

而被分了尸。

老　者　我说的就是这个。

教堂司事　如果你一见到我，

二话不说就说教，

上帝啊，见到你

我就要逃跑。

老　者　你犯错误跌跤了吧？

不要因倒下而诅咒上帝。

教堂司事　这决不会，因我对主的信念

坚如磐石。

老　者　如果一个摩尔女把脚伸给你①，

我就猜想，你一定会

伸手去接住。

———————

① 指奴隶见主人时的吻脚礼，意含双关。

教堂司事　难道没有人向我

　　　　　伸过两次脚，要是别人

　　　　　会放过这样的机会？

老　者　不管是谁给或谁拣了这便宜，

　　　　　到头来定吃苦头无疑。

　　　　　咱们放下这话题，

　　　　　你的主人是谁？

教堂司事　他叫马米，

　　　　　是国王的一名漂亮卫兵，

　　　　　是个诚实的土耳其人，

　　　　　"达巴希"是他头衔。

　　　　　"达巴希"就是班长，

　　　　　或称少尉，他干这差使很合适，

　　　　　因为他勇敢非常；

　　　　　他是一条出色的狗，

　　　　　既不咬人也不叫汪汪。

　　　　　我庆幸我的不幸，

　　　　　因为我被掳来

　　　　　而成为可怜的奴隶，

　　　　　落在国王卫兵手里，

　　　　　这又是多么的幸运：

　　　　　任何土耳其人，不管是国王还是将军

　　　　　都不会对卫兵的奴隶

　　　　　动一个指头或瞪一眼，

　　　　　即使这奴隶的无礼

　　　　　气得对方跺脚发急。

老　者　　我的两个孩子

　　　　　　遭囚禁受煎熬，

　　　　　　使我心如刀铰。

　　　　　　清明的老天爷啊，

　　　　　　请保佑这两个孩子的纯洁。

　　　　　　如果您发现

　　　　　　穆罕默德的手

　　　　　　会迫使他们倒进泥淖，

　　　　　　与其让他们丧失纯洁，

　　　　　　不如结果了他们的性命。

　　　〔两三个摩尔孩子上场，他们在街上走过，只说了下面的
　　　一些话。

摩尔孩子甲　　贪心的基督徒，

　　　　　　赎不了身也逃不了；

　　　　　　堂胡安①不来救你，

　　　　　　叫你死在这里，

　　　　　　狗东西，死在这里！

教堂司事　　婊子养的，

　　　　　　龟孙子，

　　　　　　狗娘养的，

　　　　　　狗杂种！

摩尔孩子乙　　赎不了身，也逃不了，

　　　　　　无人来救你，

　　　　　　叫你死在这里！

――――――――

① 堂胡安，西班牙传说中的绿林好汉。

教堂司事　你这混蛋活不长，

　　　　　不要脸的狗东西，

　　　　　没有屁眼的疙瘩，

　　　　　婊子养的臭东西，

　　　　　穆罕默德派来的诱饵！

摩尔孩子丙　叫你死在这里！

老　者　你不要扯上穆罕默德，

　　　　人真是罪孽！

　　　　老天爷把我们都活活烧死吧。

教堂司事　让我来对付这伙小子。

摩尔孩子丙　堂胡安不来救，

　　　　　叫你死在这里！

老　者　真说得好，

　　　　堂胡安要是来救，

　　　　你们这些小鬼

　　　　就没机会说浑话。

摩尔孩子甲　没人来救你，

　　　　　叫你死在这里！

教堂司事　狗崽子们听我说，

　　　　　来呀，过来，他妈的，听我说，

　　　　　我要告诉你们，

　　　　　堂胡安为什么不来救。你们仔细听。

　　　　　一定是天上在打仗，

　　　　　需要一员

勇猛无畏的大将，

有人把堂胡安请去了。

等他干完那差使，

到时候回来，

把你们收拾得规规矩矩。

老　者　好有趣的胡说！他们走了。

〔一个犹太人上场。

老　者　那不是犹太人吗？

教堂司事　他的头发

以及猥琐、穷鬼样的面孔

都表明他是犹太人。

土耳其人在头上

将头发梳成

整整齐齐一绺绺；

犹太人让头发蒙住脑门，

法国人把头发梳到耳后，

西班牙人是笨蛋，

对别国人都模仿，

哎呀上帝保佑，让头发披到全身。

喂，犹太人！我有话对你说。

犹太人　基督徒，什么事？

教堂司事　把这桶水送到

我主人的家里。

犹太人　今天是礼拜六，

任何体力活儿

我都不能做①。

你即使杀死我，

我也不送这桶水。

等到明天吧，

尽管是礼拜日，

我给你送两百桶水。

教堂司事　明天我不干了，犹太狗。

接住这桶，咱不同你啰唆。

犹太人　我说了，就是杀了我，

我也不想送这桶水。

教堂司事　嘿，狗东西，我揍你！

犹太人　哎哟，哎哟，可怜可怜我！

我对仁慈的上帝发誓，

如果今天不是礼拜六，

我就送这桶水。基督徒，别打啦！

老　者　他令我可怜。

啊，女人气的男人，

既没用又不要脸！

这次我求你放了他。

教堂司事　看你的面子，我放了他，

走吧，犹太人；

下次再碰到你，

一定叫你扛座山。

_____

① 犹太历每周第七日（即自礼拜五日落至礼拜六日落），犹太人守这天为圣日，不许工作。

犹太人　老爷,我吻你的脚和手,

　　　　愿上帝奖励你

　　　　今天在这里行了好。

　　〔犹太人慢慢下场。

老　者　重罪要重罚。

　　　　耶稣基督对你们

　　　　所作的永久诅咒①

　　　　会完完全全地实现,

　　　　你们不要误以为已被免了罪。

教堂司事　同你谈话,

　　　　时间已过了好久,再见,

　　　　尽管我的主人宽厚高尚,

　　　　我这么懒惰得不到他的原谅。

　〔教堂司事提起水桶而去。老者的两个儿子——小胡安
和小弗朗西斯科——上场,他们的穿着像土耳其公子;随
他们出场的有:打扮成小伙子模样的卡塔琳娜太太和一
个基督徒囚徒,以及科丝坦莎和堂费尔南多、胡利奥等囚
徒,他们穿着光洁的男服,手持吉他和三弦琴。堂费尔南
多必须出场。

老　者　那两个不是我的心肝宝贝吗?

　　　　怎么衣着打扮

　　　　如喜庆过节一般?

　　　　我是多么幸运找到了我的宝贝,

---

① 这段话是对离去的犹太人说的。据《圣经》记载,犹大出卖过耶稣,因而耶稣
说要"审判以色列的十二支族"(《圣经·路加福音》第二十二章第三十节)。

然而为何如此反常?

这套衣服十分昂贵。

这衣服是什么做的,

为什么这么怪模怪样?

你们虽然是穷人的后代,

然而都是基督的羔羊。

小胡安　爸爸,我们穿戴成这模样,

您看了不要心酸难过,

因为实在没有别的办法;

只要仔细将这事思量,

您就不必顾虑害怕,

因为您清楚地知道

我们的信仰很坚定,

永远同上帝在一起,

服装穿在身上

不能改变我们的心。

小弗朗西斯科　爸爸,您是否

给我带着吃食?

老　者　有比这孩子更傻的吗?

小胡安　傻?您放手由他干吧,

他可会耍小聪明。

胡利奥　朋友,不要挡路,

你如果喜欢,同我们

一起来吧。

小胡安　不行,先生,

不来为好。

小弗朗西斯科　爸爸,拿着,

　　　　　　　他们摘走了我的十字架,

　　　　　　　您把这个十字架缀在这串念珠上。

老　者　我的心肝,

　　　　我的灵魂,

　　　　我很高兴给你缀上。

小胡安　亲爱的爸爸,

　　　　我们走吧,否则会迟到。

安布罗西奥(即卡塔琳娜太太)

　　　　　喂,朋友们,咱们到哪里去?

胡利奥　去阿希莫拉托花园,

　　　　尽管离这里很远。

堂费尔南多　那咱们别耽搁了。

胡利奥　在那里咱们这几人

　　　　可以跳舞、唱歌、弹琴,

　　　　跳跃翻腾多快活:

　　　　因为大海也不是

　　　　永远怒涛澎湃。

　　　　让我们的感情奔腾,

　　　　卡迪也有意

　　　　让咱们放松休息,

　　　　每逢礼拜五

　　　　都让咱们消遣娱乐。

堂费尔南多　是谁告诉你

　　　　　　我有好嗓子?

胡利奥　我确实不知道;

也许是哪个囚徒说的,

卡迪也对我说:"去,

替我告诉考拉利(是他命我)

到他那个好嗓子的

最高大的基督徒那里去。"我去了,

告诉了他,他让你们到这里;

别的我可不知道。

小胡安　爸爸,不要违抗禁令

而来看望我们,

否则我们的主人会生气

而折腾我们。

小弗朗西斯科　爸爸,我叫弗朗西斯科,

不叫哈桑、阿里或哈耶尔①;

我是基督徒,就是把刀

架在我脖子上,

我还是基督徒。

小胡安　您没瞧见他多会说?

他可会办事呐。

堂费尔南多　别向前走了,

就在这里吧。

胡利奥　那就这样,唱首歌吧。

安布罗西奥(一定是卡塔琳娜改扮)

你说什么? 我没有听见。

胡利奥　请你唱歌,因为我喜欢听你唱。

---

①　这些都是摩尔人常用的名字。

堂费尔南多　他是聋子吗？

胡利奥　他的耳朵

　　　　有点儿背。

安布罗西奥　没有人在听我们吧？

　　　　你们说得好，

　　　　既然你们都来了，

　　　　咱们就悲悲切切地开始。

　　　　咱们来唱胡利奥

　　　　编写的歌谣，

　　　　因为它短小我们都记得，

　　　　曲调悲切，

　　　　我们却唱得高兴。

　　　〔众人唱歌谣。

众　人　可恶的阿尔及尔城墙，

　　　　屹立在地中海海岸上，

　　　　海面风平浪静，

　　　　海水静悄悄地来到城边，

　　　　四个可怜的囚徒

　　　　辛勤劳动后正在休息，

　　　　用渴望的眼睛

　　　　焦切地望着他们的祖国。

　　　　海浪拍岸涌来又退去，

　　　　浪涛哗哗响不息，

　　　　他们以悲哀的声音

　　　　边哭边唱：

　　　　"亲爱的西班牙，你是多么温暖！"

我们的命运多凄惨，

老天爷啊，请保佑我们

不受枷锁之苦，

使我们的灵魂免遭灾难。

啊，我们希望老天爷

电闪雷鸣乌云密布，

向下泼洒的不是雨，

而是松香、树脂、硫磺和烈焰！

啊，我们希望大地

敞开硕大的肚皮，

把一切妖魔鬼怪、流氓骗子全都吞进去！

"亲爱的西班牙，你是多么温暖！"

小弗朗西斯科　爸爸，您让他们唱

我母亲在咱家

常唱的那首歌。

您说什么？您不愿意？

老　　者　那首歌说什么？

小弗朗西斯科　我爱上了一个人，

我不说出他的姓名，

他那一双眼睛

温柔又多情。

老　　者　这歌适合目前心情，

我们都是天涯断肠人，

从这该死的海边

遥望着祖国母亲，

然而看不见她的踪影。

胡利奥　小弗朗西斯科真了不起！

安布罗西奥，你来唱一个，

就唱那首你独自哼的歌，

让海浪以无限的欢乐

倾听你的歌唱。

安布罗西奥　你们以为我快乐，

其实我心里很痛苦。

看我脸上的表情，

似乎我没有痛苦，

烦恼也没有踪影，

这是明显的错误：

其实我心里很痛苦。

我再也不愿意

遮掩心中的痛苦，

因为强忍在心中

病痛会变得严重，

其实我心里很痛苦。

〔卡迪和考拉利上场。

小胡安　别唱啦，卡迪来了。

爸爸，别让他们看见您在这里。

堂费尔南多　考拉利同他一起来了。

老　者　亲爱的孩子们，再见！

卡　迪　狗东西，你在这里？

混蛋，我不是对你说过，

别来照看

你的孩子。

小弗朗西斯科 为什么？

       他不是我的父亲？尽管您不高兴，

       我一定要见他！

小胡安 小弗朗西斯科,快禁声,

       你的话只能激怒这独夫,

       对咱们不利。

小弗朗西斯科 你不让咱见父亲？

       你从来不是好基督徒。

       爸爸,带我走,

       这仇人对我说了

       许多混账话……

考拉利 多聪明机灵的孩子！

       朋友,你指望什么？

   〔老者下场。

卡　迪 狗东西,你如果再让

       那老狗同他们说话,

       你瞧瞧你会得到什么。

犹太人 得到他们一点心意。

卡　迪 狗东西,你说什么？

考拉利 没事,他没有说什么。

小弗朗西斯科 哎呀,这漂亮的摩尔女

       变成什么模样啦！

小胡安 哎呀,弟弟,别吱声。

考拉利 他太有趣啦！

卡　迪 是吗？你知道我喜欢他,

       等他成为摩尔人以后,

我要收他为养子。

小弗朗西斯科　告诉您,我才不理您呢,

即使您给我成堆黄金,

即使您给三个雷阿尔①,

又大又圆放光明,

外加几两雪花花的白银。

卡　迪　他说的话多有意思,你说呢?

考拉利　他天生有才气。

卡　迪　你们跟我进城。

考拉利　我要同我的奴隶谈谈。

卡　迪　好吧,愿安拉保佑你。

考拉利　愿安拉与您同在。

您已知道我的最大需要。

〔除堂费尔南多和考拉利外,卡迪和其余的人均下场。

堂费尔南多　我说,等我回到家,

我就向她游说,

我将为您尽力,

不管这事比登天还难

还是比下火海更可怕。

您得给我机会去见她,

任我安排,任我与她谈话。

考拉利　你若将她征服,

将像得胜者一样

得到鼓励奖赏。

——————————

① 钱币名。

堂费尔南多　这我相信。

考拉利　我保证，

　　　　不但给你钱，

　　　　还给你自由。

堂费尔南多　您慷慨大方

　　　　我希望您给我更多恩惠。

〔二人下场。堂洛佩和比万科上场。

堂洛佩　你瞧多么奇怪，

　　　　虽然咱们被囚禁，

　　　　在这里却与自由有缘分。

比万科　难道你以为

　　　　这事真是奇怪？

　　　　是上帝要这摩尔女

　　　　来到敬拜他的人间，

　　　　驱使她成为

　　　　改善咱仨境遇的工具。

堂洛佩　她后来又写来便条说，

　　　　某个礼拜五她也许

　　　　要去瓦瓦尔维特田野，

　　　　她保证设法让咱们

　　　　见到她的月貌花容。

　　　　在末了她又说，

　　　　咱们一定认识

　　　　她父亲的阿希莫拉托花园，

　　　　在那里咱们这出好戏

　　　　会圆满了结。

比万科　她几次给咱们的，

　　　　合起来有一千埃斯库多。

堂洛佩　凑满两千埃斯库多，

　　　　咱们可以获得自由。

比万科　而且咱们所得

　　　　大于咱们所失。

　　　　她虽然是摩尔女郎，

　　　　如果赢得了她的心，

　　　　可以把她变为基督徒姑娘。

　　　　瞧，来的是不是摩尔女郎？

堂洛佩　是她，多么娇艳！

　　〔萨阿拉和阿丽玛上场，她们用白色斗篷蒙着脸。科丝
　　坦莎和卡塔琳娜太太同她们一起走来，她们也打扮成摩
　　尔女人模样，只说一两次话。

堂洛佩　不过，两人之中谁是她？

　　　　其余两个是囚徒。

阿丽玛　无论怎么说，我了解你，

　　　　你如果对他说……

科丝坦莎　你不要着急，

　　　　我愿意去对他讲，

　　　　我会使他倾心于你，

　　　　迫使他爱你。

　　　　然而你得给我机会，

　　　　让我同他拉拉关系。

阿丽玛　朋友，你要什么，

　　　　我给什么，因此你别

　　　　　惹我讨厌生气。

萨阿拉　阿丽玛,如果可能,请走吧。

科丝坦莎　我感谢你的善良心意。

萨阿拉　科丝坦莎,你瞧,

　　　　　那两个男子中

　　　　　也许有一个你认识。

科丝坦莎　我一个也不认识。

比万科　如果这位是她,

　　　　　那是多么幸运,

　　　　　因为从风度上看她特别美丽。

萨阿拉　多么漂亮的狗崽。

　　　　　啊,谁能去同他们说话!

阿丽玛　也许有我的心上人,

　　　　　让我前去同他们搭话。

萨阿拉　科丝坦莎,你再看看,

　　　　　把观察的结果告诉我,

　　　　　他们是不是贵族。

卡塔琳娜　那为什么?

萨阿拉　为了把他们买下。

科丝坦莎　左边这个

　　　　　我觉得是绅士;

　　　　　另一个也不是粗人。

萨阿拉　我要走近些观察。

阿丽玛　哎呀,我的基督徒男子不在这里!

萨阿拉　这两个我都满意。

比万科　她们这势头压得我喘不过气,

咱们到那边去。

堂洛佩 别动,她们到这边来了。

比万科 她的风度和外表令人欢喜。

萨阿拉 哎呀,安拉保佑!谁扎了我一下?

科丝坦莎,看看这里,

是只黄蜂。我好疼啊,

好像是长矛

扎进我的脖子。

好好拍打我的头巾,

看到这玩意儿

真吓死我了。咳,我多可怜!

你把它打死了?没有看见?

再拍打拍打,看看再打,

它是在这里呀!

科丝坦莎 我什么也看不见。

萨阿拉 这看不见的一扎,

已扎到我的心上!

科丝坦莎 黄蜂扎人

可是很厉害;

我怀疑是蜘蛛。

萨阿拉 如果是蜘蛛,就是西班牙蜘蛛;

阿尔及尔蜘蛛不扎人。

堂洛佩 你见过这种手段①吗?

---

① 指萨阿拉以被黄蜂扎为借口,扯下头巾,让堂洛佩看到她的脸。这是赞美萨阿拉手段巧妙。

听说过这样聪明的谎言吗？

阿丽玛　萨阿拉不要抛头露面，

　　　　头巾快蒙上。

萨阿拉　我感到闷得慌。

阿丽玛　这件事虽然小，

　　　　却搅坏了咱们的欢聚。

比万科　你觉得如何？

堂洛佩　我觉得

　　　　这个机会给了我

　　　　所希望的一切。

比万科　太阳①又被云遮住，

　　　　它的光芒已消失。

萨阿拉　科丝坦莎，你知不知道

　　　　那囚徒是不是西班牙人？

科丝坦莎　我很高兴去了解。

堂洛佩　太阳啊，出来吧，

　　　　在你照到的地方，

　　　　生灵欣欣向荣，

　　　　聪明又伶俐，

　　　　活泼又欢喜。

萨阿拉　科丝坦莎，你去问问他。

阿丽玛　你怎么样了？

萨阿拉　好多了。

科丝坦莎　先生们，你们是西班牙人吗？

---

① 作者用太阳比喻萨阿拉，这里指她又用斗篷蒙住脸。

堂洛佩　小姐,是的,那里

　　　　没有毒蜘蛛,

　　　　也不包藏着什么

　　　　欺骗和谎言,

　　　　而是坦诚相待,

　　　　承诺了必定兑现,

　　　　谁也不会上当受骗。

萨阿拉　你问他结没结婚,

　　　　他的妻子是否美丽。

科丝坦莎　你结婚了吗?

堂洛佩　小姐,还没有。

　　　　不过我很快要同

　　　　一个摩尔女基督徒结为连理。

科丝坦莎　这是怎么回事?

堂洛佩　这是怎么回事?

　　　　不说不知道。

　　　　她内心并不是摩尔,

　　　　心地善良似基督徒,

　　　　这人一定能主宰我。

科丝坦莎　你说的我一窍不通。

萨阿拉　天哪,你说真话吧!

阿丽玛　你问他是奴隶

　　　　还是自由人。

堂洛佩　我明白你的意思。

　　　　我庆幸我是奴隶。

萨阿拉　你说的我已明白,

　　　　　　　一切我都清楚。

堂洛佩　　很快我就会

　　　　　　带着高兴而又奇特的荣光，

　　　　　　踏上西班牙的海岸，

　　　　　　那时我将显示我坚定的信念。

萨阿拉　　感谢安拉，感谢一根杆子。

阿丽玛　　基督徒们，闪开，

　　　　　　因为我们要进城了。

　　　〔摩尔女子们下场。

比万科　　遵命。

堂洛佩　　美丽的太阳为何要逝去？

　　　　　　使我们落入黑暗之中。

　　　　　　你慷慨地为我赎身，

　　　　　　使我脱离囚禁；

　　　　　　然而你的美丽容貌

　　　　　　给我灵魂套上枷锁。

　　　　　　自从见到你，

　　　　　　就难以抑制

　　　　　　占有你、爱恋你的欲望，

　　　　　　但不是因为你是穆罕默德的信徒，

　　　　　　而是因为你是基督徒的信徒。

　　　　　　我要把你带往你愿去的地方，

　　　　　　给予你你所希望的一切，

　　　　　　即使粉身碎骨也在所不惜。

比万科　　咱们走吧，这倒招来了痛苦；

　　　　　　不是走那里，你绕道了。

〔二人下场。教堂司事上场，一只手拿着砂锅茄子①，他
后面跟着犹太人。

犹太人 诚实的基督徒，

上帝还给了你自由，

请你把我的东西还我。

教堂司事 诚实的犹太人，我不愿意；

我不愿意，诚实的犹太人。

犹太人 今天是礼拜六，

我没有食物可吃，

只能以昨日剩下的充饥。

教堂司事 你回去做饭呀。

犹太人 不行，这违反我们的法律。

教堂司事 请把这块砂锅茄子从我这里赎回，

我把这砂锅茄子给你就是做了大好事，

因为砂锅茄子的香味我最最欢喜。

犹太人 这样的买卖

我绝对不能做。

教堂司事 那我给你送去。

犹太人 别送去，就在这里

讲明价钱。

教堂司事 就该如此，

这对咱俩都有利。

钱在哪里？

犹太人 在这里，在胸口，

---

① 一种食物，由奶酪、面包、茄子和蜂蜜等制成。

我好命苦！

教堂司事　拿来吧。

犹太人　你掏吧，

我们的法律不允许

我自己掏钱。

教堂司事　愿魔鬼

就这样把你带走，

你这个吝啬鬼！

你这里有十五个雷阿尔，

是银的，不多不少。

犹太人　你别同我讲价钱，

请你自己讨价还价。

教堂司事　砂锅茄子，你值几何？

"我觉得，我值

五雷阿尔，不会更多。"

我敢保证，你是在瞎说！

犹太人　基督徒，

你吓了我一跳！

教堂司事　让吝啬鬼自己说吧。

什么，你不愿走开？

不过，我倒可以借给你钱，

拿着，走吧。

犹太人　十雷阿尔？

教堂司事　是支付我想偷你的

另两个砂锅茄子。

犹太人　你预付了？

教堂司事　尽管我账算得精，

　　　　　我认为还是上当了。

犹太人　老天爷能允许吗？

教堂司事　是说能允许有这样好吃的菜？

　　　　　这又不是肉枣做的，

　　　　　也不是什么沾在

　　　　　肋骨上的病蚕蛾做的。

犹太人　老天爷，您别让这小偷

　　　　拿小事同我纠缠不清！

　　〔犹太人下场。

教堂司事　小事？天哪，

　　　　　我得在两个月内偷你一个孩子；

　　　　　这像修指甲那样容易！

　　　　　上帝会理解我！干吧！

　　〔教堂司事下场。堂费尔南多和科丝坦莎上场。

堂费尔南多　听我说，我爬上那山崖，

　　　　　　在那里我看见舰艇已驶往大海，

　　　　　　我大声呼喊，然而没人理会，

　　　　　　尽管所有的人都听见我的呼声。

　　　　　　海浪猛烈拍击着巨岩，

　　　　　　似乎在怜悯我的痛苦，

　　　　　　回声在巨岩间震荡，

　　　　　　似乎在对我的呼喊做出回答。

　　　　　　我用力呼唤，伸起胳膊，

　　　　　　挥舞手帕打着手势；

　　　　　　传来回声，在岩石间

重复着痛苦的呼唤。
然而，我的爱，为了治愈你的致命痛苦，
有什么办法你没有指出过？
我知道你教过我一个办法，
使我置于死地而得生。
我的心灵痛苦万状，
我的眼泪哗哗流淌；
我的情感被投入爱的熔炉，
爱的炭火燃烧得更为炽烈；
我奋身投入水中，
不考虑危险和灾难，
只想到与她的心灵相会
就可以获得光荣的奖赏。
我抛下武器，只身跳入海中，
在爱情的烈火中燃烧，
不顾死的威胁，向亮光游去，
因为我是在追赶你的光。
为了她和我的幸福，
我奋力挥动双臂，尽管它们已酸软，
我在死亡中挣扎搏击，
在广袤的海面上我看见一艘船驶近，
一个土耳其人抛下一个弯钩，
将我这无用的猎物抓住，
费尽力气把我拖上了敌船，
我的经历到此已说完。
考拉利当着他手下的面对我说，

　　　　　　他的妻子追求我,

　　　　　　而他自己却在追求你,

　　　　　　你看这事是否令人感叹!

　　科丝坦莎　对于阿丽玛的追求

　　　　　　你如能像我想的那么坚贞,

　　　　　　我对考拉利这把锉

　　　　　　就是一块坚硬的钢,

　　　　　　既不可接近,又令他尊敬。

　　　　　　尽管眼下十分需要

　　　　　　他们给我们机会见面,

　　　　　　来消减咱俩相思的痛苦,

　　　　　　然而必须让他们看到

　　　　　　我们在为他们说媒撮合。

　　　　　　考拉利已经求你

　　　　　　同我交谈,阿丽玛

　　　　　　也要求我同你联系。

　　堂费尔南多　另一件事比他对我的处罚

　　　　　　更使我伤心。

　　科丝坦莎　我也一样。

　　堂费尔南多　让咱们以拥抱

　　　　　　粉碎他们的计划,

　　　　　　只要咱们拥抱在一起,

　　　　　　就不必害怕痛苦和危急,

　　　　　　因为我以双臂拥抱着蓝天。

　　　　〔考拉利和阿丽玛上场,看见他们拥抱在一起。

　　堂费尔南多　抱紧,抱紧,亲爱的妻子,

只要我痛苦的心灵

在这天空中停歇，

地上的任何灾难

不能使我感到痛苦。

考拉利　啊，狗东西！你竟搂抱我的女奴？

我怎么没有要了你的小命？

阿丽玛　母狗！你竟搂抱我的男奴？

我怎么能不把你杀死？

母狗，

我早已料到这一手！

考拉利　狗东西！

阿丽玛　母狗！

考拉利　狗东西！

阿丽玛　事儿就坏在这母狗身上，

错误不在他身上。

考拉利　错在他身上，这千真万确，

这一点我决不会错。

狗东西，

我要挖出你的心！

阿丽玛　母狗，你出卖了主人，

我一定要你的命！

堂费尔南多　啊，两位主人，

你们误解了我们的意图！

你刚才看到的拥抱

是科丝坦莎在向您传递消息。

考拉利　你说什么？

堂费尔南多　倒霉蛋,我说的就是你听到的。

科丝坦莎　刚才正以您的名义

　　　　　在上演一出戏,却被您打断。

　　　　　您呀,太莽撞!

堂费尔南多　就是这么回事,您该相信。

阿丽玛　女友,你说什么?

科丝坦莎　既然这次没有成功,

　　　　　改天我一定完成四次拥抱。

考拉利　你说的可是真话?

堂费尔南多　我为什么要骗您?

考拉利　那我一定给你自由。

阿丽玛　不过你这人

　　　　极好争风吃醋;

　　　　随便吧,看你们

　　　　是否还干我刚才见到

　　　　然而又不相信的那一幕。

考拉利　阿丽玛,许多事使我看出

　　　　你是个谨慎的妻子,

　　　　在这件事上更是如此。

　　　　我想这两人是新来的基督徒,

　　　　囚徒们认乡亲,

　　　　当然十分兴奋,

　　　　抑制不住自由地发泄;

　　　　他们两人单独相见,

　　　　就会倾诉自己的愁肠。

阿丽玛　外加别人的愁肠。

考拉利　这句话我听着不顺耳。

科丝坦莎　他俩互相猜疑。

考拉利　难道阿丽玛知道这件事？

阿丽玛　难道你的爱情

　　　　会使考拉利

　　　　伤心？

科丝坦莎　那是发疯！

堂费尔南多　不必怀疑担心，

　　　　她并未发现。

科丝坦莎　太太，您放宽心，

　　　　对您决不会有伤害。

考拉利　她很容易受骗。

科丝坦莎　迟早会吃亏倒霉。

考拉利　尽你所能和所知去干吧。

阿丽玛　凡事你要当心。

考拉利　你的火气消了。

阿丽玛　没有火气了。

　　　　进门吧，把那些钥匙给我。

　　　〔阿丽玛和科丝坦莎下场。

考拉利　你同我一起上集市去。

堂费尔南多　爱情啊，我全心全意、

　　　　一步一步地跟踪着

　　　　你的每一步和每一个纠葛，

　　　　既祝福你又诅咒你！

　　　〔二人下场。小胡安和小弗朗西斯科上场，两人玩着一
　　个陀螺。

小弗朗西斯科　你呀,搅得我不平静,

因为你一本正经,

管得我抽噎哭泣。

你见过这样漂亮的陀螺吗?

上帝是以这样的方式赐你健康。

小胡安　不要抽打陀螺了,

还有更糟的苦果

要咱们咽进肚里。

小弗朗西斯科　哥哥,你害怕了?

我把绳子扯断。

你别以为我会成为摩尔人,

即使那蛮人

许愿给我金银,

我还是西班牙基督徒。

小胡安　我就怕这个,为此而哭泣。

小弗朗西斯科　就因为我年纪小,

你不相信我的勇气。

小胡安　是这样。

小弗朗西斯科　你可以相信,

我有神圣的力量

来对付人间的暴君。

尽管不是耳朵听见,

有人在我心中

向我悄悄地说,

我将满意地死,

高高兴兴、欢欢喜喜。

   有人对我说(我喜欢听他说),

   我将成为新的犹斯督,

   你将成为新的巴斯督①。

小胡安 神圣的爱②,就这么办吧,

   我要报答您的爱。

   弟弟,我求求你,

   放下这陀螺吧,

   咱们俩一起复习

   向上帝的祈祷文。

小弗朗西斯科 我会念"万福玛利亚"。

小胡安 会念《天主经》吗?

小弗朗西斯科 也会。

小胡安 会背教义吗?

小弗朗西斯科 我会跟着大家一起背。

小胡安 会唱《圣母颂》吗?

小弗朗西斯科 咳,再给我两个陀螺,

   我也不会当摩尔人!

小胡安 多孩子气!

小弗朗西斯科 那好,难道

   你以为我是在开玩笑?

小胡安 咱们现在像大人一样

   在议论正经事,

---

① 圣犹斯督与圣巴斯督是一对西班牙兄弟,在戴克里先迫害时期为基督教殉难,去世时分别为七岁与九岁。

② 此处原文大写,指上帝。据《圣经·约翰一书》第四章第三节说:"上帝就是爱。"因而此处"神圣的爱"就是"上帝啊"。

　　　　　　你却在这里谈论陀螺,这好吗?

小弗朗西斯科　　难道我必须成天哭泣?

　　　　　　哥哥,我的心同你在一起,

　　　　　　你要小心防备,

　　　　　　莫被穆罕默德的风暴吞噬;

　　　　　　我这小小的躯体中

　　　　　　隐藏着渴求上帝的心灵,

　　　　　　无论陀螺及其抽绳,

　　　　　　还是阿尔及尔

　　　　　　及其四郊的泉水,

　　　　　　都不能满足

　　　　　　这神圣的渴求,

　　　　　　只有在上帝那里它才能得到满足。

　　　　　　哥哥,我告诉你,

　　　　　　不要因我的孩子气

　　　　　　就以为我没有勇气,

　　　　　　其实在我心里

　　　　　　充满上帝的灵气。

　　　　　　请你保重自己,

　　　　　　面临侮辱威胁,

　　　　　　把你自己托付上帝;

　　　　　　如果实在不行,我将走上广场,

　　　　　　为咱兄弟俩拼命。

　　　　　　圣灵常驻我心中,

　　　　　　在这无涯苦海中

　　　　　　他永远是

　　　　指引我驶向

　　　　快乐之港的星。

小 胡 安　上帝赐你灵巧的舌头，

　　　　所以见你言谈如此高尚

　　　　我并不感到奇怪。

小弗朗西斯科　只要你注意我的话，

　　　　突发事件不会令你心慌。

小 胡 安　哎呀，糟了，

　　　　卡迪又来纠缠，

　　　　咱们要显得天真烂漫。

小弗朗西斯科　依靠圣灵，

　　　　你的力量无尽。

　　　〔卡迪和被割耳者的主人卡拉奥哈上场。

卡　　迪　孩子们，你们在干什么？

小 胡 安　老爷，您瞧

　　　　弟弟在玩陀螺。

卡拉奥哈　到底是孩子，

　　　　他们年纪小。

卡　　迪　你呢，干什么？

小 胡 安　我刚才在祈祷。

卡　　迪　为谁祈祷？

小 胡 安　为我自己，因为我有罪。

卡　　迪　这倒不错。

　　　　你祈祷时说些什么？

小 胡 安　老爷，

　　　　念我会念的经。

小弗朗西斯科　答得好。

　　　　　念的是万福玛利亚。

　　　〔小弗朗西斯科抽陀螺。

卡　迪　拜朗,在我面前

　　　　　还不停止玩陀螺。

小弗朗西斯科　给我取了个好名字!

卡拉奥哈　小孩子气。

卡　迪　这孩子令我气恼。

　　　　　拜朗,你不要任性,

　　　　　这会叫你吃大亏。

　　　　　你说什么?

小弗朗西斯科　万福玛利亚。

卡　迪　你回答什么?

小弗朗西斯科　必定蒙福。

卡拉奥哈　定是这大孩子

　　　　　教了这小的。

小胡安　我没有教他,

　　　　　他自己有这本领。

小弗朗西斯科　啊,在这里最适用的是

　　　　　《天主经》!

小胡安　既然地上没有,

　　　　　只能乞求天上,

　　　　　那里有我们的父。

小弗朗西斯科　我同你一起呼喊他。

小胡安　战争已经开始。

小弗朗西斯科　我母亲死前教我的,

　　　　　完全符合目前情况，

　　　　　我是想说，

　　　　　死得其所。

卡　　迪　你要说什么？

小弗朗西斯科　我相信我父上帝。

卡　　迪　我向安拉发誓，

　　　　　我要下令毁了你！

小弗朗西斯科　你慌神了？

　　　　　既然那句话使你震怒，

　　　　　如果我唱《圣母颂》

　　　　　你又该怎样？

　　　　　更令你心慌的是，

　　　　　所有的祈祷词

　　　　　我都知道，我还知道，

　　　　　它们是抵挡你的利刃

　　　　　和笨拙虚构的坚盾。

卡拉奥哈　你只要竖起一个手指

　　　　　说："伊拉,伊拉拉",

　　　　　你就不会害怕。

小弗朗西斯科　在教义书上没有这些话，

　　　　　我不会说。

小胡安　你应该加一句:我不愿说。

小弗朗西斯科　刚才我正想说呢。

卡　　迪　这太恼人了！

　　　　　按我的要求,把这个带走,

　　　　　而另一个,一定要处死。

小弗朗西斯科　去你的陀螺！

　　〔小弗朗西斯科扔下陀螺,脱下衣服。

小弗朗西斯科　　这件丑陋的衣服

　　　　　　闹得我心神不宁,

　　　　　　我敢于走自己的路,

　　　　　　挥手抛下这衣服。

　　　　　　喂,哥哥,拿出威力和勇气,

　　　　　　从容不迫当巴斯督,

　　　　　　我高兴地跟着你,

　　　　　　甘当小小的犹斯督,

　　　　　　去享受主的恩赐。

　　　　　　喂,凶恶的暴君们,

　　　　　　准备好你们的双手,

　　　　　　举起锋利的镰刀,

　　　　　　用你们的全部恼怒

　　　　　　冲击我们奇异的固执,

　　　　　　但是你们只能

　　　　　　迫使我的嗓子和嘴巴

　　　　　　喊出……

小胡安　什么?

小弗朗西斯科　一声万福玛利亚。

卡拉奥哈　咱们进门吧,

　　　　　　礼物比抽打和木棍有效,

　　　　　　多给礼物自能把他们的固执打消。

卡　迪　各种迹象使我感到

　　　　　　我这买卖亏了:

　　　　　这大孩子非常

　　　　　沉默又机灵。

　　　　　我敢对天发誓，

　　　　　一定要驯服这两个孩子！

小弗朗西斯科　你怕他吗？

小 胡 安　我不怕。

第 三 幕

〔看守巴希和另一个摩尔人上场。

看　守　给我十个金币我就不报告。

　　　　你坐下,谁不付两个大钱,

　　　　就别让他进去。

摩尔人　他们叫作复活节,

　　　　已经有二十五个杜卡多①到手了。

看　守　这些西班牙人

　　　　会演热闹的喜剧。

摩尔人　他们来得真快,

　　　　简直像魔鬼,什么都干得出。

　　　　基督徒们都突然来做弥撒。

〔比万科、堂费尔南多、堂洛佩、教堂司事、老者——两个
男孩之父——等人上场。堂费尔南多带来教堂司事的
短裤。

堂费尔南多　你看,在这里,我没有穿过;

　　　　科丝坦莎亲自动手

　　　　给短裤的紧要处补上了补丁。

———————

①　钱币名。

教堂司事　这是给演戏用的；

　　　　　现在我穿上。他妈的，咱们进去！

看　守　基督徒，去哪里？

老　者　我？去做弥撒。

摩尔人　给钱。

老　者　要给钱？这里要给钱？

看　守　看来这个老头是新来的！

摩尔人　交两个铜板，不然就走人。

老　者　天哪，我没有钱。

摩尔人　那你滚，上吊去。

堂洛佩　我替他付钱。

摩尔人　你来得正好。

教堂司事　长官，让我进去，这块手帕

　　　　　半小时前我刚从一个犹太人那里偷来，

　　　　　拿去吧，你瞧着给点儿钱，

　　　　　我只收成本，

　　　　　顶多只赚一点儿。

看　守　再给四块，

　　　　　就算你付了入场费。

教堂司事　给，我进去了。

摩尔人　喂，快进去，时间不早啦。

　　　　　我以国王名义打赌，

　　　　　筐子里已经超出两千个钱币。

　　　　　咱们进去，从门口观看

　　　　　他们怎样做弥撒，

　　　　　我想一定是吹吹打打一片鼓乐。

看 守 你站在侧门后面,就看得见

基督徒们在院中所做的一切,

那真是值得一看。

摩尔人 我看见啦。

他们说今天是基督复活。

〔看守和摩尔人下场。所有基督徒都上台,其中有奥索

里奥,教堂司事穿着堂费尔南多给的短裤衩。

奥索里奥 这种神迹我没见过。

今天庆祝基督复活,

来了二十个信徒,

音乐和谐,

多么悦耳。

看样子,阿尔及尔

是个缩微的诺亚方舟;

三教九流

都聚集到这里。

比万科 如果你注意,还有一件事

更令人惊奇,

这些不信基督的狗东西

竟让咱们举行宗教典礼。

既然允许,咱们就做弥撒,

尽管是秘密地进行。

奥索里奥 以前曾不止一次

举行得匆忙又狼狈:

有一次他们将牧师

从圣坛上捉走,

横拉竖拽

在街上拖着走,

残酷惨烈,

目不忍睹,

在路上就断送了他的性命,

夺走了他的自由。

过去的事咱们不谈,

只管享受眼前的舒坦,

既然咱们的主人

允许咱们今天聚会。

复活节的这几天

该是咱们快活的日子。

堂洛佩　怎么啦? 有乐师吗?

奥索里奥　不但有,而且很熟练,

我们把卡迪的人叫来啦。

比万科　他们来了。

奥索里奥　那个帮助

演戏的人也到了。

堂费尔南多　卡迪家的人唱得好!

奥索里奥　咱们一面等候人来,

一面开场演戏,

演的是伟大的洛佩·德·鲁埃达写的戏。

剧本是由梯莫奈达①

在晚年安排印刷,

---

① 梯莫奈达(1518—1583),西班牙诗人、戏剧家,也是书商、出版商。

> 我找不到其他更短的
> 剧本来演，
> 觉得这个剧一定能使
> 诸位喜欢，因为
> 他使用的牧歌式语言
> 十分稀奇又古怪。

比万科　有羊皮袄吗？

奥索里奥　破烂衣裳有一件，

> 我马上穿上来扮演。

比万科　谁来唱？

奥索里奥　这位教堂司事

> 是个全才多面手。

比万科　有没有颂词①？

奥索里奥　根本不可能有。

〔奥索里奥和教堂司事下场。

比万科　啊，大家多像乞丐！

> 终究这是囚禁中的喜剧，
> 大家贫穷、饥饿又不幸，
> 衣不蔽体，彷徨茫然行。

堂洛佩　心诚则灵。

〔考拉利上场。

考拉利　大家坐好不要动，

> 我是来观赏你们的节日。

堂费尔南多　老爷，我希望

----

①　古代西班牙戏剧开始前往往有一段颂词。

　　　　　这个节日值得你观赏。

堂洛佩　　您坐这里，

　　　　　我可以站着。

考拉利　　朋友,你坐,你坐,

　　　　　戏要开场了。

堂洛佩　　请大家安静,戏已经开场,

　　　　　让我们听他们歌唱。

比万科　　啊,也许比歌唱更好。

堂费尔南多　　今天这日子,

　　　　　不许哭鼻子。

　　　〔大家各唱各的歌。

比万科　　这音乐不像样,

　　　　　如果戏这么开场,

　　　　　唱不了几句,

　　　　　就会被哄下台。

　　　〔乐声刚止,教堂司事就讲话,他讲话时斜视着考拉利。

教堂司事　　这是什么? 这是什么地方?①

　　　　　我感到什么? 我看到什么?

　　　　　对于我,这个节日

　　　　　比死亡更令我着急心慌,

　　　　　使我产生唱安魂曲的愿望。

　　　　　何处点燃这火焰?

　　　　　它在戏谑和游戏中

　　　　　将心灵化为灰烬。

———————————

① 　教堂司事借机装疯卖傻,指桑骂槐,所以他的话有时似乎上下不连贯。

我诅咒

穆罕默德这枝箭的力量。

就像太阳从山冈上升起，

突然照到我们身上，

以它的光亮

驾驭着我们的生活，

使我们活得轻松愉快。

你板着铁青的面孔，

犹如玫瑰红尖晶石，

决不能被虫蛀蚀。

哈哈，穆罕默德的长矛

将我的肝脏撕裂。

考拉利　这是喜剧吗？

这个基督徒是丑角吗？

教堂司事　如果你白嫩的手

不能医治我的病痛，

一切将成为悲剧。

啊，最美丽的摩尔姑娘，

聪明又机灵，

从太阳升起的地方

直到落山的地方，

到处都知道你的芳名！

〔说到此处他望一眼考拉利。

教堂司事　愿穆罕默德与你同在，

岁岁年年万寿无疆。

考拉利　是这狗东西胡说八道，

　　　　　还是今天娱乐中

　　　　　有这个节目?

堂费尔南多　特里斯坦,住口,

　　　　　请你注意,

　　　　　戏马上要开场。

教堂司事　我马上闭嘴,

　　　　　然而我不知我能否做到,

　　　　　因为魔鬼在把我捉弄。

　　〔装扮成牧人的吉列尔莫上场。

吉列尔莫　如果我突然带来

　　　　　满心的喜欢,

　　　　　而布袋又不能将它装下,

　　　　　缝上什么样的布块能把外衣加肥?

　　　　　缝上什么样的布块能把紧身上衣加肥?

教堂司事　天哪,这令我恼火,

　　　　　我难受,一声不吭心里窝火!

吉列尔莫　如果还是这么干扰,

　　　　　戏就演不下去了。

教堂司事　是谁点燃了那火焰?

堂洛佩　特里斯坦,我的朋友,你听我说,

　　　　　你是聪明人,别说吧,

　　　　　因为那样做极为无礼。

教堂司事　我不说了,我会忍耐。

吉列尔莫　我从头开始?

堂洛佩　对,开始吧。

吉列尔莫　如果我突然带来

满心的喜欢,

而布袋又不能将它装下,

缝上什么样的布块能把外衣加肥?

或用什么样的布块能把紧身上衣加肥?

如果我的心上人在昨天

喜滋滋笑眯眯

向我的情敌送去秋波,

怎能不使他受宠若惊?

怎能不令他辗转反侧?

羊儿们,你们奔向

草场和草原吧,

啃啮鲜美的绿草,

不要担心,不要害怕

狂风怒吼乌云密布的黑夜,

放心奔跑蹦跳吧,

快快乐乐地享用吧。

你们不必担心

那些馋涎欲滴、

怨气冲天的饿狼

追赶扑咬;

当你们要让附近的

剪羊毛工剪毛的时候,

你们在山坡上一边吃着草

径直走来,

不要磨磨蹭蹭懒洋洋;

当你们献出白白的羊毛

预示着我感到的幸福，

欢天喜地其乐无比，

超出了原先的估计，

将不会抱怨剪子把你碰伤。

然而是谁这么悲伤？

傻愣愣地站在那里，

垂头丧气，愁容满面，

胡子拉碴一大把，

头发邋遢乱蓬蓬。

教堂司事　那会是谁？当然是我，

伤心又倒霉，

活着的时间仅仅是一瞬，

却死于对穆罕默德的爱。

考拉利　把这疯子赶出去！

教堂司事　我祈求你圣洁的嘴，

那充满柠檬花香的嘴，

那给人以慰藉的嘴，

啊，我遥遥将你触摸！

考拉利　把他赶出去！

堂费尔南多　老爷，这不行，

他是在逗乐，

这个罪人是丑角。

教堂司事　风神啊，为何没有风

把这酷热吹凉？

吉列尔莫　这太不礼貌了，

逗乐已过了头！

把他赶出去,不要打扰我们!

教堂司事　我这就走。再见,

我的阿尔及尔天堂!

吉列尔莫　我说到哪里了?

比万科　不知道。

堂洛佩　你朗诵到

"然而是谁这么悲伤?"

堂费尔南多　短裤已发挥了作用。

吉列尔莫　我从头开始?

堂费尔南多　不必啦,

不会有人来打搅了,

现在你继续说吧。

〔一个摩尔人从墙头上对下面说话。

摩尔人　基督徒们,你们注意,

把院子的大门关上!

吉列尔莫　狗东西,来的不是时候!

摩尔人　给那个基督徒打开门,

他受伤了,快关门!

考拉利　安拉保佑! 这是怎么回事?

摩尔人　啊,神圣的安拉保佑!

已经死了两个基督徒,而且都是国王的。

前所未有的残酷!

对所有的基督徒

一律格杀勿论。

〔一个负伤的基督徒和另一个未受伤者上。

堂费尔南多　弟兄,进来吧。

        是谁把你刺伤?

基督徒甲　一个头儿。

堂费尔南多　什么原因?

基督徒甲　无缘无故。

比万科　伤口很深吗?

基督徒甲　我不知道,看样子

        是个致命伤。

基督徒乙　我的伤更重,

        只是在看不见的地方。

考拉利　阿里,你说这是为什么?

摩尔人　发现海面上

        出现了一个庞大的舰队。

堂费尔南多　果真如此?

        考拉利老爷,你要走了?

　　〔考拉利下场。

摩尔人　王室卫队的士兵

        见到囚徒就砍杀,

        或者怒气冲冲地

        把囚徒们虐待拷打;

        你们听到的呼喊声,

        都是犹太人恐怖的喊叫。

吉列尔莫　大家不要动!

        我认为阿里在瞎说,

        因为不久以前

        西班牙失去了

        所有的舰队。

摩 尔 人　你说的话

　　　　　　没有根据,完全不对;

　　　　　　我确确实实告诉你,

　　　　　　有人报告,三百多艘舰艇

　　　　　　出现在海上,舰上挂着大大小小的旗帜,

　　　　　　方向是直取阿尔及尔。

吉列尔莫　也许那是中了魔法,

　　　　　　才出现了那个舰队。

　　　　〔看守巴希上场。

看　　守　我的心情不能平静,

　　　　　　气得我要命!

奥索里奥　老爷,怎么啦?

看　　守　我要讲讲

　　　　　　见所未见的

　　　　　　残酷屠杀,

　　　　　　那简直是最大的蠢事。

　　　　　　今天早晨太阳出来的时候,

　　　　　　阳光在云层中折射出各类形象,

　　　　　　尽管是假象,但是我相信。

　　　　　　一支舰队出现在远方,

　　　　　　张着满帆还有划桨,

　　　　　　在平静的海面上飞速航行,

　　　　　　直扑阿尔及尔港而来。

　　　　　　见到的人都清楚地

　　　　　　看到那虚幻舰队的

　　　　　　船头、船梢和桨。

有人肯定地说，

更有人发誓说，

看到当官的发号施令，

划手们俯首听命，

一切行动都配合协调。

还有人说看到了

一艘舰的船楼上

挂着的旗帜上画有你们已故先知的画像。

那幻象生动地显示

船舰的暗黑舰体，

还听到炮击声

轰隆隆响在身旁，

为了躲避炮弹，

有五个人

扑倒在地上：

他们就是这么害怕心惊。

由于阳光在云层间的折射，

形成了这样的形象，

在我们许许多多人心中

造成了恐惧和害怕。

我们想，这个堂胡安①——

第一个扼制了

---

① 这里似指卡洛斯五世的私生子——奥地利的堂胡安（1547—1578），他在对摩尔人作战中屡建奇功。自从西班牙把摩尔人逐出西班牙后，摩尔人经常以海盗方式袭击骚扰西班牙沿海地区，这就是后面所说的西班牙人的父辈开创的"倒霉开端"的含义。

奥斯曼人进攻的英雄，

这次领军而来，

是为了光荣地了结

他们勇敢的父辈

在不幸的命运中

开创的倒霉开端。

那些终日醉酒的

王室卫队官兵们

为了减少敌手，

便开始屠杀囚徒；

如果太阳晚一点儿抹去幻象，

我们就很难保证

在场诸位的安全。

二十多人负了伤，

三十多人把命丧。

太阳已抹去虚幻的舰队，

你们继续你们的游戏。

奥索里奥　我们怎么能继续

这样血淋淋的消遣！

基督徒乙　请你们听另一件事，

更为血腥更为严重。

诸位熟悉的卡迪，

手里有个孩子

年轻而又娇嫩，

他的名字叫弗朗西斯科，

卡迪想方设法，

或以势欺压，

或威胁利诱，

用尽了计谋，

说好说歹，

不管这孩子

愿意或反对，

要对他施行割礼。

他的图谋

没有得逞，

他的说教

没能在这神圣的心上

留下任何仁慈的痕迹。

据说，由于卡迪

恼羞成怒，

今天将其魔鬼的怒火

倾泻在小弗朗西斯科身上。

这孩子被绑在柱上，

使他像基督受难一样，

从头到脚

流淌着鲜血：

我怕他早已断气

因为如此残酷的折磨，

连年轻力壮的人

也难以承受。

老　者　孩子啊，我的骨肉，

　　　　我的心肝，

你承受巨大苦难，

献出了你的生命！

我这双懒惰的脚，请快快跑，

赶到那痛苦街①上，

我将看到逼迫你的彼拉多②们，

同时在你身上看到基督的形象！

〔下场。

基督徒乙　先生们，这位是他的父亲吗？

堂费尔南多　这位其貌不扬的先生

是他的父亲，是位很好的基督徒，

我们是一个镇上的人。

咱们结束庆祝活动吧，

停止咱们的娱乐，

囚徒们演喜剧，

总是变成悲剧。

〔众人下场。萨阿拉、阿丽玛和科丝坦莎上场。

阿丽玛　女友，你的父亲要我劝告你，

请你回家来，花点时间

打扮化妆一番。

萨阿拉　老天爷将诅咒

他的企图！

阿丽玛　同一位国王结婚，

你反倒不高兴？

---

① 指耶稣背负十字架赴刑场时经过的那条街。

② 据《圣经·新约》记载，彼拉多是判处耶稣死刑的罗马官员。

　　　　　人人都知道

　　　　　国王是个潇洒男人。

　　　　　看样子你一定是

　　　　　情有所钟。

萨阿拉　世上没有什么宝贝

　　　　能使我高兴或生气，

　　　　因为我不知爱情是什么东西。

阿丽玛　今晚你就会知道，

　　　　你的丈夫是个学校，

　　　　教你品尝甜蜜爱情的味道。

萨阿拉　哎呀，又要叫我吃苦头！

阿丽玛　多娇气的小姐！

萨阿拉　不是娇气，而是生气：

　　　　我已下了决心

　　　　现在不出嫁，

　　　　直到老天爷赐予我

　　　　另一个男人。

阿丽玛　别说啦，你一定得当王后。

萨阿拉　我不图荣华富贵，

　　　　对另一个小的国家

　　　　我也许更加喜欢。

阿丽玛　我以我的生命发誓，

　　　　萨阿拉，你一定情有所钟。

　　　　好吧，把你的珍珠拿出来看看，

　　　　我想知道

　　　　可以做成几串。

萨阿拉　你可以到里屋去看。

　　　　进去吧，让我在这里待会儿，

　　　　我要同科丝坦莎谈话。

阿丽玛　过不了多久，

　　　　你就会喜欢这婚事！

　　〔阿丽玛下场。

科丝坦莎　小姐，告诉我，这是怎么回事，

　　　　同国王结婚怎么会

　　　　使你这么恼怒？

萨阿拉　不能告诉你这么多事，

　　　　也不能这么快就告诉你。

科丝坦莎　怒气从何而来？

　　　　发怒不是时候。

萨阿拉　慢慢来，不要让别人听到。

　　　　我是基督徒，我是基督徒！

科丝坦莎　圣母玛利亚保佑我！

萨阿拉　当我在海洋中垂死挣扎的时候，

　　　　这位小姐

　　　　是我的光亮和星星。

科丝坦莎　是谁把我们的宗教传给了你？

萨阿拉　这里不是说话的地方，

　　　　女友，你瞧，我是基督徒，

　　　　摩尔王给我献殷勤。

　　　　告诉我，你是否认识

　　　　一个赎了身的囚徒？

　　　　他是个士兵又是个绅士。

科丝坦莎　他叫什么名字？

萨阿拉　在这里不安全，

　　　　我真怕遇上赖皮。

科丝坦莎　那咱们进屋去。

萨阿拉　当然更好。

　　　〔二人下场。国王、卡迪和看守巴希上场。

卡　迪　这真是件怪事！

国　王　是件怪事，

　　　　我不知道天下是否发生过。

卡　迪　在鏖战的时候，往往看见

　　　　在空中出现可怕的军队，

　　　　那是由虚幻的影子构成，

　　　　它们以各种武器熟练地

　　　　攻击真正的军队，

　　　　天空中落下鲜血和盔甲，

　　　　破残的刀和盾一片片。

国　王　基督徒们称之为神迹，

　　　　有时候常常出现；

　　　　不过无缘无故阳光

　　　　在云层中折射形成

　　　　这样庞大的舰队，

　　　　这种事我闻所未闻。

看　守　我也是这么说；

　　　　但事实上这样的玩笑

　　　　给陛下减少了三十多个基督徒。

国　王　那算不了什么，

还没有把他们都杀光。

卡　迪　这么一惊一乍，
　　　　倒让我放下鞭子消了气。

国　王　那时候你在干什么？

卡　迪　抽打一个基督徒……

国　王　什么原因？

卡　迪　那是个小孩，
　　　　我对他说好说歹，
　　　　他就是不愿当摩尔人。

国　王　是不是那天见到的
　　　　那个西班牙男孩？

卡　迪　就是那个。

国　王　那你不要着急，
　　　　因为他是西班牙人，
　　　　你使尽办法利诱威胁，
　　　　都不能使他回心转意。
　　　　碰上那顽固、倔强、凶猛、
　　　　大胆、不屈又傲慢的人，
　　　　你就算倒了霉！
　　　　他宁死也不当摩尔人。

　　　　〔一个摩尔人捉住一个囚徒上场。

国　王　这个基督徒干什么来着？

摩尔人　刚才
　　　　在离海岸不远的海面上，
　　　　在一艘奇特而罕见的小船上，
　　　　我把他捉到。

国　王　那奇特的小船

　　　　是什么模样？

摩尔人　那原来是个筏，

　　　　用许多管子扎成，

　　　　管子下面有许多大葫芦，

　　　　他站在筏上，

　　　　两臂张开，

　　　　手持破衣当作帆。

国　王　你什么时候登上小船？

基督徒　半夜里。

国　王　那为什么这么长时间

　　　　还没有离开这里？

基督徒　国王，这筏除了使我不淹死，

　　　　实在起不了别的作用，

　　　　我是听天由命，任凭风的摆布，

　　　　大风也许能将我

　　　　送到任何基督徒们的海岸。

　　　　其实任何桨或帆

　　　　都不能轻易主宰这破船。

国　王　说到底，你是西班牙人！

基督徒　我不否认。

国　王　你不否认，我却讨厌。

　　　〔教堂司事抱着一个用道具做的孩子上场，孩子裹在襁

　　　　褓中；在他后面是那个要砂锅茄子的犹太人。

国　王　那是另一条小船上的？

犹太人　这个基督徒

　　　　　　　把我的孩子抢走。

卡　迪　他为什么要孩子？

教堂司事　这有什么不好？

　　　　　　　如果诸位不愿意让这个人教孩子念天主经，

　　　　　　　就必须把这孩子夺走。

　　　　　　　你，拉盖尔或塞德吉亚斯，

　　　　　　　法莱斯、沙多或沙布隆，有什么可说？

犹太人　陛下，这个西班牙人

　　　　　　　会毁了我们犹太人，

　　　　　　　好事他没有干过一桩。

国　王　你说，你是不是西班牙人？

教堂司事　陛下忘了？

国　王　谁是你的主人？

教堂司事　御林军士兵莫拉托。

国　王　真要命，他是惹不得的。

卡　迪　真要命，

　　　　　　　关于野蛮的西班牙人混蛋，

　　　　　　　您说的完全正确。

　　　〔另一个摩尔人带一个基督徒上场，后者衣衫褴褛，遍体
　　　鳞伤。

国　王　这个人是谁？

摩尔人　西班牙人，

　　　　　　　他由陆地逃跑过多次，

　　　　　　　加上这次，就是二十一次。

国　王　如果我们开门接待四天，

　　　　　　　恐怕所有的人都会来

告发西班牙人。

卡　迪　真怪!

国　王　帕帕斯,把孩子还给这个犹太人,

　　　　大家也不要打骂这个基督徒,

　　　　因为他奋不顾身,

　　　　心里一定很悲伤。

　　　　你呢,是西班牙人吗?

基督徒　是巴伦西亚①人。

国　王　你要是再敢逃跑,

　　　　捉住了,我对你决不轻饶。

教堂司事　老爷,不管怎么说,

　　　　我为了偷他这个臭儿子,

　　　　在他身后转悠了一天,

　　　　他得付给我工钱。

卡　迪　说得对,你掏出四十个铜板,

　　　　付给这位帕帕斯,他该得。

教堂司事　犹太朋友,你听到没有?

犹太人　听清了,

　　　　我身边没有钱。

教堂司事　咱们去你们家里。

卡　迪　同西班牙人总是会有这样那样的事。

　　　　〔众人下场。老者一人上场。

老　者　我敢进去吗?

　　　　啊,不能这么胆怯!

―――――――

① 西班牙东部沿海的一个省。

　　　　是福不是祸，

　　　　是祸躲不过，

　　　　进去吧！

　　〔拉开一块幕布，出现小弗朗西斯科被绑在一根柱子上，

　　　形状十分可怜。

小弗朗西斯科　你们总该

　　　　把我放松，

　　　　让我呼吸吧？

老　者　不必啦，这样绑着

　　　　你更像基督徒。

　　　　如果你去天上，

　　　　就不能坐在地上；

　　　　这样你走得更为轻快。

小弗朗西斯科　啊，爸爸，您过来，

　　　　看到您，我感到安慰！

　　　　冰冷的死神

　　　　以死的折磨

　　　　迫我离开！

老　者　把你的灵魂抛进我嘴里，

　　　　使它同我的灵魂结合成一体！

　　　　啊，你呼出了最后一口气！

小弗朗西斯科　再见，我算咽了气！

老　者　你向往着上帝，

　　　　上帝会让咱俩在我向往的地方相会！

　　　　你的呼吸逐渐缓慢，

　　　　已经呼出了最后一口气！

圣美的灵魂,你安心去吧。

去见那赐你幸福的上帝,

待你见到上帝,你就求他

以他纯洁、神圣、快乐而光荣的

灵魂哺育我们!

他们会把你幼小而神圣的躯体

埋在最肮脏的地方,

然而谁能知道

我要以我的热泪

把你浇灌!

〔二人下场。婚礼队伍出场:阿丽玛脸蒙面纱,代替萨阿
拉坐在轿子上走在前边,伴之以乐师、火把、吉他以及欢
乐的叫喊声,人们唱着歌曲。随着出场的是比万科和堂
洛佩,囚徒奥索里奥走在摩尔乐师队伍中。队伍刚过,堂
洛佩向奥索里奥发问。

堂洛佩　这位新娘是谁?

奥索里奥　阿希莫莫拉托的女儿萨阿拉。

堂洛佩　这怎么可能!

奥索里奥　这是明白不过的事。

堂洛佩　她的脸蛋和婚礼排场

　　　　说明另有名堂。

奥索里奥　先生们,是她——

　　　　贝尔贝里亚地区

　　　　最美最富有的摩尔姑娘!

堂洛佩　她脸盖着轻纱,

　　　　我们不能认出她。

奥索里奥　　马卢科是她的丈夫，

　　　　　　这个人将成为非斯国王，

　　　　　　是赫赫有名的摩尔男子，

　　　　　　好学而又知识渊博，

　　　　　　精通该国法律和宗教知识，

　　　　　　会讲土耳其语、德语

　　　　　　和西班牙语，

　　　　　　还有意大利语和法语；

　　　　　　睡的是牙床，吃饭用高桌，

　　　　　　坐姿是基督徒的模样；

　　　　　　而且他是个豪爽的战士，

　　　　　　智慧又英俊，

　　　　　　是个潇洒倜傥的好儿郎。

堂洛佩　　朋友，此事你有何想法？

比万科　　咱们已经仔细商量过，

　　　　　　依靠那根长杆

　　　　　　和这位摩西式的萨阿拉①，

　　　　　　咱们可以离开这腐朽的埃及，

　　　　　　穿越广阔的海面

　　　　　　而回到亲爱的祖国。

奥索里奥　　犹太人把钱财花在过节上，

　　　　　　摩尔人把钱财花在婚礼上；

————————

① 　这段话的典故出自《圣经·出埃及记》。摩西是公元前十三世纪希伯来人的
领袖。希伯来人在埃及受奴役，上帝派摩西带领他们逃离埃及。摩西带领希
伯来人离开埃及，到达红海海滨，前有大海，后有埃及追兵。上帝做出神迹，
使红海中出现一条干燥的通道，希伯来人得以通过红海。

　　　　基督徒在这方面

　　　　一心追求排场和气派，

　　　　不讲究兴味和乐趣，

　　　〔萨阿拉走到窗口。

奥索里奥　因为最后总以闹纠纷了结。

萨阿拉　喂，基督徒奴隶！

奥索里奥　先生们，再见，因为

　　　　我要看到最后的场面。

堂洛佩　我赞美你的兴趣。

萨阿拉　你是基督徒还是敌对的摩尔人？

比万科　谁在叫我们？

萨阿拉　那位配与你们

　　　　交谈的人。

堂洛佩　天哪，朋友，

　　　　我听这声音，

　　　　觉得是萨阿拉。

比万科　我也这么想。

萨阿拉　告诉我，这么热闹快乐，

　　　　究竟是怎么回事。

堂洛佩　穆莱·马卢科

　　　　同这家的萨阿拉成婚。

萨阿拉　瞎说。

堂洛佩　可是她就坐在那轿子里，

　　　　还有鼓乐和喧闹声。

　　　　你想想，还有什么事要吩咐。

萨阿拉　知道啦，小傻瓜，

　　　　　　你倒会同我瞎凑趣。

堂洛佩　你是萨阿拉？

萨阿拉　我是萨阿拉。

　　　　你呢，你是谁？

堂洛佩　我是疯子！

萨阿拉　你说什么？

堂洛佩　小姐，我是你的一个奴隶，

　　　　心中十分敬慕你，

　　　　我叫堂洛佩。

萨阿拉　我去给你开门。

　　　　〔离开窗口，下去开门。

比万科　无论萨阿拉在这里或那里，

　　　　没有什么可神秘的。

堂洛佩　她的信仰使她该享这份清福，

　　　　她独自一人孤零零地在这里，

　　　　就令我对她顿生几分敬意；

　　　　哪里奴婢仆役多，

　　　　那里就冷清寂寞难消磨；

　　　　这一切真是奇迹，又是她的福。

比万科　婚礼的愉快和欢乐

　　　　愈令人觉得寂寞难耐。

　　　　除了这原因，还有什么

　　　　能使她同时出现在

　　　　两个不同的地方，

　　　　她这样做是为了消除

　　　　喜事临门时的焦急。

〔萨阿拉上场。

比万科　堂洛佩，你瞧她从哪里出来啦？

　　　　你必须考虑，咱们从穆罕默德手里

　　　　把这宝贝抢来行不行。

堂洛佩　美丽无双的姑娘啊，

　　　　令人仰慕倾倒而销魂！

　　　　见到你，我的病痛就消失，

　　　　想到你，我就不会沉沦，

　　　　有了你，我在囚禁中就得到自由，

　　　　厄运也变成快乐，

　　　　我的真诚就有了支撑；

　　　　你是一个洁净的大厅，

　　　　使我紊乱的心得到安宁，

　　　　你是照亮我感官的太阳，

　　　　你是引导可怜的迷路者

　　　　走回故乡的亮光；

　　　　我拜倒在你脚下，

　　　　比身背枷锁时

　　　　更为听话、更为顺服；

　　　　为了你，我不考虑得失，

　　　　也不顾在贵国被囚禁的生活；

　　　　请向我伸出你天仙般的

　　　　双脚和高贵的玉手，

　　　　让我的双唇将它们亲吻！

萨阿拉　基督徒男子实不应当

　　　　向摩尔姑娘耍花腔。

从各种表示你已看到

我完完全全属于你，

但不是为了你，而是为了基督，

我保证我属于你，

现在不要对我甜言蜜语，

请把温柔留到以后；

目前你应该警觉，

多多地思虑，

不要沉湎于温柔之乡，

不要陶醉于爱的梦想。

你何时返回西班牙？

又想何时回来

接走陪伴过你的姑娘？

你何时才会了结

这笔情海孽债？

你何时再把你的眼光

注视那些已经牺牲

而又切望成为基督徒的摩尔郎？

你何时能消除

我的烦恼和忧伤？

堂洛佩　明天我就起程；

小姐，我相信

八天以后就回来。

我知道恋人分手

将度日如年。

如果我没有丧失

你以你的目光赐给我的生命，

你将在你父亲的花园里

看到我的信心和保证

得到兑现。

你不要疑虑，

我决不食言，

因为在这样诚实的事情中

老天爷决不会

对地上的人不予帮助。

我是基督徒，又是西班牙人，

还是个绅士，

我再次向你发誓保证

一定实现我该做的事。

萨阿拉　这样我就满意啦；

但是如果你真诚地爱我，

请以玛利亚名义发誓，

也好让我放心不着急。

堂洛佩　我以圣母玛利亚

及其圣子的名义发誓，

永远不忘记你，

做那些你认为合我心意

又对你有益的事！

萨阿拉　你发了重誓！

够了，不必再对我发誓了。

比万科　对你与国王马卢科

的婚事，

　　　　　　你父亲有何高见？

萨阿拉　今晚我预感到

　　　　这件婚事

　　　　会泡汤。

　　　　今天他让我打扮，

　　　　以便今晚送我去

　　　　当他的新娘；

　　　　他到这里见我在哭泣，

　　　　没有同我说话就离去，

　　　　然而满城人

　　　　都在说，今晚

　　　　我要出嫁。

比万科　确实如此。

堂洛佩　这是个神迹！

　　　　你不要说话，不要着急。

　　　　小姐，把你的双手伸给我，

　　　　让我握紧，直到

　　　　你等候的时刻来到。

萨阿拉　不行，请把你的脚伸给我，

　　　　因为你是基督徒，而我是摩尔人。

　　　　你放心走吧，

　　　　当你在旅途的时候，

　　　　我将以虔诚的声音

　　　　和我哭泣而流出的泪

　　　　恳求海面宁静，

　　　　风儿轻轻地吹，

吹胀船上的帆，

愿你免受惊吓，

我将耐心等待你返回。

再见，我已不能再往下说，

明天我去花园，

在那里把你等候。

比万科　你会看到

此事将圆满成功。

萨阿拉　怎么，你抛下我就走了？

堂洛佩　我没有别的办法。

萨阿拉　再见到你的幸福时刻

会到来吗？

〔萨阿拉下场。

堂洛佩　只要不像通常那样死得快，

那时刻当然会到来。

假如看到婚事的结局

我才走开，

那才不是明智的行为。

比万科　此事的奥秘

保证我万事顺利。

〔二人下场。舞台上脸蒙轻纱的阿丽玛在洞房里跳着摩
尔人舞，最好有大蜡烛；堂洛佩和比万科在观看。舞蹈完
毕，两个摩尔人上场。

摩尔甲　庆祝活动暂停，

请美丽的萨阿拉回娘家，

国王把这件事安排得非常细心。

摩尔乙　那就不举行婚礼了？

摩尔甲　要举行,但目前他要去摩洛哥

　　　　接管他的王位,

　　　　萨阿拉住到她父亲家中,

　　　　这样安排最妥当,

　　　　可以确保她完整无损,

　　　　他希望在他那王国里

　　　　安安稳稳地将她享用。

　　　　今天太阳尚未露头的时候,

　　　　他已急急忙忙

　　　　率领两千御林军出发。

摩尔乙　如果他早已想这么安排,

　　　　为何举行萨阿拉出嫁游行?

　　　　人们会怎么说? 他们一定以为

　　　　他已不愿同她结婚。

摩尔甲　不管人们爱说什么,

　　　　只能一声不吭地服从,

　　　　更何况,阿希莫拉托喜欢这么安排。

摩尔乙　还得吹吹打打送她回去吗?

摩尔甲　当然不必!

摩尔乙　那咱们送她回去吧。

比万科　啊,万能的上帝!

　　　〔众人下场,洞房门帘放下;舞台上只留下堂洛佩和比

　　　万科。

比万科　您的奥秘真了不起! 堂洛佩,

　　　　你可以放心走了,因为你瞧,

　　　　　　　这梦魇已消。

堂洛佩　　这表明万事如意。

　　　　　　　我这就上船，请你注意

　　　　　　　到我指定的地方去，

　　　　　　　七天以后每晚在那里

　　　　　　　发出新的信号，

　　　　　　　我想我能如愿返回；

　　　　　　　请你同别的朋友一起

　　　　　　　想方设法

　　　　　　　把烈士的父亲

　　　　　　　接到花园里，

　　　　　　　但决不可坏了咱们的计划；

　　　　　　　如果我乘坐的这条船

　　　　　　　在马略卡岛停泊，

　　　　　　　我就可能在六天后回来。

比万科　　愿上帝保佑你，我将努力

　　　　　　　使不止两人获得自由。

　　　　　　　请莫忘记信号。拥抱我吧，

　　　　　　　鼓起勇气，努力，愿上帝指引你。

堂洛佩　　这秘密千万不要向别人透露。

　　　　〔二人下场。奥索里奥和教堂司事上场。

奥索里奥　这件事前所未闻，

　　　　　　　实在太有趣，

　　　　　　　就是那同一庄园的犹太人

　　　　　　　将你赎出。

教堂司事　这事就像

我告诉你的那样发生：

他们赎出了我的身，

奇怪地给了我自由。

他们说，这样做

可以将他们的孩子保佑，

可以确保他们的庄园

以及锅碗瓢盆的安全。

我已经发誓，

在我为回西班牙做准备的时候，

一定不偷他们的东西，

可天知道我能否实现。

〔一名基督徒上场。

基督徒　基督徒们，施舍物品

已到达贝贾亚①。

奥索里奥　多好的消息！

谁来了？

基督徒　施恩会②。

教堂司事　这是上帝给我们派来的！

是谁负责送它来？

基督徒　据说是一个

谨慎细心的男子

名叫豪尔赫·德·奥利瓦尔修士。

教堂司事　来得正是时候！

————————————

① 阿尔及利亚境内最古老的城市之一。

② 施恩会，十三世纪主要负责从摩尔人手里赎回俘虏的组织。

奥索里奥　一个名叫罗德里戈·德·阿尔塞修士

　　　　　　以前来过几次，

　　　　　　他就是那个教派的人，

　　　　　　品德极好，精神高尚。

教堂司事　感谢塞德基阿斯

　　　　　　和犹太教士奈塔利姆，

　　　　　　由于这个人出了钱，

　　　　　　省却了我去行礼求告。

　　　　　　心怀希望当然好，

　　　　　　拿到手中的更不赖。

　　　　　　这事做得实在好，

　　　　　　欢迎施舍早日到。

　　　　　　啊，西班牙的钟们，

　　　　　　何时我的双手

　　　　　　能再抚摸你们的钟舌？

　　　　　　何时我再登高敲得你们叮当响？

　　　　　　何时有钱的寡妇们为死者

　　　　　　献上的圆面包

　　　　　　再塞满我的木箱？何时？何时？

基督徒　你现在到哪里去？

奥索里奥　阿希莫拉托向卡迪请求，

　　　　　　允许我们住在他的花园里三四天，

　　　　　　因为他的女儿萨阿拉

　　　　　　和考拉利的妻子

　　　　　　美丽的阿丽玛

　　　　　　希望在花园里度过整个夏季。

基督徒　也许我有可能

在随便哪一天

同你们一起消遣一段时间。

奥索里奥　欢迎你来。

基督徒　再见,朋友们!

〔基督徒下场。

教堂司事　既然我也自由了,

奥索里奥,我也会去看你。

奥索里奥　那你得带上吉他,

如果可能,过会儿你就来。

教堂司事　好的。

〔三人下场。阿丽玛、萨阿拉和科丝坦莎上场,萨阿拉掉

下一串念珠,阿丽玛捡起。

阿丽玛　萨阿拉,我的好朋友,这是怎么回事?

你的念珠上有十字架?

科丝坦莎　是我的。

阿丽玛　那可不是什么好东西,

别人知道了会怎么想怎么说。

萨阿拉　十字架是什么东西?

阿丽玛　这根棍儿交叉

架在那根棍儿上。

萨阿拉　那是什么标记?

阿丽玛　你倒会装蒜!

这就像是基督徒

对安拉的敬意。

科丝坦莎　太太,给我吧,

　　　　　　是我的。

阿丽玛　　你的用心不中用，

　　　　　　这是萨阿拉掉下的，

　　　　　　这是我亲眼所见。

萨阿拉　　你不要生气，

　　　　　　那天在你家里

　　　　　　科丝坦莎把念珠送给了我，

　　　　　　我可不知道

　　　　　　十字架是什么东西。

科丝坦莎　　确是这么回事，

　　　　　　我没有留意

　　　　　　把这标记取下。

　　　　　　不过,这对摩尔人的祈祷礼仪

　　　　　　有什么妨碍?

萨阿拉　　哟,她把话编得真好。

阿丽玛　　不管怎么说,妹妹,把它取下;

　　　　　　如果让哪个摩尔男子看见,

　　　　　　他就会说,你暗中

　　　　　　信仰基督教。

　　　　〔比万科和堂费尔南多上场。

比万科　　我把这秘密告诉了你,

　　　　　　因为你是个绅士。

堂费尔南多　　这秘密关系重大,

　　　　　　我希望有朝一日将你报答。

　　　　　　这两位是阿丽玛和萨阿拉,

　　　　　　我对她们已熟悉。

比万科　咱们的事儿很顺利。

阿丽玛　朋友,等等,请等一等,
　　　　那边来了个基督徒男子,
　　　　他是我又爱又恨的
　　　　一个冤家。

萨阿拉　你说什么?

阿丽玛　我再也不能
　　　　隐瞒了。

科丝坦莎　啊呀,糟了!
　　　　她是否要向
　　　　他求爱?

阿丽玛　我要同他说话。

科丝坦莎　阻拦也是枉然。

萨阿拉　你很爱他吗?

阿丽玛　咳,多么不好启齿。
　　　　他明知我爱他,
　　　　可我不知如何
　　　　战胜他的冷漠。

萨阿拉　他没有向你献殷勤?

阿丽玛　科丝坦莎说有这么回事,
　　　　可我只在他脸上
　　　　看到冷酷的表示。
　　　　基督徒,你过来,你说,
　　　　你是否知道你是我的奴隶?

堂费尔南多　太太,是,我知道为您
　　　　而活着。

阿丽玛　　那么，你为什么这么没心肝？

　　　　　难道我的双眼

　　　　　和科丝坦莎的嘴没有告诉你

　　　　　我的希望能否实现完全依赖你？

　　　　　你是否硬要等到这个时候，

　　　　　在大庭广众之中

　　　　　让我忍痛向你

　　　　　揭示我的伤口？

　　　　　请你注意，我是多么伤心，

　　　　　这就是爱情，

　　　　　当它不顾一切的时候，

　　　　　它就是愤怒，就是烈火；

　　　　　请你注意，如果你

　　　　　不顾我的警告，

　　　　　瞧着吧，你就是

　　　　　这友善女人的仇敌。

堂费尔南多　　我的太太，为了使您看到

　　　　　您的愿望圆满实现，

　　　　　我只恳求您

　　　　　给我三天时间。

　　　　　请您去萨阿拉家的花园，

　　　　　在那里把我等候；

　　　　　您将看到，您的痛苦，

　　　　　正如我所说，将彻底消除。

阿丽玛　　我多么高兴！

萨阿拉　　我愿为他保证，

他一定能办到。

科丝坦莎　协商得很好！

阿丽玛　如果你一定回来，就趁早走吧。

萨阿拉　基督徒，

现在刮什么风？

比万科　好像是北风，

引导和拯救我们的神

用北风带给我们好运。

萨阿拉　你的伙伴

已经去了西班牙？

比万科　大概已经去六天了。

萨阿拉　你就一个人留下？

比万科　对，然而我希望

很快见他返回。

萨阿拉　会这么快吗？

比万科　如果有船，

我明天就走。

阿丽玛　女基督徒，抬起头来，

这是怎么回事？

你为什么这么忧伤？

你感到发生了什么？你说呀。

科丝坦莎　我的心猛跳不停，

要把我的胸膛撕裂，

太太，咱们离开这里吧，

即使我一定会在您去的地方丧命。

萨阿拉　也许是今天起得太早才使你心慌。

科丝坦莎　刚才发生了幻视，

如果那不是假象，

如果那是很准的预示，

未来那天天黑之时，

也将是我丧命之时。

堂费尔南多　科丝坦莎，你不要怕，

那都是幻觉。

科丝坦莎　我很快就会知道个究竟。

萨阿拉　女基督徒们真胆小！

科丝坦莎　并非胆小，而是有人

十分害怕"希耶洛斯"①；

我是想说害怕吃醋，

一时没有把字咬准。

阿丽玛　我的费尔南多，愿安拉保佑你，

你记住，一定要快快回来，

我命令你，也是请求你这样做。

科丝坦莎　说"我命令你"就可以了。

〔三位女士下场。

比万科　咱们走吧；

也许运气会很好，

也许堂洛佩已经来了，

切莫丧失时机。

〔比万科和堂费尔南多下场。老者抱着一个血染的布

包，布包里是小弗朗西斯科的尸体。

---

①　原文意为"天空"，在西班牙文中，"天空"与"吃醋"仅一个字母之差。

老　者　我要请奥索里奥把尸体保存。

　　　　天这么黑,我恐怕会迷路,

　　　　也许我会迟到。

　　　　啊,毕竟我是上了年纪的人啦,

　　　　遇事就胆怯害怕!

　　　　然而这神圣的遗体

　　　　将指引我的双脚

　　　　一直走到阿希莫拉托的花园。

　　　　为了不落入陷阱和圈套,

　　　　还是加倍小心为好。

　　　〔老人下场。堂费尔南多和比万科上场。

比万科　船一定在海上,

　　　　如果他们已上岸,

　　　　这项计划就算破产。

　　　　打出咱们的信号,

　　　　朋友,快打火石,

　　　　打出火来就可以

　　　　消除咱们的灾难,

　　　　给咱们带来幸福,对咱们加以引导。

堂费尔南多　你没有看到别的火星

　　　　在回答咱们的信号?

比万科　不要把这样愉快的表示

　　　　称作火星,而要称它为星星。

　　　　请安静,倾听那

　　　　神圣的划桨发出的柔和声音。

堂费尔南多　咱们向岸边再走近一点,

不必怀疑,一定是他们。

〔堂洛佩和船老板上场。

堂洛佩　是比万科吗?

比万科　就是我。

堂洛佩　萨阿拉在花园里吗?

比万科　朋友,她在。

堂洛佩　今天老天爷结束了我的灾难,

给我一个圆满的结局!

比万科　拥抱我吧!

堂洛佩　现在没有时间

讲礼节,

你去请她来吧。

比万科　你运气真好。

你只消稍候片刻。

堂费尔南多　朋友,

你需要我陪你去吗?

比万科　不需要。

一会儿我就会

把他们带来:

他们都准备好了,

不睡觉,在等候这时刻。

堂洛佩　好啦,朋友,快快出发。

船老板　他们离这里远吗?

比万科　就在附近。

〔比万科下场。

船老板　啊,可别耽搁太久,

现在正刮顺风!

堂洛佩　请安静,大家别说话,

　　　　我们听到了什么响声。

船老板　先生,咱们回船上去,

　　　　等看清了是什么再说。

堂洛佩　小心,别出声,

　　　　咱们在这里很安全。

　〔比万科、萨阿拉、科丝坦莎、老者上场,后者抱着表示小
　　弗朗西斯科尸体的布包;奥索里奥、教堂司事和其他基督
　　徒也可出场。

比万科　他们正提心吊胆时,

　　　　看到海上出现了信号,

　　　　他们不等我到,

　　　　就奔向那条船,

　　　　就这样节省了时间。

奥索里奥　这确是出奇的好运!

堂洛佩　我那美丽的星星在何处?

萨阿拉　我的北斗星在哪里?

船老板　现在不是亲热的时候;

　　　　上船吧,风正刮来。

　　　　啊,又小又神圣的遗体,

　　　　给我们以顺风!

教堂司事　我已经赎了身,

　　　　不过,无论如何,我要走。

船老板　还有基督徒吗?

堂费尔南多　不知道。

比万科　能找到的,我都找来了。

科丝坦莎　咱们走吧,不要把阿丽玛吵醒!

堂费尔南多　你要我回去找她吗?

船老板　大家都决定

　　　　上船了。

科丝坦莎　留下你的女主人

　　　　你是否心里难受?

堂费尔南多　我的男主人

　　　　愿意让她到这里来。

堂洛佩　萨阿拉,咱们走吗?

萨阿拉　我不叫萨阿拉了,

　　　　现在我叫玛丽亚。

堂洛佩　这个故事

　　　　不是出自想象,

　　　　而是实有其事,

　　　　决非杜撰瞎编。

　　　　这个爱情故事和甜蜜回忆

　　　　发生在阿尔及尔,

　　　　真人真事和历史

　　　　既可怡情又可益智。

　　　　即使在今天

　　　　这故事仍可借鉴。

　　　　故事到此完结,

　　　　结局不同于《阿尔及尔的交易》。

(剧　终)

改邪归正成正果

序 言

　　这是塞万提斯所写的一部很特别的宗教剧,是其构思和创作活动的一项丰硕成果。自洛佩至卡尔德隆,众多作家都写过圣徒题材的喜剧,然而塞氏这部作品在我国舞台上是这类题材作品中最好的喜剧之一。主角克里斯托瓦尔·德·陆戈(后来在修道院叫克里斯托瓦尔·德·克鲁斯神父)在生活中有双重性,他既有卑鄙下流的一面,又有圣洁高尚的一面;他是个混混,却具有宗教英雄主义精神。第一幕(塞氏现实主义佳作)在舞台上重现了《林孔内特和科尔塔迪略》①中描述的令人心碎的塞维利亚景象,手法洒脱,情节丰富,奇事迭起,活泼生动,形象众多,而且气氛深沉。好斗的陆戈胡作非为,他的仆人小爬虫对他们那伙痞子、妓女们吃喝的评论饶有自然主义色彩,这一切都发生在塞维利亚的阿拉米约大道和榆树庄园这个环境之中,并掺杂以游荡打闹、暗语黑话,在我国此类戏剧作品中,这部喜剧的舞台场面最为绚丽多彩,在情节方面只有塞氏本人的前述《林孔内特和科尔塔迪略》堪与之媲美。在这一幕戏中,一名警官在向宗教法庭法官特略·德·桑多瓦尔谈到陆戈(这个后来改邪归正的混混是前者的仆人)的性格

---

　　①　塞万提斯所著《警世典范小说集》中的一个故事,内容也是描写塞维利亚城中混混们的生活,两个主要人物的名字即为篇名。

时说：

> 他霸道逞凶发了狂：
>
> 吵嘴、刺杀和打架，
>
> 在打斗中他是魔王，
>
> 匕首拿在手中闪闪亮，
>
> 木盾挂在身旁，
>
> 为所欲为横行一方。

据阿维拉的德兰①说，在塞维利亚魔鬼们比在别处更能诱惑人。作者让一个角色针对克里斯托瓦尔·德·陆戈说出了以下一段话，直观形象地显示塞维利亚的那种气氛：

> 我想，最好的办法
>
> 是把他请出塞维利亚，
>
> 因为这里是生长
>
> 懒种的地方，
>
> 任何作物种在这里，
>
> 都会出现这奇怪的品质。

塞万提斯写这部作品，灵感来自《墨西哥圣地亚哥省讲道团的创建和发展史》。阿古斯丁·达维拉·帕迪亚教士在一五六九年发表的《新西班牙②杰出人士生平及其著名事迹》引发了他的灵感。在这个剧本中，从主人公的本来面貌到转变，以及他后来的修炼生活，都可看到该书实质性的影响。不过，剧本的第一幕完全是塞氏的创作，这可以从对塞维利亚如此生动而熟悉的气氛描述中看出。在描写主角当混混的阶段，塞氏采用达维拉书中的素材，作

---

① 阿维拉的德兰(1515—1582)，又称耶稣的德兰，神秘主义者。

② 新西班牙为旧地区名，是西班牙在美洲的殖民地总督辖区之一，核心区域为今天的墨西哥。

为主角将来敬拜幽灵、修炼祈祷而得正果的伏线。塞氏还描绘了所谓混混对待妇女的绅士风度,这个情节与主人公在其转变为圣徒这一时期中最动人的事迹是相呼应的。

这部喜剧是具有民族特色的典型作品,其基本内容是一个大人物的俗世罪孽及其后来的悔改修炼,因而可与维加的《埃塞俄比亚的奇迹》、阿梅斯夸的《魔鬼的奴隶》、《被罚入地狱的多疑者》(一般认为是莫利纳的作品)中的恩里科,或卡尔德隆所作的《敬拜十字架》中的埃乌塞维奥、《圣帕特里西奥的炼狱》中的卢多维西奥·埃尼奥等人物相媲美。塞氏笔下的克里斯托瓦尔·德·陆戈与这些剧本中的大多数人物相比,其差异在于以更为渐进的变化而臻完美,先是悔罪,成为教士,克服种种诱惑,做出许多牺牲,甚至出现堂吉诃德式的至善至美的侠义行为,直到他的逝世和安葬,全都是舒尔瓦朗①所描述的苦行僧式景象,全剧生动活泼。在第一幕结尾,正是陆戈转变的时候,他自言自语地说:

> 我独自留下,
> 好好反省……

在这里作者开创了一种独白形式的先河,后来许多西班牙戏剧家,尤其是莫雷托在《塞纳之圣弗朗哥》中类似的场面都加以模仿。

《改邪归正成正果》的后两幕发生在墨西哥,塞氏为了解释地点的变换(这也许与其先前的古典派观点大相径庭),便搬出两个象征性的辅助人物——喜剧和好奇,她们解释说,艺术必然由于时间的推移而渐趋完美。

这后两幕剧也许是在第一幕以后过了相当长时间才写的,从

----

① 舒尔瓦朗(1598—1662),西班牙画家,画了大量知名教士和圣徒的画。

其场景说明来看,强调剧中神迹的确实性:"这一切确实如此,并非幻视,也非杜撰,更不是谎言";"这一切在历史上确有记载";"这一切关于面具和错觉,在有关圣徒的史书上确有记载"……我认为,他这么强调是由于在涉及非同寻常的事实时,需要维护在《堂吉诃德》中受俸牧师在审查当时喜剧时所提出的观点:在宗教剧中塞进虚假神迹和杜撰、混乱的东西。

塞万提斯从达维拉的书中选取了一个适用于昔日塞维利亚好斗、好色者的场面,即魔鬼们装扮成轻佻女人,乐师们手持吉他、铃鼓(或响板),吵吵嚷嚷。描述克里斯托瓦尔教士的重头戏,其高潮是在他面前来了个女人——安娜·德·特莱维妞(在历史上也有记载),她是个不见棺材不落泪的妓女,根本瞧不起忏悔牧师。而克里斯托瓦尔竟以戏剧般强有力的谈话感动了她,他向上帝表示,为了拯救这个女人,自愿做出牺牲,献出他的功德。这一英雄牺牲和特殊的交换,挽救了安娜的灵魂,使之获得自由:

> 但是这个合约的条件,
>
> 首先是她必须
>
> 忏悔和改过。

这样,一个过去的混混便夺回了一个女人的灵魂而使之永生。在第三幕,克里斯托瓦尔是个至高无上的行善英雄,他浑身长满烂疮,经受可怕的考验,例如为安娜的罪孽而磨练自己,直到安安静静地死去,在笛声和教士们唱圣诗声中转变为舒尔瓦朗画笔所描绘的圣徒。

小爬虫这个丑角,后来成为安东尼奥教士,是幽默、讽刺性人物,同《被罚入地狱的多疑者》中的佩德里斯科、《讲道魔鬼》中风趣的在俗汉子相似;在第二幕结束时,对其前主人和师傅作如下评论:"他本是个自由放任的人,说不上是好还是坏。"他在死去的前主人面前作祈祷中出现了高尚的精神升华。三幕的文字篇幅依次递减。舍维尔和波尼亚指出,第一幕有 1211 行诗,第二幕只有 970 行,第三幕更少,为 668 行。

安赫尔·巴尔布埃纳·普拉特

剧 中 人 物

陆戈(克鲁斯神父)——学生

狼崽和刺儿头——两个混混①

警官

两名捕快

小爬虫——一个小伙子

傍姐②

傍姐之夫

特略·德·桑多瓦尔——宗教法庭法官

两名乐师

茶食店老板

安东尼娅

又一个女人

卡拉斯科萨——妓院老板

佩拉尔塔和希尔贝托——两个学生

天使

喜剧

好奇

安东尼奥教士

---

① 指独霸一方的地痞流氓。这类人不一定尽干坏事,有时候也会路见不平,拔刀相助。

② 指在婚外爱上比自己年轻的男子,并与之发生性关系的已婚女子。

安赫尔教士

修道院院长

两个居民

堂娜安娜·德·特莱维尼奥

两个仆人

教士

路西法

比谢尔——魔鬼

墨西哥总督

沙盖尔——魔鬼

三个鬼魂

第 一 幕

〔陆戈和两个混混——狼崽和刺儿头上场,陆戈一面走,一
面把带倒钩的匕首插入刀鞘。陆戈以学生面貌出现,身穿
普通教士服,腰挂小木盾和一把带倒钩的匕首,不必带剑。

狼　崽　到底怎么啦?

陆　戈　没有什么大不了。

　　　　如果咱们是朋友,那就不要再闹。

刺儿头　陆戈总想高人一头,

　　　　他是本地头号混混,

　　　　　　当然可以坐头把交椅，

　　　　　　把别人不放在眼里。

陆　戈　　先生们，且慢，且慢。

　　　　　　我可是顶天立地的好汉，

　　　　　　有勇有谋光辉灿烂。

　　　　　　痞子学校中最出色的学生之所以出色，

　　　　　　并非因为在学校里混得长久，

　　　　　　进进出出多次留级

　　　　　　却未获得任何学位，

　　　　　　而是因为他做出了业绩。

　　　　　　难道在咱们这些同道中

　　　　　　就不分高下优劣？

狼　崽　　这就是我想说的话。

刺儿头　　哟，狼先生，你要说这样的话，

　　　　　　请到别处去，这儿可没有

　　　　　　你说话的地方。否则……

狼　崽　　算了，刺儿头先生！

　　　　　　你要么走开，要么闭嘴，

　　　　　　因为我知道你肚里没有货色。

刺儿头　　狼先生，

　　　　　　难道咱生来就没有见识？

狼　崽　　我可什么也不知道。

刺儿头　　那就好好学。

陆　戈　　狼崽，你给我滚开！

刺儿头　　你们两个都是吹牛大王，

　　　　　　都是只说不练的把式。

狼　崽　婊子养的,咱们就动手!

　　〔这时一个警官带着两名捕快上,刺儿头和狼崽逃跑,只留下陆戈,他正把匕首插入刀鞘。

捕　快　抓住他们!

陆　戈　混蛋,站住!

　　　　认识我吗?

捕快甲　原来是陆戈先生!

陆　戈　陆戈先生又怎样?

警　官　笨蛋,干吗不抓住他?

捕快乙　老爷,

　　　　您不知道咱们受谁管?

　　　　难道您不知道这位是克里斯托瓦尔先生?

警　官　总是在这些事情中碰上他!

　　　　他妈的,这太不像话!

　　　　谁还受得了!

陆　戈　不要气恼,

　　　　不要发火。

警　官　现在我知道,

　　　　这家伙总有一天

　　　　要倒霉。

陆　戈　倒霉算啥,我还要捣蛋。

警　官　桑多瓦尔先生有责任。

捕快乙　他管理全城,哪个衙门

　　　　也不敢动他一根毫毛。

陆　戈　警官先生,干你的营生去吧,

　　　　少说废话少啰唆。

警　官　陆戈先生如果不耍枪弄棒

　　　　而去上学，双手捧书，

　　　　腰里不挂盾牌，该有多好！

陆　戈　警官先生，这是街头，

　　　　不是说教的地方，这事自有人来做，

　　　　请你不要停留，快走。

警　官　我这就走，你要感谢你的主子；

　　　　他妈的，我敢打赌，

　　　　我知道这种事总会有个了结。

陆　戈　那就是你滚开，我留下来。

捕快甲　我看，

　　　　这陆戈是个魔鬼。

捕快乙　瞧咱们头儿跑得多快。

捕快甲　好汉不吃眼前亏，

　　　　溜之大吉是上策。

警　官　老实点，别再碰上我，

　　　　算是你交了好运。

陆　戈　我就是病得卧床不起，

　　　　也要随心所欲玩得欢喜。

警　官　你们跟我走。

　　　　〔警官下场。

捕快甲　克里斯托瓦尔先生，

　　　　我发誓，我原来不认识您。

捕快乙　克里斯托瓦尔先生，我告诉您，

　　　　我是瞎子又是哑巴，一点儿也不可怕，

　　　　对于混混们的情况

        看不见,也道不清,

        您完全可以放心。

陆　戈　卡拉奥拉,你在哪儿耍威风?

捕快乙　没有啊;妈呀,我快趁夜色溜了吧。

    〔两名捕快下场。

陆　戈　奇怪真奇怪,他们敬我,

        只是由于我有个好主人;

        只要我鼓足气大吼一声,

        必定震动整个塞维利亚城。

        你走你的阳关道,

        我走我的独木桥,

        各走各道互不相扰,

        我干这行当声誉必定高。

    〔这时一个名叫小爬虫的小伙子上场。

小爬虫　克里斯托瓦尔先生,怎么回事?

        难道你吵嘴打架?

        干吗拉长脸情绪不佳?

陆　戈　情绪不佳,

        脸色难看。

        一个小闹"尊敬"我,

        对我"大拍马屁",

        我就揭了他的底,

        他已逃之夭夭无踪影,

        小爬虫,你找我干什么?

小爬虫　张三李四,

        阿狗阿猫,

一个更比一个精巧，

都是不吃亏的小闹，

在太阳不那么火辣辣、

射来的光线温和而轻柔的时候，

他们请你今天下午

在著名的阿拉米约大道

轻轻松松观看热闹。

陆　戈　有什么乐子吗？

小爬虫　有珍馐美味供应，

最丰盛的晚宴

相比之下也大大逊色：

那倒数第二道菜

是油焖茄子。

红烧整兔桌上摆，

兔身上缀满

鲜嫩的腌猪肉；

白白的面包，红红的酒，

还有又脆又香的花生糖，

每道菜都比前一道

叫人看得更眼馋，

唾沫直往肚里咽。

还有黄黄的柠檬，

再加圆圆的甜橙。

那能干的渔翁

献上天下的水产精品——

肥美的欧鲌，

滑溜溜的鳗鱼。

活蹦乱跳的鲱鱼

在锅里甩尾巴，

在火舌上蹦跶。

你将看到的，

比我描述的更好。

红红的对虾，

加上胡椒面，

你就会大叫味道真好，

越吃兴致越高。

陆　戈　小爬虫，你说的比唱的好！

小爬虫　还有许许多多好吃的，

山珍海味样样有。

招来馋嘴的汉子们

可以编成几个大队。

陆　戈　什么几个大队？

小爬虫　按照各人的爱好，

组成一个师，

把他们分配到这里那里：

品种多了不好办，

只好胡乱作安排。

陆　戈　还有谁去？

小爬虫　还会有谁？

跛子，小鸟，

还有西村的独眼龙。

陆　戈　他们必定会互相猜疑。

小爬虫　你去吧,一切都会顺顺当当。

陆　戈　你有兴趣我也许会去,
　　　　你有敏捷的才思,
　　　　让我高兴欢喜。

小爬虫　我让我的嘴巴
　　　　吻你勇敢的脚。

陆　戈　起来,你这贪婪的马屁精,
　　　　真不配干
　　　　你卑劣的行当!

小爬虫　我想赶快改行,
　　　　去干别的
　　　　能发横财的行当。

陆　戈　什么行当?

小爬虫　陆戈先生,
　　　　那是最有油水的差使,
　　　　只要干上这行当,
　　　　你就总是赢家,
　　　　别人的钱包都归你啦。
　　　　难道你没有看见
　　　　那无数光彩夺目的斗篷①
　　　　上下翻飞胜过隼鹰,
　　　　出手几招
　　　　就能抱个金娃娃?
　　　　其中一人装作独臂汉,

---

① 指斗牛士使用的斗篷。

　　　　对最机敏者①随便捅一刀，

　　　　我高兴地看到，

　　　　不找到目标，

　　　　他们不使出这绝招。

陆　戈　你懂得真多！

　　　　你肚里到底藏着什么货？

小爬虫　阿波罗②所有未曾使用的智慧

　　　　全都包藏在我心中，

　　　　要我露点底儿吗？

　　　　那是一首了不起的歌谣，

　　　　我把它同流氓团伙比较，

　　　　完全一个样，

　　　　乱纷纷一团糟，

　　　　一团糟纷纷乱。

　　　　时髦词一大堆，

　　　　使人着魔又癫狂：

　　　　有的刚硬，有的温柔，

　　　　或把人打入地狱，

　　　　或把人捧上天堂。

陆　戈　说出来吧。

小爬虫　我都记得，

　　　　那些东西只要冒出来，

　　　　我都能一一指出。

---

① 暗指斗牛场上的牛。小爬虫故弄玄虚，不直说出来。

② 阿波罗，希腊神话中主管诗歌、青春的神。这里主要借以引出后文所说的歌谣。

陆　戈　那到底是什么？

小爬虫　那就是

　　　　一次斗牛呀。

陆　戈　原来是这个，你这小爬虫。

小爬虫　就是这个。

　　　　请诸位注意，

　　　　好好地观察，

　　　　看我能否将那歌谣

　　　　倒背如流一字儿不差。

　　　　"那是一五三四年，

　　　　五月二十五日，

　　　　礼拜二这个不祥的日子，

　　　　有一件事轰动了

　　　　塞维利亚城，

　　　　瞎子们为之歌唱，

　　　　诗人们为之赋诗。

　　　　在榆树庄园牧场，

　　　　就是那跳哈卡朗迪纳舞的地方，

　　　　出了个斗牛士，名叫雷吉莱特，

　　　　穿着华丽的斗牛衣裳。

　　　　他不去开罗斗牛，

　　　　不去日本，也不去中国，

　　　　不去弗兰德，不去德国，

　　　　更不去伦巴第，

　　　　而是去了圣弗朗西斯科

　　　　那倒霉的斗牛场，

那里每逢圣女儒斯大和卢菲娜节都要斗牛。

他走进斗牛场，

抬头四处张望，

只见千万只眼睛在倾注他的丰采。

这时冲出一头大黑牛，

哎呀，我的妈呀！

一头向他撞去，

把他顶了个四脚朝天，

撞得他咽气翻白眼，

鲜血直流哗哗淌，

这歌谣不必往下唱，

因为他已把小命搭上。"

陆　戈　这就是你说的

　　　　壮丽的歌谣？

小爬虫　我赞赏它简练，

　　　　易读又顺口；

　　　　它不仅风趣，

　　　　而且很快就到了头。

陆　戈　是谁写的？

小爬虫　一个在圣罗曼教堂

　　　　看管宝贝圣器的人，

　　　　名叫特里斯坦，

　　　　他的诗歌作品

　　　　赛过加尔西拉索①和博斯坎②。

---

① 加尔西拉索（1501？—1536），西班牙抒情诗人，模仿博斯坎的诗风。
② 博斯坎（1492？—1542），西班牙著名诗人。

〔这时一个傍姐上场,她用披风遮去半个脸。

傍　姐　小伙子,跟你说句话。

陆　戈　如果你保证他们都去,

　　　　我也会去。愿上帝保佑你。

小爬虫　我知道,他们会去;

　　　　我还知道,他们会等你。

〔小爬虫下场。

傍　姐　被一种无法抗拒的

　　　　愿望所驱使,

　　　　背着我的丈夫

　　　　来到你的面前。

　　　　请你先看看这披风下

　　　　盖着的是什么,然后再考虑。

〔陆戈在披风下看傍姐。

傍　姐　是否有理由阻止

　　　　对你的揭露。

　　　　你认识我吗?

陆　戈　烧成灰我也认识。

傍　姐　你会看到,

　　　　是什么力量促使而且迫使我

　　　　打扮成这模样;

　　　　不过,你先静下心来考虑

　　　　这次我为什么要来,

　　　　或者说,我为什么自愿

　　　　把我的性命交给你。

　　　　你勇敢无比,

又无情无义，

在我心中刻下了深深的印记，

使我日夜想念你。

想到自己的身份，

我本想打消这念头，

无奈我心猿意马，

顾不得自己的体面，

左思右想，我不得不

对你倾诉衷肠：

陆戈，你听着，我爱你。

我长得不丑，又很富有，

我会无私奉献，舍命地爱，

从我现在这般模样

你可以看出我确实是这样：

一个钟情的女人

十分慷慨豪爽，

即使献出生命，

也不慌慌张张。

无论在你家或我家，

你不必要求我的恩赐，

对我和我的财产

可以尽情享用毫无限制。

你不必害怕，

我的丈夫不会把你捉，

因为上当受骗

是由信任派生。

他不会猜疑，

因为他十分谨慎，

不会像满肚醋意的人

造成可悲的后果；

也因为我从未给他

猜疑的机会，

故而我判断他被蒙在鼓里，

我们对此该多么满意。

你为什么眉头紧皱？

这是怎么回事？

陆　戈　你烦人的欲望

实在令我钦佩。

既然你想满足

你的卑劣心愿，

你可以找一个

与你的豪情相当的汉子；

犹如挑选梨子一样，

在城里物色一名

能完全满足你欲望的

真实汉子；

这样，你的卑劣欲望

尽管遭到我的针砭，

当得到崇高的捧场，

就可以得到原谅。

我是一位宗教法官的

穷苦仆人，钱财无几，

正如你所知,我只有几本书;

我到处闹事,

生活放荡不羁,

到处耍赖要东西,

像个填不满的容器;

我这人真是了不得,

总是干那下流事,

哪有工夫来顾及

卿卿我我的恋爱事;

至少对于像你所寻求的

这样高尚的爱情,

我从不敢企及。

傍　姐　你不必自谦,

因为在我的印象中

你是多情的好男儿,

比你的自我介绍

更为多情而且完美。

我不要求你自我吹嘘,

我的愿望十分有限,

只恳求你

老老实实地爱我。

哎呀,不得了啦!

我的丈夫来了! 我怎么办?

我浑身发抖心害怕,

尽管我乔装打扮令他眼花。

〔傍姐之夫上场。

陆　戈　请你镇定别乱跑，
　　　　他不会发觉你的花招。

傍　姐　尽管我想逃开，
　　　　却挪不动我的双脚。

丈　夫　陆戈先生，有什么新闻？

陆　戈　我正要去找你，
　　　　有件事情告诉你。

傍　姐　我想走开，但是不敢。

丈　夫　我已到你跟前，
　　　　看你有什么事告诉我。

傍　姐　我实在应该走开。

陆　戈　你靠近点，仔细地听。
　　　　老天爷赐给你老婆
　　　　一副美丽的容貌，
　　　　世上有你的女人存在，
　　　　大地变为天堂；
　　　　她的美丽点燃了
　　　　一位少年人的心，
　　　　爱情的烈火把他的心
　　　　烧成了灰烬。
　　　　此人有钱又有势，
　　　　胆大包天叫人怕，
　　　　天大的难事到他面前，
　　　　顷刻化为小事一件。
　　　　他既不请客送礼，
　　　　也不叩头乞求，

最糟的是他使用

其他简便的手段。

他说道，你夫人的贞洁

如同她的容貌，

令他钦敬又生畏。

他从未向她披露

他那淫乱的思想，

因为见她那么正经，

他的邪念早已无踪影。

丈　　夫　是到我家里去的那个人吗？

陆　　戈　他只绕着房子转，从没有进去。

丈　　夫　谁有个漂亮老婆，

如果老天不保佑，

到头来总会出丑。

傍　　姐　他二人在商议什么？

讲的是我？哎呀，我的妈，

我真害怕灾祸临头！

陆　　戈　总之，我告诉你，

这位情郎欲火难耐，

他不愿乞求，

而要使用武力。

他要利用

像我这类勇敢

而又放荡的人

把你的夫人抢到手。

他把我当作

这帮为非作歹的

混混的头头，

把这事告诉了我。

我虽然是这一带

有名的勇夫，

却不愿意为利益而杀人，

也不乐意干卑鄙的勾当。

我答应帮助你，

特意将这事告诉你：

只要如此这般防备，

防止这事十分容易。

丈　夫　难道我是怕威胁的人？

　　　　我有胆量，腰挂着宝剑。

陆　戈　有胆量也难防止

　　　　阴险的圈套。

丈　夫　我的妻子

　　　　是否知道这事？

陆　戈　她同那位蒙面的

　　　　好太太一样，

　　　　不会惹你生气。

　　　　我敢对天发誓，

　　　　这事她一点也不知。

丈　夫　我准备把她转移。

陆　戈　我也是这么打算。

丈　夫　我将把她安置在

　　　　连风也碰不到她的地方。

陆　戈　　这样安排虽非万全，
　　　　　谨慎自会有好结果。
　　　　　请把她转移走，
　　　　　人去屋空时间久，
　　　　　被烈火烧灼的心
　　　　　就会渐渐变凉失去热情；
　　　　　爱神在年轻人心中
　　　　　从来不能稳稳地占据地盘，
　　　　　那情郎也难以逃脱
　　　　　这困难的一关。

丈　夫　　我感谢你通风报信，
　　　　　只要我配得上你的友情，
　　　　　陆戈先生，总有一天
　　　　　你会得到我的报答。
　　　　　我想知道这位
　　　　　逼迫我的小伙子的大名。

陆　戈　　这个小伙子的名字
　　　　　我绝对不会告诉你。
　　　　　你得到了消息，
　　　　　就应该知足。
　　　　　这事不过如此，
　　　　　没有更多情况。
　　　　　你的夫人
　　　　　对此一无所知。
　　　　　你对此应该满意，
　　　　　请好自为之。

丈　夫　我在一个不小的村庄享有一份遗产，
　　　　那是一个城堡式的住宅，
　　　　把门加锁紧紧关闭，
　　　　足以给那大胆少年的
　　　　不轨图谋
　　　　设下巨大的困难。
　　　　你放心吧，我心里
　　　　已有几种应付方案。

　　　　〔丈夫下场。

傍　姐　哎呀，我的心差点儿
　　　　跳出胸膛；
　　　　尽管我想走开，
　　　　却不能迈开我的双腿。
　　　　谁只要心怀鬼胎，
　　　　在被欺瞒者面前，
　　　　无论如何佯装面色不改，
　　　　也难免心慌紧张。

陆　戈　尤其是在丈夫被
　　　　妻子欺骗的情况下。

傍　姐　大难已经过去，
　　　　你现在该让我满意，
　　　　告诉我，你到底
　　　　要我丈夫去干什么。

陆　戈　有人让我去当
　　　　不知什么商品的掮客。
　　　　我告诉他，如果他要买，

　　　　　　我们以后可以去看货。

傍　姐　货的质地如何?

陆　戈　那是上乘佳品,

　　　　我在考虑,对他十分重要,

　　　　买到此货等于取得名誉和财宝。

傍　姐　我怎样才能使他明白

　　　　这买卖如此重要?

陆　戈　一声不吭。

　　　　你缄默而去,如此如此,

　　　　定能使他赚得财宝。

傍　姐　那你对咱俩共享快乐

　　　　有什么打算?

陆　戈　至少在今天,享乐的事,

　　　　我不考虑。

傍　姐　假如你

　　　　愿同我共享快乐,

　　　　你什么时候才考虑?

陆　戈　我自会设法同你见面。

　　　　你放心去吧。

傍　姐　祝你平安,

　　　　愿对我万能的爱情

　　　　对你也万能。

陆　戈　我恳求上帝让我脱离

　　　　这铁了心的女人,

　　　　如同让我脱离天上的迅雷,

　　　　海上的风暴,

突然爆发的

剧烈地震，

愤怒的野兽，

以及蛮横无礼的群氓。

〔陆戈下场，克里斯托瓦尔·德·陆戈的主人特略·德·桑多瓦尔硕士和警官上场，后者先上场。

特　略　有年轻人胡闹吗？

警　官　现在就有，

如果不想办法，我敢说

他一定会闹得全城的人不宁。

作为基督徒，我向你打赌，

他挖空心思捣乱，

使得大家失去安全感。

特　略　他是小偷？

警　官　当然不是。

特　略　他是趁天黑

在镇上偷别人的斗篷？

警　官　也不是。

特　略　那他干什么？

警　官　其他千百种捣乱事。

他霸道逞凶发了狂：

吵嘴、刺杀和打架，

在打斗中他是魔王，

匕首拿在手中闪闪亮，

木盾挂在身旁，

为所欲为横行一方。

地痞流氓尊他为王，

寻衅、诈骗和斗殴，

他是一切骗局的头头。

在混混们之中逞凶狂。

榆树庄园向他纳贡称臣，

他以恶作剧取乐快活。

他刺伤过三个人，

我手头有逮捕他的三道令却未执行，

佩德罗警官手上还有两道逮捕他的命令。

好几次我曾决心

不顾一切将他逮捕，

直接捉他或用计将他拿下；

但是考虑到阁下

如此喜欢他，

我没敢动他一根毫毛。

特　略　我承认欠你的情，

总有一天要偿清。

我要尽力叫陆戈

行事更谨慎小心。

否则我对他不客气，

彻底清算他的一切。

尽管我已打算

教训和惩罚他，

但是最好的办法

是将他驱逐，把他带到

我要去的墨西哥。

先生请慢走,

我感谢你的警告,

从今后,我愿为你

效劳出力。

警　官　我想,最好的办法

是把他请出塞维利亚,

因为这里是生长

懒种的地方,

任何作物种在这里,

都会出现这奇怪的品质。

〔警官下场。

特　略　那小子欺骗了我,

背着我放任胡闹,

损坏我的名誉、腐蚀他的心灵!

如果他不改正,

我就让他失去我的保护:

再也得不到我的帮助,

这么办也许可能

迫使他改正错误;

在保护伞下

无疑会造成陋习谬误。

〔特略下场,两名乐师携吉他上场,克里斯托瓦尔身带匕首、木盾上场。

陆　戈　我说过,这就是赫雷斯美女的家,

弹奏吧,可以肯定

她的耳朵会听到这响亮的声音,

对她的情况和奇迹

我将以流利的诗句歌唱，

喂，你们开始使劲弹奏吧。

乐师甲　为了请她倾听，

是否先把他的窗子砸碎？

陆　戈　你们先弹奏，再考虑这一手。

干吧，用力弹奏，

让美妙的吉他声响个不休。

〔乐师们弹奏。

陆　戈　从赫雷斯来的姑娘，

请你细听我歌唱，

你来到塞维利亚，

脱得一丝不挂，搅得众人心痒。

你吹牛有个亲戚

是伟大的哈里发，

你同其他慷慨的娘儿们一样

小气、吝啬，一个子儿也不放；

你干的事儿千件万件，

件件都是坏事，害人不浅；

你没有飞翔的翅膀，

却在夜间飞东飞西；

你的运气真是好，

成为一个奴才的女友；

你有一只机灵的鹦鹉，

天天叫你婊子；

你的言论和信心表明，

你不需要皮条婆牵线搭桥；

你如燕子一样

按季节变换地方；

你现在所拥有的

都是耍手段赚来的；

你出尔反尔，

随便愚弄人；

你做出的承诺，

从不信守实行；

你只顾自己，

蛮横超过了野蛮人；

你为了几个臭铜板，

可以信口雌黄。

〔群众甲光着膀子，头戴睡帽，手持一盏油灯，探身到窗外。

群众甲　先生们，你们神经正常吗？

　　　　难道不知道这家里没有人？

乐师甲　混球，怎么回事？

群众甲　因为房主

　　　　四天前就给关起来了。

乐师乙　老兄，你说明白，怎么关起来了？

群众甲　蹲班房啦，你们没想到？

陆　戈　蹲班房？

　　　　为什么把她捉走？

群众甲　因为她是赌棍

　　　　皮耶·帕潘的女友。

乐师甲　那个驼背法国佬？

群众甲　就是他，

　　　　在席尔佩镇口开个小铺。

陆　戈　没用的饭桶，进去吧！

乐师乙　鬼东西，滚开！

乐师甲　兔崽子，缩回去！

群众甲　贼爷们，我这就进去！

　　　　扒手们，我这就滚！

　　　　小霸王们，我这就缩进去！

陆　戈　他妈的，这家伙脾气还不小！

群众甲　不要扔石头，住手，

　　　　君子动口不动手。

乐师甲　混蛋，谁扔石头了？

群众甲　你们还扔？我算怕你们，我下去！

　　　　再见，小崽子们！我可不是树上的果子，

　　　　你们不必用土坷垃把我砸下去。

　　　〔群众甲下场。

陆　戈　你们没见这混蛋多么女人气？

　　　　别扔了，任他叫唤吧。

乐师乙　他是个极风趣的

　　　　补衣服的裁缝。

乐师甲　咱们再干什么？

陆　戈①　咱们去抢劫糕点铺，

　　　　那铺子离这儿不远。

_____

① 原文在此处系"群众甲"。根据上下文，译者判断可能是作者疏忽或排印有
　误，故改为"陆戈"。

乐师乙　咱们就去。现在正是

　　　　做糕点的时候，

　　　　前面走来一个瞎子，

　　　　表明天已经大亮。

　　　　〔一个瞎子上场。

瞎　子　我起得不算早，

　　　　因为人们已在街上躺下睡觉。

　　　　今天我先找这裁缝。

陆　戈　瞎子先生，你好！

瞎　子　谁叫我？

陆　戈　接住这个铜板，

　　　　你就为地狱中的冤魂们

　　　　不停地祈祷。

瞎　子　先生，我真高兴，我要卖力祈祷，

　　　　声音响亮又虔诚。

陆　戈　祈祷词不可说得含糊不清，

　　　　也不可偷工减料。

瞎　子　先生，我决不会这么干。

　　　　我到大台阶上去，在那里坐定，

　　　　一点一点地祈祷。

陆　戈　愿上帝保佑你！

　　　　〔瞎子下场。

乐师甲　陆戈，我的朋友，停下喝杯酒吧。

陆　戈　口袋里一个子儿也没有。

乐师甲　我的妈呀！

　　　　你可真有能耐！

我见你多次向乞丐施舍钱财，

而我们肚子饿得咕咕叫，

你却舍不得买个大饼来。

陆　戈　冤鬼们把我所有的都抢光，

然而我有希望，总有一天

他们会百倍偿还。

乐师乙　那你就等着吧！

陆　戈　等不了太久，

干了好事总会受奖赏。

　　〔幕后传出做糕点的声音，群众乙在幕后唱。

群众乙　"去去去，这些空洞的劝告，

只能引起我痛苦的思考！

你别来碰我，

在爱情方面的一切劝说，

都只能使人痛苦受煎熬。"

乐　师　好啊，这臭糕点师正在唱，

唱的是什么爱上哪位姑娘。

你是否有糕点、蛋卷加白糖？

糕点师　你这个乐师真不像样！

陆　戈　臭糕点师，你回答不回答？

糕点师　小混混们，我有糕点，

不过不是给你们的，混球们。

陆　戈　开门，混蛋，把好吃的交给我们！

糕点师　小混混们，我不开！到别家去吧，

我这儿现在不开门！

陆　戈　混蛋，如果你不给我们开门，

　　　　　　他妈的,我把你的门踢个粉碎!

糕点师　哎哟妈呀,我决不开门,混蛋们!

陆　戈　给你点儿颜色看看!

乐师甲　算啦,别踢了!陆戈,算了!

　　　　〔陆戈踢门。糕点师及其帮手们手持铲子、拖把、叉子出来。

糕点师　混蛋们,我倒要瞧瞧

　　　　有什么颜色,

　　　　看家伙!

乐师乙　老兄,当心,挡住!

陆　戈　你这不知好歹的恶鬼,

　　　　难道要我敲掉你的大牙?

糕点师　我的妈呀,您是特略的人克里斯托瓦尔吧?

乐师甲　是的。你小子问这个干什么?

糕点师　我是说,我是他的朋友,

　　　　愿为他效力,

　　　　不必为三四张大饼

　　　　砸烂大门和玻璃窗,

　　　　更不必同我吵吵嚷嚷。

　　　　克里斯托瓦尔,请进,朋友们,请进,

　　　　不要客气,请随意。

陆　戈　嘀,你倒挺识时务,

　　　　瞧你这么驯服,

　　　　我就下不了狠手!

　　　　收起铲子和拖把,

　　　　朋友们,统统进去。

糕点师　我的妈呀,

　　　　　　当然都请进,

　　　　　　这一炉糕点算交了好运;

　　　　　　而且我还有一皮囊好酒,

　　　　　　叫人看了哈喇子直流。

乐　师　　他吓得屁滚尿流,

　　　　　　啥都愿意干了。

陆　戈　　不管他。

　　　　　　咱们抓住机会,

　　　　　　其他一概不管,

　　　　　　不问他是由于害怕还是出于礼貌。

　　　　　　这位糕点师极为客气,

　　　　　　而我是他真正的朋友,

　　　　　　他喜欢的,我都喜欢。

　　〔众人下场。安东尼娅披着斗篷上场,她的打扮不过分,

　　　但得体。

安东尼娅　　如果现在我在他卧房

　　　　　　把他找到,那就是

　　　　　　求之不得的好事;

　　　　　　也许我可以单独同他谈话,

　　　　　　把他的心软化。

　　　　　　我真是胆大,

　　　　　　因为这猜疑和爱情

　　　　　　给我以力量和胆量,

　　　　　　以其严厉的气势

　　　　　　压倒一切胡思乱想。

　　　　　　这就是他的家,

　　　　　大门像是半开，

　　　　　遂我心愿；

　　　　　不过，见到门坎，

　　　　　我倒像失去了希望。

　　　　　两腿差不多动弹不得，

　　　　　可是，无论我多么胆怯，

　　　　　如今我必须放胆，

　　　　　因为成功与失败，

　　　　　今天是关键时刻。

　　〔宗教法庭法官特略·德·桑多瓦尔上场，他身穿睡衣，

　　正在祈祷。

特　略　上帝啊，请倾听我的祈祷。

　　　　　主啊，请保佑我。

　　　　　荣耀属于圣父、圣子、圣灵，

　　　　　以及……①

　　　　　谁来了？这是什么声音？

　　　　　谁来了？

安东尼娅　哎呀，糟了！

　　　　　这是怎么回事？

特　略　喂，太太，这么早

　　　　　你来我家把什么寻找？

　　　　　你这是起得太早的缘故，

　　　　　头有些晕晕乎乎。你为什么事着急？

安东尼娅　老爷！

――――――――

①　原文为拉丁文。

特　略　请进。有什么事？

　　　　　好好想，慢慢说。

安东尼娅　打错了主意，

　　　　　就找不着正路。

　　　　　我是来找陆戈的。

特　略　找我的仆人吗？

安东尼娅　是，老爷。

特　略　这么早？

安东尼娅　爱情爱情，

　　　　　使人变勤。

特　略　你很爱他？

安东尼娅　我不否认，

　　　　　然而我是从好的方面去爱他的。

特　略　勤快使你受折磨。

安东尼娅　火热的感情永远红似火。

特　略　赞美他的词儿

　　　　　请到别处去找，

　　　　　在舍下除了正派诚实，

　　　　　你什么也找不到；

　　　　　如果这小子给你找他的口实，

　　　　　从今以后，我将使他

　　　　　再也不给你借口来把他找。

安东尼娅　大人，您这样生气没道理，

　　　　　在我心目中这后生

　　　　　无论走到哪里，

　　　　　在千百个诚实人中

就数他第一。

他确实调皮淘气，

令人讨厌又好打斗；

然而在爱情方面，

我认为他是笨蛋一个。

不是那软绵绵甜滋滋的情

将我牢牢吸引，

而是他那尖利的匕首

和坚实的木盾。

特　略　他勇敢吗？

安东尼娅　您可以毫不担心地

把他与加西亚·德·帕雷德斯①相比，

也许他远远压倒

这位当代的豪杰。

正由于他勇敢顽强，

而且有一副绝好的心肠，

凡是同他打过交道的姑娘

都苦苦地追求，醒里梦里把他想。

特　略　我听到他来了。你躲在这里，

我要同他谈话

但不让他看到你。

安东尼娅　恐怕不是他！

特　略　肯定是他，我听出来了。

过会儿我会安排你

————————

① 加西亚·德·帕雷德斯(1468—1533)，西班牙著名的武士。

　　　　同他谈话。

安东尼娅　那太好了。

　　〔安东尼娅藏起来,陆戈不穿外衣上场,背后挂着盾和匕
　　首,手上拿着念珠。

陆　戈　我的主人在此时

　　　　一般早已起床。

　　　　瞧瞧我是否猜对了,

　　　　让我先进去。我敢打赌

　　　　我定会领受预想不到的说教。

　　　　但愿快快结束这说教,阿门。

特　略　小伙子,从哪里来?

陆　戈　我会从哪里来呢?

特　略　捅刀子宰人,

　　　　在你不是新鲜事。

陆　戈　我没有伤人,更没有杀人。

特　略　我把你从班房

　　　　救出七次。

陆　戈　那都是过去的事了,

　　　　我又捅了新的漏子。

特　略　我知道,有一道命令

　　　　要在广场上把你逮捕。

陆　戈　对,然而任何威胁

　　　　都是无谓而徒劳:

　　　　那加于我的罪责

　　　　都是少年的胡为,

　　　　事实本身就赦我无罪,

　　根本构不成犯罪。

　　这些不良行为列举如后：

　　弄花了一个傲慢逞凶家伙的脸，

　　因为那人是个刁钻古怪、

　　十分难缠的泼皮；

　　偷拿了十个大饼

　　或几箱蜜饯香橼；

　　在草场上代管两头牛，

　　有时是三头，

　　但并不是为了

　　倒卖赚钱；

　　只要我在的地方，

　　就不许无赖们捣乱，

　　不管是谁,都必须

　　对我听话赏光。

　　这些或那些事情

　　我干起来是为了消遣，

　　有时候我也唱唱

　　忏悔赞美诗①；

　　尽管我通常会犯过错，

　　然而我想用这串念珠

　　好好地清算，

　　美美地补救。

特　略　笨蛋,你难道不明白，

————————

　① 忏悔赞美诗,指《圣经·诗篇》第 6、31、37、50、101 和 142 各节。

　　　　你这样施舍穷人

　　　　大做所谓好事，

　　　　岂不是帮倒忙扰乱社会？

　　　　犹如通常所说，

　　　　这是对上帝大不敬，

　　　　单凭拿着念珠祈祷，

　　　　你就想进天国？

　　　　进来，把桌上

　　　　那本书拿过来。

　　　　你这样走路，

　　　　我从未见过，

　　　　为什么后退？难道你是螃蟹？

　　　　转过身来，

　　　　这是怎么回事？

陆　戈　这事确实奇怪，

　　　　但有关礼仪要求

　　　　好仆役不该

　　　　背朝主人。

特　略　我从未见过

　　　　有人对主人如此敬畏，

　　　　我说了，你转过身来。

陆　戈　我退着走路

　　　　就是为了转身，

　　　　我这就转过身来。

特　略　现在我可以断定，

　　　　你是个魔鬼。

在家里干吗全副武装?

难道这里有敌人?

那倒是有,在你腰带上

挂着的就是,它们证明

像你这样退着走路的

都是死神的代理人。

好吧,我要去新西班牙了,

我把你这坏家伙带走;

你的机灵和品德

早该让你远走他乡!

正如我在这里所见,

你身上不带书本,

却挂满这类宝物,

说明你过分聪明。

我受了你的蒙骗,

关心你的学习和生活,

枉费了一片热心,

对你的希望全都成为泡影。

如果你能使你的微贱出身

把你变得理智稳重,

减少莽撞和不良行为,

那就是你对我很好的报答!

亚里士多德与战神

从来不会互相配合①,

---

① 作者把古代希腊哲学家与战神相比,实际上是说理智与暴力不能相容。

最糊涂麻木的也会明了

逻辑学与盾牌

不具备同样的精神，

然而把这类例子告诉你，

也是枉费唇舌。

且慢，我要让你看看，

一个对于你是什么样的人来作证，

假如妇女们

在这方面能令人产生信任。

太太，出来吧，同你的坚硬金刚石

说话聊天吧，

他诚实，然而爱寻衅，

他勇敢，然而是个混混。

〔安东尼娅上场。

陆　戈　我的妈呀，是谁

把你带来？

你满肚子坏主意，

然而一无所获，

为什么还把我紧追？

〔小爬虫惊慌地上场。

特　略　小伙子，你找什么？

这么慌慌张张！

究竟出了什么事？你说什么？

小爬虫　我说，上帝保佑我；

我说，我来找陆戈。

特　略　他就在这里，有话就告诉他吧。

小爬虫　我累糊涂啦，

　　　　竟忘了要说什么话。

陆　戈　小爬虫，请镇静，

　　　　告诉我，找我干什么？

小爬虫　一想到你，

　　　　我就满心欢喜；

　　　　因为你浑身勇气，

　　　　无论多难办的事，在你手都不成问题。

陆　戈　说吧，有什么事？

小爬虫　先生，他们把

　　　　卡拉斯科萨逮走啦！

陆　戈　把老爹逮走了？

小爬虫　是呀。

陆　戈　快说，

　　　　他们把他逮到哪里去了？

小爬虫　很可能这时已到了

　　　　离卡斯特亚伯爵门

　　　　不远的地方。

陆　戈　你是否知道

　　　　是谁又是什么原因把他逮走？

小爬虫　听说是由于打架，

　　　　比利亚努埃瓦警官

　　　　带着两名捕快，

　　　　把他像小偷一样逮走。

　　　　如果你在现场，

　　　　看了一定会伤心！

陆　戈　啊,原来是这样!

　　　　走,你给我带路,

　　　　只要我把他们赶上,

　　　　定将这事圆满了结。

小爬虫　比利亚努埃瓦不得好死!

陆　戈　他实在该死!

　　〔小爬虫和陆戈吵吵嚷嚷地下场。

特　略　这个老爹是谁呀?

　　　　难道是逮了哪个教士?

安东尼娅　老爹①,哪里是什么老爹,

　　　　更不是什么教士,

　　　　因为他干的行当,

　　　　挣的钱比两三个神父还多。

特　略　那你说,他是什么教派的?

安东尼娅　他是青楼中人。

　　　　对不起,他是

　　　　烟花巷里的头头,

　　　　我们这个行当的姑娘们

　　　　当今都叫他老爹。

　　　　他的财产就是青楼,

　　　　住在那里的姑娘们

　　　　对他都乖乖地服从。

特　略　什么头头,什么老爹,

　　　　这么好听而清白的名字

---

① 原文 padre 一词,根据情况可作"父亲""神父"解释,故特略误为教士或神父。

都被玷污亵渎。

安东尼娅　不过,住在那里的人

不必为没爹没妈

而发愁。

特　略　好啦,太太,

你走吧,我对这小子

一定要好好管教。

安东尼娅　我去追上他。

特　略　谢天谢地。

〔警官和两名捕快带着妓院老板卡拉斯科萨上场。

老　爹　我是卡拉斯科萨家族的人,

在国内有正当的职业,

对我必须另眼看待。

别人对我向来低声下气,

一名警官竟敢对我当众侮辱,

实在不像话,是个恶劣的先例。

对我这样的人随便逮捕,

对坏人又该如何?

天哪,比利亚努埃瓦先生,这太不像话;

谁见到我受这种待遇,

都会大吃一惊。

警　官　住嘴,小心脚下的石头,

只要你注意脚下,就会好好走路。

〔此时陆戈手持匕首和木盾上场,同他一起来的有小爬

虫和狼崽。

陆　戈　凡是活人都不要动,

　　　　放开卡拉斯科萨，

　　　　让他跟我一起走，

　　　　尽管你们是警官，

　　　　也得照我的吩咐办。

　　　　喂，比利亚努埃瓦！

　　　　照过去那样办，

　　　　给我面子莫叫我为难。

警　官　陆戈先生，我高兴照办。

捕　快　不行，一定得带走！

陆　戈　卡拉斯科萨老爹，走吧，

　　　　从此太平无事，

　　　　不必担心害怕。

小爬虫　你是勇士熙德①再世，

　　　　永远永远活在世上。

警　官　克里斯托瓦尔，你该知道，

　　　　我不愿驳你的面子，

　　　　还愿为你效劳。

陆　戈　很好，

　　　　必要的时候

　　　　我会照顾你。

警　官　"老爹"先生，

　　　　谢谢你的救命恩人。

狼　崽　别说了，

_____

① 　熙德，原名罗德里格·迪亚斯·德·比瓦尔，西班牙古代勇士，英雄史诗《熙德之歌》讲述的就是他的故事。

　　　　　放心走你的路吧。

捕　快　这小子是魔鬼

　　　　　还是勇士罗尔丹?

　　　　　对他毫无办法!

　　　　〔警官和捕快们下场。

老　爹　新的西班牙勇夫,

　　　　　以你豪迈的行动

　　　　　把我从那吝啬的

　　　　　魔鬼手中解救。

　　　　　无论如何

　　　　　我要隐藏起来。

　　　　　你是混混们的光荣! 放心吧。

陆　戈　你说得好,就这么办,

　　　　　以后我会去拜访你。

　　　　　今天这事儿办得很好!

狼　崽　好极了,

　　　　　不用动刀枪,不用流血。

陆　戈　来的时候还火冒三丈,

　　　　　怒气冲冲如发狂。

狼　崽　我也如此。

　　　　　咱们就在此地

　　　　　一鼓作气铲除它。

陆　戈　现在我正在考虑

　　　　　对我更为重要的事情。

　　　　　我要找希尔贝托赌个输赢,

　　　　　他是个学生,

可总是我的克星，
老把我整得
着急上火又发愁。
他把我所有的钱都赢走，
给我留下的
只有我的聪明才智，
如果连这也输光，
我自有办法加倍补偿。

狼　崽　我会给你一副做好的牌，
你用它去赌，
一定叫他连裤子也输光。

陆　戈　你倒会找办法！
我还有更妙的高招。
我向万能的上帝发誓，
如果我输掉了聪明才智，
一定去拦路打劫。

狼　崽　有勇气！
有智谋！
但愿你输了！如果你输了，
只要你去拦路抢劫，
我这双手决不会迟疑不决。

小爬虫　凡是机灵聪明、
勤劳勇敢的人，
在不断涌现的
不同机遇中
总会选择这个行当。

狼　恩　我决定跟着你干。

小爬虫　你放心,我也跟着你干,

　　　　你已看出,我的心

　　　　变幻不定,

　　　　既可干好事,也可干坏事。

陆　戈　这个事实证明,

　　　　你是多么能干。

　　　　我永远不会把你抛弃。

　　　　再见!

狼　恩　怎么,你要走?

陆　戈　马上会跟你们在一起。

小爬虫　咳,他妈的! 咱们走,

　　　　去大闹孔帕斯修道院。

　　　〔众人下场。大学生佩拉尔塔和安东尼娅上场。

安东尼娅　如果真能将他找到,

　　　　　我会更加不幸。

佩拉尔塔　安东尼娅太太,

　　　　　到底是醋意还是爱情

　　　　　在把你指引?

安东尼娅　我不知道,

　　　　　要不是心里窝火,还管它是什么。

佩拉尔塔　在这家伙身上倾注爱情,

　　　　　肯定是枉费了一颗心。

安东尼娅　任何地方,无论多么偏僻,

　　　　　都知道了我这倒霉事。

佩拉尔塔　见你这么绝望地奔走

　　　　　　　寻找这个男人，

　　　　　　　大家更明白你这段历史。

安东尼娅　男人？如果他是男人，

　　　　　　　我的巨大痛苦就能消除。

　　　　　　　然而他徒有男人之名，

　　　　　　　至少对我是如此。

佩拉尔塔　果真如此？

安东尼娅　当然是这样。

　　　　　　　他用爱情之箭

　　　　　　　将我射伤，

　　　　　　　现在他却比冰还凉。

佩拉尔塔　那你为什么还这么爱他？

安东尼娅　因为他男子汉的气质

　　　　　　　使我又惊又喜。

　　　　　　　圣罗曼的蛮汉们，

　　　　　　　集市上最不讲理的痞子们，

　　　　　　　见到他都点头哈腰，

　　　　　　　这情景怎能不使我暗喜心跳？

　　　　　　　他的威风镇八方，

　　　　　　　什么事也不能把他难倒，

　　　　　　　像我们这般放荡生涯，

　　　　　　　除了他，谁能使生活更安全可靠？

　　　　　　　谁要是成了他的夫人，

　　　　　　　生活快乐又受尊敬；

　　　　　　　我以爱情缠住他，

　　　　　　　别的女人休想夺走他。

〔安东尼娅下场。

佩拉尔塔　这些烟花女子，

　　　　　说到底是欢喜

　　　　　撒野的泼皮，

　　　　　不爱胆小怕事的男子。

　　　　　这个疯丫头

　　　　　确实不可救药。

　　　　　啊，钟声响了，

　　　　　咱们赶快进去吧。

〔佩拉尔塔下场，大学生希尔贝托和陆戈上场。

希尔贝托　你高高兴兴地走吧，

　　　　　不必再嘟嘟囔囔，

　　　　　你感到欢喜满意，

　　　　　我们就谢天谢地。

　　　　　就今日一天你赢我的钱，

　　　　　比我赢你一百次的还多。

陆　戈　这倒是事实。

希尔贝托　你这么说话真好，

　　　　　对我确是客气礼貌。

　　　　　这一次难道果真是

　　　　　你的聪明才智发挥得好？

陆　戈　完全是碰运气。

希尔贝托　我早就猜着你会交好运，

　　　　　因为赌徒的美事

　　　　　不会持久永存。

　　　　　谁想靠打牌发财，

就会失去好运倒大霉。

今天你喜气洋洋，

一切难题如雾消云开；

赢钱的老爷，再见！

我只得把苦水往肚里咽。

〔希尔贝托下场，前述傍姐的丈夫上场。

丈　夫　陆戈先生，我真有运气，

在这里遇见你。

陆　戈　先生，

又发生什么事了？

丈　夫　我依然害怕

头上戴绿帽。

我把爱妻

藏到一个小村，

为了不让太阳见到她，

我连大门也堵上。

我完全按照你的吩咐

安排我们的生活。

不过我想知道，

究竟是谁在找我麻烦。

陆　戈　那个找你麻烦的家伙

现在已经

病入膏肓，

已不能与你捣乱。

你完全可以放心，

不必醋劲大发费精神。

丈　夫　我这就满意地走，
　　　　我发誓为你效劳，
　　　　陆戈，我的财产
　　　　你可以随意花销。

陆　戈　我已没有这种需要，
　　　　任何钱财也不令我眼红心跳；
　　　　我只能对你感谢，
　　　　心领你的美意。

丈　夫　我从未见过你这种作风，
　　　　倒好像凡夫俗子猛然悔悟。
　　　　再见了，陆戈先生！

　　　〔丈夫下场。

陆　戈　再见！

　　　〔小爬虫上场。

小爬虫　你还这么悠闲自在！
　　　　难道不知已快两点钟？

　　　〔陆戈在祈祷。

小爬虫　所有的泼皮痞子们
　　　　正在把你等待。
　　　　来吧，下午天气凉爽，
　　　　喝酒行令最痛快。
　　　　朋友们在等待你的时候，
　　　　你却装模作样地念经，
　　　　这样做难道你有理？
　　　　要么当混混，要么当圣徒，
　　　　看你到底愿意干什么。

我走了,因为你老念什么"荣耀""我主",

我听得生气心里发堵。

〔小爬虫下场。

陆　戈　我独自留下,

好好反省,

心潮起伏汹涌,

我害怕良心被恶潮吞没。

我庆幸今天

没有去拦路抢劫:

明明白白清清楚楚,

那是胡作妄为,极其错误。

那种想法更为荒谬,

那是大胆疯狂,

因为它从不认为

那是不可能实现的妄想。

但是,当我的心

贪得无厌的时候,

难道我就因未去抢劫而

不算干了坏事?

当然不是。然而我知道,

以毒攻毒

疗效平常,

我要做相反的打算,

也就是做个

虔诚的基督徒。主啊,

您瞧,我这个拦路抢劫的强人

彻底改变了思想。
圣母,尊敬的圣母啊,
您拯救普天下有罪者,
抢劫的盗贼们在呼唤您,
请您倾听他们的呼声。
保佑我的天使,
现在需要你来拯救我,
请提高我痛苦心灵中
尚存对主的敬畏。
地狱中的冤鬼们,
我一直记着你们,
请你们睁眼看清
我的痛苦和我的灾难;
既然你们在烈焰中煎熬,
无法做慈善施舍,
就请你们要求上帝
倾听我的呼号。
大卫的赞美诗多么神圣,
奥秘无穷,胜过了
你们所写的全部诗文;
我多次发现
你们的见解
促使我走向
不损害灵魂的地方,
不以坏基督徒模样
在山林中拦路抢劫,

　　　　而使我赤脚在修道院

　　　　和教堂里的祈祷处祈祷。

　　　　魔鬼们，我以千百种方式

　　　　向你们挑战，

　　　　我只信仰我的上帝，

　　　　一定把你们都战胜！

　　〔陆戈下场。这时笛号声起，出现天国，或至少出现一个
　　天使，在乐声停止时，天使说话。

天　使　当罪人一心一意地

　　　　归顺上帝的时候，

　　　　在天上就集会庆贺。

第 二 幕

〔两个衣着奇异的仙女上场,每人胳膊上有一块牌子;一
个仙女的牌子上写"好奇",另一个牌子上写"喜剧"。

好　奇　喜剧!

喜　剧　好奇,

　　　　什么事?

好　奇　请告诉我,

　　　　由于什么原因

　　　　在悲剧中不穿厚底鞋①,

　　　　在朴素的喜剧中不穿木底鞋,

　　　　王公贵族的角色又不穿长袍,

　　　　到底为什么不使用古代服装。

　　　　你又如何把五幕剧

　　　　改成三幕来演,

　　　　而你知道,五幕的时间安排

　　　　显得大方、庄重而又欢畅;

　　　　你表演的剧情一会儿是在这里,

　　　　一会儿又挪到了弗兰德;

_____

① 古希腊罗马演员穿厚底鞋表演。

对时间、场景和地点的转换

不加以长篇大论的说明。

我看见了你而认不出你，

你简直是换了个人，

我要重新把你相认，

因为我是你最好的朋友。

喜　剧　物换星移，

艺术在改进，

进行革新

并无太大困难。

过去我是好人，

现在你如加以考察，

我也不是坏人，

尽管我不遵守

塞内卡①、泰伦提乌斯②和普劳图斯③

以及你所知道的其他希腊

诸位大师在其杰作中

给我留下的

清规戒律。

我放弃了其中一些条条，

也保留了某些框框，

因为实际工作要求这样，

不符合艺术要求的就要抛掉。

---

① 塞内卡（约公元前4—65），古罗马哲学家、戏剧家。
② 泰伦提乌斯（约公元前190—前159），罗马共和国时期喜剧作家。
③ 普劳图斯（约公元前254—前184），古罗马喜剧作家。

现在我表演许多事情，

然而不像过去那样记豆腐账，

而是选择事件加以铺张，

当然会有地点的变换；

因为事件会发生在

极为不同的地方，

哪里发生我就去那里，

请原谅我的荒唐。

喜剧已经像一张地图，

从伦敦到罗马

相隔不过一个手指长的距离，

你一眼就可以看到巴利亚多利德和根特。

我一会儿从德国

来到几内亚，

只要没有离开舞台，

对听众①就无关紧要；

听众完全可以跟踪

我飞跃的文思，

陪同我到任何地方，

紧紧跟随而不使我厌烦。

现在我算是在塞维利亚，

以艺术手段表演

一个疯狂青年的生活，

---

① 当时舞台表演极简单，布景十分简陋，观众以听演员对话为主。故作者在这里不说观众，而说听众。

他热衷于打架斗殴，

爱动拳脚、出言不逊，

然而从不面壁反省，

不认识他的卑鄙交易和钱财

将使他不能得救而彻底垮台。

他原是个学生，

爱唱忏悔赞美诗，

念珠串挂在手上，

每天都扒拉着珠儿念经。

他的转变发生在托莱多，

你不必因为我在塞维利亚

却大讲托莱多的事情

而大发雷霆。

在托莱多他出家为僧，

在墨西哥他进入修道院之门，

现在说话之间我将他

从空中带到了墨西哥城。

原来他本姓陆戈，

现在改称克鲁斯，

从今往后人们称他为

克里斯托瓦尔·德拉·克鲁斯①神父。

我在眨眼之间

从本剧第一部分到第三部分

---

① "克鲁斯"，在西班牙文中意思是十字架，为阴性名词，在名字全称中需在其前加冠词"拉"。

　　　　　　把墨西哥和塞维利亚

　　　　　　紧紧地连缀在一起:

　　　　　　先讲他的放荡生活,

　　　　　　再讲他的改邪归正,

　　　　　　最后说到他的光荣献身

　　　　　　以及他做的伟大神迹。

　　　　　　如果不是采用艺术手法,

　　　　　　没有车辆和船只,

　　　　　　我如何能把如许听众

　　　　　　越洋过海带到这里。

　　　　　　好奇,现在是这样安排:

　　　　　　这位神圣修士与安东尼奥教士一起上场。

　　　　　　安东尼奥是唱诗班里的优秀成员,

　　　　　　器宇轩昂、风流倜傥。

　　　　　　他在俗名叫小爬虫,

　　　　　　而在教会里他行为端庄而神圣,

　　　　　　将来极有希望

　　　　　　进入天堂。

　好　奇　尽管我对你的话并非全都满意,

　　　　　　有一部分却使我高兴,

　　　　　　女友,因此我愿意倾听,

　　　　　　不再啰唆追问。

　　　〔二人下场。克里斯托瓦尔教士和安东尼奥教士上场,

　　　　二人均身穿圣多明我派教士服。

　安东尼奥教士　请神父阁下……

　克鲁斯　请不要使用

这样客套的尊称。

安东尼奥教士　是,遵命。

我的神父,我料想

你有青铜般强壮的身体,

又严格刻苦

磨练你自己,

死神将会

迟迟拜访你。

克鲁斯　我们的躯体是头畜生,

如不加以管束,

它就十分放肆,

谁也不能迫使它

再老老实实规规矩矩。

我们的灵魂

作用于感官,

而感官迟钝又不灵敏;

必须强迫

迷失的感官

走上正道。

堕落源于美酒,

吃喝送礼

就会产生恶习。

安东尼奥教士　我现在禁食,身体就不好,

软绵绵、灰溜溜,慌张心跳。

在塞维利亚做你帮手的时候,

我的身体多么结实,

风度翩翩赛公侯；

乌特莱拉①的白面包

吃得我才思敏捷雄赳赳。

特里阿纳②生产的

带霜葡萄，

头天夜里摘下，

第二天早晨运进城，

新鲜晶莹如珍珠，

美丽无比，

引人口水流！

哎呀,幸福的时代已成过去,

我再也没有希望过上快乐生活！

克鲁斯　的确如此,我的朋友,

这种思想是关键所在,

敌人③利用这一点使你沉沦。

你应倾听我的话。

安东尼奥教士　我现在在想,

莉芙里哈太太或沙尔梅洛纳夫人

流落在何方,这两个女人

在勾栏中是名花两朵。

还有刺儿头、狼崽

和邪门儿头

以及有名的瘌子,他们的情况如何！

---

① 乌特莱拉,塞维利亚省的一个城市。

② 特里阿纳,塞维利亚城西南的一个地方。

③ 指魔鬼。

那真是黄金时代！

幸福而又愉快，

随心所欲，

自由自在，

高高兴兴,别提多美！

克鲁斯　住嘴,愿上帝饶恕你！

安东尼奥教士　　神父阁下莫开口，

请允许我信口胡说，

我心中痛苦难过，

吐出这闷气才好受。

克鲁斯　见你这样胡思乱想，

我确实担心，

总有一天你会叛教，

那对咱们两人

犹如死期已到。

安东尼奥教士　我的忧伤心情

决不对外人倾吐；

我只是发泄不满情绪，

目的是为了感到

自己已置身修道院门外。

克鲁斯　安东尼奥教士,你竟随意胡说！

你是疯了，

谁在脑子里

顽固地记住过去的一切，

就是害了他自己。

安东尼奥教士　假如现在我是

塞维利亚的普通痞子，
也许我在牧场上
拥有两匹母马，甚至三匹，
每匹马都生气勃勃日行千里。

克鲁斯　你所说的这些事情，
天知道我感到多么难受；
然而我要为你受创的心灵
进行自我惩戒。
安东尼奥，你必须看到，
生与死之间
并无太大区别；
正正直直地生活，得好死，
邪门歪道混日子，不得好死。

安东尼奥教士　神父，你说得好。
但是你不必太看重我，
也不要为我所说的话生气，
因为这些话
都不出自内心，
信口开河无真情。

克鲁斯　言为心声，
说的话把意图表明。

〔唱诗班成员安赫尔教士上场。

安赫尔　神父大人，
院长请您去，
他在走廊等候。

〔克鲁斯神父下场。

安东尼奥教士　真是驯服听话，

　　　　　　行动起来比光速还快。

　　　　　　安赫尔神父,请等一等。

安　赫　尔　有事请快说。

　　〔安东尼奥教士向他出示十几张纸牌。

安东尼奥教士　请看。

安　赫　尔　纸牌? 罪孽!

安东尼奥教士　假正经,不要装腔作势,

　　　　　　这事哪有那么严重。

安　赫　尔　安东尼奥教士,是谁给你的?

安东尼奥教士　一位虔诚的女信徒。

安　赫　尔　那还虔诚? 简直是魔鬼!

安东尼奥教士　我好心不得好报,

　　　　　　请你为此做证。

安　赫　尔　牌齐吗?

安东尼奥教士　哎呀,真糟糕,

　　　　　　我看这些牌呀

　　　　　　应该有四十张,

　　　　　　可能缺少三十张。

安　赫　尔　如果不那么严重,

　　　　　　咱们找个角落

　　　　　　安安稳稳地消遣一番。

安东尼奥教士　这次真不凑巧:

　　　　　　你想躲开,

　　　　　　偏偏躲不了。

　　　　　　难怪会有粗鲁而又

出色的赌徒,

慷慨大方地设个食品摊,

为胆小的和胆大的赌友们

放哨掩护。

咱们离开这里,

因为院长从那边过来了,

身边伴着克鲁斯原先的主人,

此人是了不起的安达卢西亚绅士,

满腹经纶又爱四出巡视。

〔二人下场。修道院院长和特略·德·桑多瓦尔上场。

院　长　真真实实,他是地上的天使,

尽管他生活在我们之中,

却如在寂寥的荒野一样;

在赶赴天国的路上

从不犹豫放松,

为了尽快地到达,

他赤脚奔跑,甘愿受穷;

他正年轻有为,

办事干练是个全才;

不管是谁,见他如此谦卑老实,

无不惊讶钦佩。

先生,他的生活的确

使他有希望

死得光荣,

幸福无量。

他不停地虔诚祈祷,

他的禁食无人能模仿，

他顺服上帝，朴素、谦卑而又勤劳。

犹如古代埃及祭师们

在忏悔室里锤炼心灵，

他在忏悔中获得新生。

特　略　千千万万人赞美上帝的名，

同样赞美这个

从地狱返回的青年人。

我就要回西班牙，

却舍不得留下他，

我们将多么想念他！

院　长　阁下给我们留下一顶皇冠，

只要勒托之子头上戴的是绿环①，

这皇冠一定会给这片土地带来荣耀灿烂。

基督教信仰在那些野蛮人②中

刚刚萌发而处在幼年时期，

上帝的葡萄园③需要工人耕耘，

好的奶液和犁铧

都将使野蛮人得益。

他是这些工人的榜样，

他证明，医生必须具有健康的心灵，

---

① 据希腊神话故事，阿波罗是主神宙斯与勒托的儿子。阿波罗追赶他的初恋情人达佛涅，当追上时，后者变为桂树。阿波罗把桂树枝做成冠戴在头上。绿环即桂冠。作者把克鲁斯神父比作皇冠，又转而比作桂冠。

② 所谓"野蛮人"，实指当地的印第安人。

③ 所谓"上帝的葡萄园"，在这里指整个基督教事业，"耕耘上帝的葡萄园"，就是为基督教的发展而工作。

才能按照天意将人类拯救，

使老天爷满意高兴。

〔克鲁斯神父和安东尼奥教士上场。

院　长　我们的克鲁斯神父

行为总是那么正派、温厚，

无论快乐悲伤，坚持走他的路，

因而在他身上悲伤也成为快乐的享受。

克鲁斯　感谢上帝①。

院　长　世上万国永远

虔诚地齐声感谢上帝，

阿门。

克鲁斯　老爷，如果我曾有所疏忽，

对您缺乏

应有的礼貌，

现在我请求您原谅。

特　略　克里斯托瓦尔神父，

这话我实不敢当，

因为说得过分谦卑；

倒是我应该

跪倒在您的脚下。

克鲁斯　我未能向您跪倒，

礼貌不够周到，

由于我目前的身份，

当然可以自我原谅，

———————————

① 原文为拉丁文。

        然而您待我恩重如山，

        无论我如何表示

        也不能报答。

特　略　我坦白承认，

        倒是我待您有亏。

院　长　礼貌谦逊者万事顺当。

特　略　明天我回西班牙，

        如果你有事需要我办，

        我一定乐于去做。

克鲁斯　祝您旅途愉快：

        一路顺风，海面平静。

        我向苍天

        虔诚地为您

        旅途平安而祈祷，

        因为我想，老爷您

        正是在狂风季节

        在海上航行。

特　略　船队已作好准备，

        必须沿这条路线

        航行。

克鲁斯　愿您遇不到风暴，

        愿您在航行中

        不在百慕大和佛罗里达停靠，

        那些地方是吃人的虎豹，

        在那里事情反常又蹊跷，

        活生生的人

会把性命丢掉。

祝您如愿到达

加的斯,在圣卢卡

卸下您的财宝;

愿您在塞维利亚

很快成为富豪。

见到我的父亲

请向他把平安报,

并请您对他多加关照。

特　略　　您的要求我全都照办,

如果需要,我会做得更多。

现在作为对我抚养您

的一番苦心的报偿,

神父,在这里您对我的祝福

使我满怀希望,

我可以指望旅途上

一帆风顺,

平安无事,

财宝得保障。

克鲁斯　　上帝赐予这次旅行

如许幸福,使您一路愉快,

早日抵达,

不会遇到风暴,

也不会因没风而被困扰。

安东尼奥教士　　您到了那边要是见到那个人……

特　略　　见到谁?

安东尼奥教士　　要是见到沙尔梅洛纳夫人，

　　　　　　　请为我向她问候，

　　　　　　　多多亲吻她，

　　　　　　　一再向她表示感谢。

院　　长　　安东尼奥教士，这是怎么回事？

　　　　　　怎么可以当着我的面

　　　　　　表现如此失态？

安东尼奥教士　　我刚巧这会儿想到这事，

　　　　　　　这位老爷很快就要起程，

　　　　　　　我害怕找不到机会

　　　　　　　拜托他代我

　　　　　　　问候众多亲朋好友：

　　　　　　　因为出家人

　　　　　　　也该礼貌周到。

院　　长　　住嘴！过会儿咱们再谈。

特　　略　　的确如此，

　　　　　　有礼貌不该受惩罚。

院　　长　　他说的话

　　　　　　有些毛病。

安东尼奥教士　　那倒是；

　　　　　　　不过我讲的话

　　　　　　　从不涉及丑事；

　　　　　　　我说话有比斯开口音。

院　　长　　我说的是纪律，

　　　　　　说话要简单扼要。

特　　略　　请院长息怒，

　　　　　允许我与他

　　　　　说几句话。

安东尼奥教士　如果您见到瘸子，

　　　　　也请您代我

　　　　　向他问好。

　　　　　尽管纪律要求我

　　　　　闭口不作声，

　　　　　然而我不能不拜托您

　　　　　我认为是必须办的好事。

院　　长　祝阁下一路平安。

　　　　　令人愉快的谈话，

　　　　　不会使我动肝火，

　　　　　这位教士年轻胆大，

　　　　　能说会道，说个没完没了；

　　　　　让咱们拥抱吧，

　　　　　让这圣洁的纽带

　　　　　把咱们紧紧联结。

　　　　〔特略拥抱二人。

特　　略　克鲁斯神父，我对您的感情

　　　　　使我把您拥抱得更紧，

　　　　　您瞧我是如此动情。

克鲁斯　我的老爷，愿上帝指引您，

　　　　　我请求上帝保护您。

特　　略　我相信，由于您的缘故，

　　　　　上帝会赐予我更多幸福。

　　　　〔特略下场。

院　长　安东尼奥教士，你过来。

克鲁斯　院长，请让他

　　　　同我在这里谈几句话。

院　长　好吧，如果他发疯，

　　　　那就由他胡说去吧。

　　　〔院长下场。

克鲁斯　安东尼奥教士，

　　　　你怎能犯这种错误，

　　　　竟允许魔鬼控制你的舌头

　　　　而信口胡说？

　　　　企图让可恶的魔鬼

　　　　把留在塞维利亚的

　　　　荣华富贵带来，

　　　　这确实是错误。

　　　　过去的事情做得不好，

　　　　应该时时回忆，

　　　　不是为了娱乐，

　　　　而是为了哭泣；

　　　　不要再想念

　　　　那些不可救药的人，

　　　　也不要想念

　　　　富丽堂皇的庭院

　　　　和那寻欢作乐的时刻。

　　　　你只该感谢上帝

　　　　怜悯饶恕，

　　　　接纳我二人进修道院，

让我们平安

进入教会的海港,

否则我们肯定在世上

遇到风暴而遭殃。

安东尼奥教士　从今往后我一定注意

讲话要有分寸,

我已认识到我失去了什么,

知道魔鬼赢得了什么。

神父,请院长

消气息怒,

不要因我的错误

将我惩处。

克鲁斯　咱们走吧,

我会向他为你好好求情,

为你的和我的罪孽

多多祈祷。

〔二人下场。一位名叫堂娜安娜·德·特莱维妞的女人、一位医生和两个仆人上场。这件事在历史上确曾发生过。

医　生　太太,请你明白,

那病确实

是极肮脏的病;

我这是以专家身份说话。

我的职业要求我这么讲,

不管是否把你得罪:

命运之神如何处理,

　　　　　　　自有他的道理。

　　　　　　　我这么讲，

　　　　　　　你别回嘴：

　　　　　　　我是医生，是你的朋友，

　　　　　　　决不愿意把你欺瞒。

堂娜安娜　　然而我并不觉得

　　　　　　　我的身体那么糟。怎么啦？

　　　　　　　为什么这么快就

　　　　　　　宣布我死期已到？

医　　生　　脉息告诉了我，

　　　　　　　眼睛和气色

　　　　　　　也把情况讲得明白。

堂娜安娜　　我这双眼睛

　　　　　　　充满了爱情。

医　　生　　太太，请老老实实地讲，

　　　　　　　先把玩笑话放一旁。

仆人甲　　大夫，如果你不是开玩笑，

　　　　　　　这情况就很严重。

医　　生　　在这种情况下

　　　　　　　我不会开玩笑。

堂娜安娜　　大夫，如果这次你愿意

　　　　　　　把我原谅，

　　　　　　　我不想如实直说，

　　　　　　　也不想做你要求我做的事。

医　　生　　然而我的职业要求我讲得更明白，

　　　　　　　再见。

堂娜安娜　他会帮助我的。

　　〔医生下场。

堂娜安娜　讨厌的医生,傻头傻脑,

　　　　　总是叫人难受又烦恼。

仆人乙　上帝既然创造了医药,

　　　　它就必定有可取之处。

堂娜安娜　我赞美医药,

　　　　　但不赞美医生,

　　　　　因为没有一个医生

　　　　　达到科学的要求。

　　　　　我有点儿累啦。

仆人甲　您得消消气,

　　　　散散心,高高兴兴。

堂娜安娜　今天我想去田野。

　　　　　好像外面有人

　　　　　在弹奏吉他。

仆人甲　是不是安布罗西奥?

堂娜安娜　管他是谁,

　　　　　请听,他在歌唱。

　　　〔幕后唱起歌:"死和生都使我痛苦;我不知选用什么药

　　　方治疗,因为如果生活令我烦恼,死亡也并非美好。"

堂娜安娜　不管怎么说,还是活着好:

　　　　　谁都知道,

　　　　　无论在什么情况下,

　　　　　最大的灾难是死亡。

　　　　　唱歌的,请住嘴,

谈到死亡令人害怕：

因为在世上这样的空间

使人感到失去了生命之宝。

死亡和青春

结成痛苦的伙伴，

犹如黑夜和白天，

健康和疾病，

短暂的生命和许多劣迹做伴一般，

但死亡的声音来得太突然；

哎呀，罪孽的灵魂

却顽固地在倾听！

仆人甲　我的女主人，我心里难过，

我从未见过您身体如此糟糕，

您眼睛放射的

不是光辉，而是烈火。

〔众人下场，安东尼奥教士上场。

安东尼奥教士　教士不高升为祭司长，

生活穷困，经济紧张，

往往不愿再把教士当。

讲道者生活过得痛快，

因为他拥有虔诚的女信徒和钱财，

神职候选人为了高升，

拼命工作，巴结院长；

而新教士和唱诗班成员

只得将就在唱诗班里干，

手拿扫帚洒扫庭院，

吊着发财的胃口跟着领班唱赞美诗：

"我的子民，听我的劝告吧。"①

不过，最好别发牢骚，

因为我知道，很多人都清楚，

隔墙有耳，

不说为好。

克鲁斯神父的禅房

果然房门洞开；

我要看看这位修炼人

大白天躲在暗室里做甚。

〔禅房打开，克鲁斯神父入神地跪在地上，手里拿着一个十字架。

安东尼奥教士　请看，这凶猛而又圣洁的混混

摆出了什么样的姿势，

连撒旦也不能找到办法

砸垮他这种架势！

他一心一意全神贯注，

在这种时候

他的全部感官

像死人一样失去了感知。

〔幕后响起吉他、串铃和欢叫声。这一切古怪的幻象在圣徒传中都确有记载。

安东尼奥教士　咳，这是什么音乐？

怎么还有吉他和串铃？

————————

① 原文为拉丁文。

是教士们在排练？

明天是什么节日？

不过在这个时候，

修道院奏乐可不体面。

听到这音乐我感到害怕。

愿圣母保佑！

〔声音离得更近。

安东尼奥教士　我的神父哟，你醒醒吧，

这里有人在寻欢作乐，

要闹翻天啦！

我真不知如何将它描绘。

这音乐不像样，

因为我发现

他们的歌声流里流气，

完全是胡喊乱叫。

〔这时六个戴面具的人上场，他们打扮成妖艳的女人，其余弹唱的乐师们戴魔鬼面具，古装，他们跳着舞。这一切并非编造的、无文字记载的幻视。

六个戴面具的人　没有温柔多情的维纳斯，

世上就没有令人喜欢的事。

维纳斯是个美食家，

她烹制出美味佳肴，

世上没有任何食品

像她烹制的那么好。

她用苦涩的胆液

加进绿色的苦汁，

把最悲惨的时代

变成甜蜜的时刻；

谁同她联系，谁就笑，

谁不同她打交道，谁就哭。

她在生活中如影子一般过去，

从不留下自己的痕迹，

也不留下子孙代代相传，

犹如没有叶子的树木，

既不开花也不结果，

犹如大地没有东西装饰。

因此，当太阳升起照耀，

当大海涨潮落潮的时候，

没有温柔多情的维纳斯，

世上就没有令人喜欢的事。

〔克鲁斯神父连眼睛也不睁开。

克鲁斯　没有珍贵的坚硬十字架，

世上就没有令人喜欢的事。

如果朝乐园行走的人

不沿着十字架指引的

这条小路奔走，

将在意想不到的时候

忽然之间倒霉，

从悬崖峭壁落下

摔得粉身碎骨。

在这条崎岖的路上

笨拙和诚实

　　　　从来不会聚在一起，

　　　　也不会携手同行。

　　　　我知道，不管天多高，

　　　　大地又如何广袤，

　　　　没有珍贵的坚硬十字架，

　　　　世上就没有令人喜欢的事。

乐师们　哎呀，在塞维利亚

　　　　日子过得多么甜美！

　　　　在那座知名的城里，

　　　　一切设施是多么舒适，

　　　　那里充满着自由，

　　　　维纳斯婀娜

　　　　迷人地移动双脚，

　　　　向任何人提供所需的一切，

　　　　爱神愉快地歌唱

　　　　辉煌灿烂的篇章。

　　　　没有温柔多情的维纳斯，

　　　　世上就没有令人喜欢的事。

克鲁斯　撒旦①，退下！

　　　　现在对我而言，

　　　　没有珍贵的坚硬十字架，

　　　　就没有令人喜欢的事。

　　　　〔众魔鬼叫喊着下场。

———————

① 撒旦即魔鬼，就是后文所说的路西法。

安东尼奥教士　我要画上千个十字，

　　　　　　我看到了我至今不相信的事。

　　　　　　外边的人们担心害怕，因为我看到

　　　　　　他们打着灯笼火把来了。

克鲁斯　安东尼奥教士，你在这里干什么？

安东尼奥教士　我在注意观看

　　　　　　被魔鬼们操纵的人

　　　　　　跳的舞蹈。

克鲁斯　你一定睡着了，

　　　　是在做梦。

安东尼奥教士　我相信我没有。

　　　　　　克鲁斯神父，我没有睡着。

　　　　　〔两个居民和院长上场。居民提着灯笼。

居民甲　院长，我一直在说，

　　　　听到那声音令人毛骨悚然：

　　　　那声音决不会

　　　　令人心软，

　　　　也不会令人愉快喜欢；

　　　　我们在这种时候

　　　　来到修道院，

　　　　是为了消除这种扰乱，

　　　　可见居民们已受害不浅。

院　长　你也许要求上帝不要予以饶恕。

　　　　这实在是件怪事，

　　　　这是普通人

　　　　　　上了大当受了骗。①

　　　　　　克鲁斯神父

　　　　　　已经站在那里,也许已猜到

　　　　　　这是必经的道路,

　　　　　　在这条路上给这灵魂以启示。

　　　　　　神父,克鲁斯神父,

　　　　　　请领这些先生去,

　　　　　　请你尽可能

　　　　　　给他们帮助,

　　　　　　因为魔鬼有个罪恶的灵魂,

　　　　　　行动十分诡谲。

　　　　　　你陪克鲁斯神父去。

安东尼奥教士　现在就去?

院　　长　安东尼奥教士,不要回嘴。

安东尼奥教士　咱们走吧,

　　　　　　无论我是否明白,

　　　　　　或者我以为

　　　　　　在路上一定能见到

　　　　　　魔鬼们并不美妙的舞蹈。

克鲁斯　你能不能

　　　　不再唠叨?

居民乙　先生,来不及啦,

　　　　咱们快走吧。

---

① 这场戏描述魔鬼试探克鲁斯神父,克鲁斯神父不为所动,而其他人却被搅得心神不安。故修道院长说,这是普通人上了魔鬼们的当。普通人,原文为“罪人”,基督教义认为,人生来就有罪。

安东尼奥教士　在这修道院里

　　　　　　　大家都把我当疯子。

克鲁斯　别再嘟囔,走吧,

　　　　不要再想那些舞蹈,

　　　　那没有什么神秘的。

院　长　克鲁斯神父,愿上帝保佑你。

居民甲　有他一同去,我们很高兴。

克鲁斯　愿我永远信靠的上帝

　　　　佑助我实现我的意图!

　　〔众人下场。一名教士、堂娜安娜·德·特莱维尼奥及

　　其随从们上场。

教　士　如果你不愿意躺着,

　　　　请到厅里来坐坐。

堂娜安娜　在床上躺着不舒坦,

　　　　　其他地方我也不会喜欢。

教　士　请把椅子搬过来。

堂娜安娜　神父,你的意愿

　　　　　使我四肢冰冷心胆寒,

　　　　　仅这一点就会使我气绝命断。

　　　　　你不必劳神

　　　　　游说打扰我,

　　　　　我并非那么温情,

　　　　　几滴泪水不能使我驯顺。

　　　　　无论天上还是人间,

　　　　　仁慈对我不值一钱!

教　士　天国的全部真理

　　　　　　唾弃你的谎言。

　　　　　　上帝的权能决不会有局限，

　　　　　　假使真有局限，

　　　　　　他使用一点儿权能

　　　　　　就可以根治最大的邪恶。

　　　　　　上帝权能无限大，

　　　　　　然而因人而异情况变，

　　　　　　在你的想象和眼里，

　　　　　　上帝权能只有一点点。

堂娜安娜　　上帝就是上帝不会变；

　　　　　　你的话我不明白，

　　　　　　我也不想弄明白。

　　　　　　你真烦死人，你自己明白就算啦。

　　　　　　最好是上帝现在

　　　　　　什么也不必考虑，

　　　　　　干脆利索地

　　　　　　饶恕我这个大罪人！

　　　　　　能这么做就不赖，

　　　　　　你就不会叫我这么心烦。

教　士　　这不是发疯吗？

堂娜安娜　　你不要大喊大叫，这样做没用。

　　　〔克鲁斯神父、安东尼奥教士上场。克鲁斯神父专心静
　　　听教士说话。

教　士　　耶稣降生是为了拯救我，

　　　　　　他被钉死在十字架上，

就免了我的罪，

尽管我不能被饶恕。

他最能饶恕人，

然而你不要得到饶恕，

那就不能指望

他饶恕你。

上帝怜悯世人，

对你们的爱和仁慈，

超过对世上的一切。①

你听到圣诗之王②

在唱赞美诗。

这位王还说，

"上帝啊，

您永远是仁慈的。"③

你对上帝的亵渎，

莫过于对他

不信靠，不敬畏，

似乎你想摆脱他，

因为你不承认

上帝的大智大能，

这样做无理而又粗鲁，

是对上帝的大不敬。

---

① 原文为拉丁文。
② 指古代以色列民族的第二代国王——大卫（约公元前 1015—约前 970）。据说,《圣经》中的《诗篇》,半数作品系大卫所作,故大卫有"圣诗之王"的美称。
③ 原文为拉丁文。

犹大犯了两大罪①，

上吊自杀比出卖基督

是更大的罪。

太太，你不信靠基督，

就是对他极大的侮辱，

因为温顺善良的人

对自己的罪感到痛心，

"上帝不鄙弃

被腐蚀的心灵。"②

上帝从不会鄙弃

受腐蚀的心灵；

相反，可以相信并已得到证实：

当世上的罪人

以新的心灵

重新进行修炼，

上帝将会感到欣慰，

予以加倍的欢迎。

克鲁斯神父已来到这里，

我希望一切圆满结束。

克鲁斯　神父，说下去，

我愿洗耳恭听。

堂娜安娜　哎呀，我算倒了大霉，

又来了个讨厌鬼，

增加我心中的痛苦！

然而不管你何等卖力说教，

也改变不了我的打算，

克鲁斯神父,你气喘吁吁到来,

究竟要我干什么？

看来你是不知道,

对于我而言根本不存在上帝！

我告诉你,没有上帝,

而我的精明机灵

产生了绝然相反的效应：

慈悲藏起了脸,

公平依然彰现。

克鲁斯　"这是你的胡说八道,

决不是上帝的安排。"①

主②啊,以你的谦卑

把我推荐给上帝,

我愿意接你的班,

奋斗牺牲。

〔教士、安东尼奥教士和克鲁斯神父,以及在场的众人都
跪下。

克鲁斯　幸福的天国之门

使我们泯灭的希望

抬起了头,

---

① 原文为拉丁文。

② 这里指耶稣。

恢复了生命！

上帝啊，求您的奇妙杰作

在这里软化她的心肠，

显示你仁慈之心

的神迹！

"善有善报，

恶有恶报。"①

堂娜安娜太太

快要离开这世界，

我见她在痛苦的告别中

十分可怜的情状。

洁白如雪的灵魂

必定进入生命之国，

年年月月永不衰落，

漆黑的灵魂里充满鬼怪。

你看吧，你的灵魂要向何处去，

由你自己随意选择。

堂娜安娜　上帝的公义将我阻止；

由于他如此公义，必定不会把我饶恕；

公义迫使坏人倒下；

罪人心中不能容纳任何希望，

也不该给予他什么希望。

克鲁斯　愿上帝抹去你心中这类错误。

在死亡捉住

———————

① 原文为拉丁文。

可怜的生命的时候，

你必须紧紧抓住

心中出现的一线希望；

在这样短暂而

紧急的关头，

一味恐惧

不可能对心灵有益。

在生存的过程中

信靠和敬畏相伴而行，

而在死亡的时刻

必须保持另一些信念。

进入决斗场的人

害怕对手就是犯了错误，

谁鼓足勇气，

就能获取胜利。

太太，你已进入决斗场，

决战就在今天下午；

在这关键时刻，

你不要被敌人吓倒。

堂娜安娜　　没有武器，我如何应付

这样的困境？

对手又如此狡猾、

坚强而顽固。

克鲁斯　　请相信神父和法官，

我的上帝就是法官。

堂娜安娜　　似乎你们两人

汇聚到一起来了。

说到底,你们别管我为好,

我的灵魂已是如此,

尽管上帝愿意饶恕,

我也不要享受宽恕。

哎呀,灵魂要离我而去!

我将绝望地死去!

克鲁斯　我寄希望于耶稣。

魔鬼,你不能夺去

这场战斗的光荣胜利。啊,圣母,

为何不快快来救助!

善良的守护天使,

请注意,恶魔在加快动作!

神父①啊,不要停止祈祷,

祈祷吧,多多祈祷,

因为祈祷在任何争夺中都是

战胜撒旦的武器。

安东尼奥教士　禁食而又不眠的身躯

极易产生懒惰情绪,

不仅不祈祷,反而打呵欠,

一点也不虔诚而又昏昏沉沉。

堂娜安娜　哎呀,我是多么倒霉,

竟没有人为我的灵魂做善事!

克鲁斯　如果你恢复对上帝的信心,

―――――――

① 此处指安东尼奥教士。

　　　　　　我一定叫人为你多做善事。

堂娜安娜　　这么说,善事可以在街上买到?
　　　　　　而我一生所做的一切
　　　　　　都只是致死的事?

克鲁斯　　请听我说,
　　　　　　注意我现在说的话。

堂娜安娜　　请说吧。

克鲁斯　　一个信教很久、
　　　　　　有一颗纯洁的心
　　　　　　的信徒,
　　　　　　他永远遵守教规,
　　　　　　院长无数次命令他
　　　　　　严格锤炼,
　　　　　　他总是服从,
　　　　　　不停地修炼;
　　　　　　他总是禁食,
　　　　　　以祈祷和谦卑
　　　　　　行走着最崎岖
　　　　　　的艰苦磨练之路:
　　　　　　坚硬的地面作他的床,
　　　　　　流出的泪作饮料,
　　　　　　以上帝之爱的烈焰
　　　　　　增加食物的美味。
　　　　　　为了消除肉体
　　　　　　贪图安逸
　　　　　　及穿着舒适的恶习,

　　　　他穿的是

　　　　质次的苦行衣，

　　　　用一块石头捶打胸膛，

　　　　捶打之猛烈

　　　　即使是金刚石

　　　　也会被敲得粉碎；

　　　　他总是赤着脚，

　　　　不顾别人的讥讽，

　　　　热爱着仁慈的上帝

　　　　而不考虑任何其他利益。

堂娜安娜　　神父，

　　　　你说这些话是什么意思？

克鲁斯　　太太，请你说，

　　　　像这样的人在死亡的

　　　　痛苦时刻，

　　　　是否有希望

　　　　得救？

堂娜安娜　　怎么不能得救？

　　　　但愿我能得到

　　　　这位神父修炼所得

　　　　希望的极小部分！

　　　　然而我没有做过任何修炼，

　　　　不可能给我解除这讨厌的痛苦

　　　　以任何希望。

克鲁斯　　我把我做的全部修炼功德给你，

　　　　而把你做的全部罪孽

　　　　　　都算在我的身上。

堂娜安娜　　神父,告诉我,你是否在信口开河?

　　　　　　怎么能这么干?

克鲁斯　　如果你忏悔,

　　　　　　慈善的功德

　　　　　　可以移山。

　　　　　　你只管自己悔过,

　　　　　　之后你就会看到

　　　　　　我如何把我的功德交给你,

　　　　　　而你的罪孽将转移给我。

堂娜安娜　　签订这合约的

　　　　　　保人在何方①?

克鲁斯　　我相信我提供的保人

　　　　　　世上无双,

　　　　　　他们如此伟大而又善良,

　　　　　　如此华贵而又谦和,

　　　　　　因为他们至高无上,

　　　　　　是极高尚的人。

堂娜安娜　　你指的是谁?

克鲁斯　　我指的是那位纯洁的女子。

　　　　　　她神圣、华贵而美丽,

　　　　　　是母亲同时是童贞女②,

---

① 据《圣经》说,基督在人与上帝中间担负调解的任务,使人得以恢复同上帝的
　正常关系。基督在这种关系里就起中间保人的作用,故也译作“中保”。

② 据《圣经》记载,圣母玛利亚未曾结婚便从圣灵怀了孕,后来生下耶稣。故称
　圣母玛利亚为母亲又是童贞女。

是我们命运的熔炉。

我还把

钉在十字架上的基督

给你当保人；

我把在伯利恒消失

而后又出现的圣婴给你①。

堂娜安娜　我对保人都很满意，

证人又都是谁？

克鲁斯　所有天国里坐在交椅上的

都是证人。

堂娜安娜　这个合约

应使我了解

你赠给我的

全部恩惠。

克鲁斯　上帝啊，请倾听：

我，克鲁斯神父，

一个名不副实的教徒，

在神圣、古老而美好的

圣多明我教派中修行，我这样宣布：

把我从抛弃死的行当

而进入生的修炼之刻起②

---

①　据《圣经》记载，耶稣于大希律王在位时降生于伯利恒城。希律为除灭耶稣，
　　下令屠杀伯利恒城里及其四周所有两岁以下的男孩。玛利亚及其丈夫被迫
　　携耶稣逃离。"消失"而又"出现"，即指此事。
②　所谓"死的行当"，是指一切不信上帝、亵渎上帝的行为；"生的修炼"则指信
　　靠、敬拜上帝。

　　　　所行的一切善事功德，

　　　　我很高兴地全部给予

　　　　眼前这位堂娜安娜的灵魂；

　　　　把我所做的全部弥撒

　　　　以及向上帝所做的

　　　　全部祈祷

　　　　和所有的恳求，

　　　　全都给予她；

　　　　同时，把她的全部罪孽，

　　　　无论多么深重，全都归我，

　　　　我将在永恒的上帝主持的

　　　　高尚而永恒的法庭上

　　　　负责予以说明，

　　　　并偿还由于其罪孽

　　　　而欠下的债。

　　　　但是这个合约的条件

　　　　首先是她必须

　　　　忏悔和改过。

安东尼奥教士　克鲁斯神父，这种事我从未听说！

教　　士　这种善举简直不可想象！

克鲁斯　为了使你相信我并且得到保证，

　　　　我把圣母玛利亚和她的儿子

　　　　以及一万一千名圣洁的童贞女①

　　　　——都是我的保护者和保人，

————————

　①　在《圣经·启示录》中，童贞女是指忠于基督的妇女。

全都给你；

我请天和地以及

在倾听我们的在场者都当证人。

居住在天国的人，你们不要放过这机会，

因为你们可以用火热的心

表现仁慈，

请要求天上和人间的大牧人①，

切莫让撒旦

叼走被他

用宝血作了记号的这头羔羊②。

太太，你接受这合约吗？

堂娜安娜　神父，我接受，我要忏悔，

诚心地悔改。哎呀，我完了。

教　士　伟大的主啊，

这是您行的神迹！

安东尼奥教士　克鲁斯神父

现在变了样，

心肠变硬，干巴巴硬邦邦像根木棒！

似乎他又恢复原样，

放下了祈祷书，

迎合痞子流氓的兴趣。

他本是个自由放任的人，说不上是好还是坏。

堂娜安娜　神父，不要拖延这医治的良方，

---

① 《圣经》中常以"牧者""牧长""大牧人"称呼基督，同时把世人比作羊群。

② 基督教徒们认为，耶稣被钉死在十字架上，就是用他的宝血拯救了世人。所谓用宝血作了记号，即指此而言。

　　　　　　请倾听算在你名下的罪状,

　　　　　　如果不因数量之多而把你吓得晕倒,

　　　　　　我将平安放心地咽气,

　　　　　　并将得到饶恕。

克鲁斯　安东尼奥神父,回修道院,

　　　　　　把这新闻报告院长,

　　　　　　并请他动员全院人士祈祷,

　　　　　　感谢上帝

　　　　　　做出这个神迹,

　　　　　　与此同时我倾听

　　　　　　这位新的悔罪者的忏悔。

安东尼奥教士　我很乐意去。

克鲁斯　好啦,咱们单独谈吧。

堂娜安娜　好极了。

教　士　这妓女交了好运!

第 三 幕

〔一个居民和修道院院长上场。

居　民　　让天上和人间都知道
　　　　　这个新奇的神迹，
　　　　　也请院长阁下听我说，
　　　　　这事用常理难以解释，
　　　　　如果不告诉您，恐怕不好。
　　　　　堂娜安娜会见克鲁斯神父时
　　　　　心中没有增强希望的
　　　　　丝毫信念，
　　　　　他以大量慈善的功德
　　　　　将她彻底改变，
　　　　　把她的不幸变为极大的好运。
　　　　　他把她的灵魂从死灭的魔掌
　　　　　夺回而使之永生，
　　　　　她已不再顽固不化，
　　　　　仁爱的神父给予她
　　　　　无量数的天恩；
　　　　　她蒙恩惊醒，
　　　　　立即向上帝发出虔诚的呼声，

以谦卑的声音和忧伤的心

哭泣着要求忏悔；

过去怀疑的，再也不怀疑①，

严格地清算自己的债②，

现在正在加以清偿；

她平静而又满意地

接受了临终圣事，

抛下了奴役她的身躯。

她听到了九天的合唱，

那甜美的声音

使全部感官停止运行；

她在脱离浮生时说，

有一万一千个童贞女

围绕在她床头；

灵魂从眼睛放射出快乐的光芒，

在场众人倾听着优美的仙乐，

无不为之惊讶；

她的灵魂刚离开这悔罪妓女的躯体，

在清澈的空中飘荡，

飞向光辉的天堂，

就在这幸福的时刻

克鲁斯神父脸上出现麻风病象，

人人见了无不为之恶心脸变色。

---

① 指怀疑上帝的存在。

② 基督教徒们认为，每个人都有罪，即欠了债。

　　　　　你们转过身去看看他的脸，

　　　　　他是神父而其貌如兽，

　　　　　世上无人像他这么丑陋。

　　〔克鲁斯神父上，脸和双手溃烂，两个居民扶着他的胳
　　膊，上场的还有安东尼奥教士。

克鲁斯　　体弱伴着麻风，

　　　　　使我不能站立。仁慈的上帝啊，

　　　　　你就这样开始偿付我良好的愿望！

院　长　　圣徒，你这模糊的外表

　　　　　如果不仔细观察，

　　　　　大家不能把你辨认。

克鲁斯　　院长，请不要过分赞誉，

　　　　　你对我所用的称呼，

　　　　　我实在不敢当，令我害怕心虚。

　　　　　我是个无用的教士，是个有罪之人，

　　　　　不过我有良好的愿望，

　　　　　然而决不因此而配这称呼。

居民甲　　克鲁斯神父，通过对你的观察，

　　　　　我看到约伯①的忍耐美德，

　　　　　也在你脸上看到了约伯。

　　　　　你为他人的罪献出你的慈善功德，

　　　　　并且立即付出代价，

　　　　　这严酷的痛苦表明了这一切。

---

①　约伯，《圣经·旧约》人名，他虔诚信仰上帝。在西方语言中，约伯是虔诚、正
直、忍耐等美德的同义语。

你当天许愿,当天就偿付了代价。

克鲁斯　至少我自己希望偿付,

因为我许了愿。

居民乙　啊,你是上帝的葡萄园里的伟大农工!

啊,你仁慈、热情如灼热的炭火!

克鲁斯　先生们,我是一个酒馆老板的儿子,

如果不是阿谀奉承,

而是出于世俗人情,

那末请不要客套,因为在这种场合太不像样。

安东尼奥教士　我要抛弃那损害灵魂的馋字,

背弃那产生一切笨拙、下流恶习的

流氓生活,

我发誓,从今往后

为你洗涤烂疮,为你治疗,

直到我命终归天或你病愈为止;

从今后我再也不叫你混混,

而称你圣徒,

这决不是拍马奉承。

这样做,虚荣这恶魔

就找不到空子

与你纠缠周旋。

居民乙　你到这里来是为了造福乡土。

亲爱的神父,上帝保佑你长寿!

居民甲　你心中充满慈爱!

克鲁斯　安东尼奥神父,扶住我,我累啦。

　　〔众人下场。两个魔鬼上场,其中一个以黄金镀身,另一

个外貌可随意安排。这种场面在有关史书上确有记载。

沙盖尔　他就这样把她从我们手中夺走！

　　　　这么丰硕的庄稼让

　　　　这酒馆老板的镰刀割走了！

　　　　我诅咒自己，只怨我自己无能！

　　　　这样的买卖难道天公地道？

　　　　这个女人干了四十年皮肉生涯，

　　　　已经绝望，

　　　　无药可救；

　　　　来了这个好心人，

　　　　把他通过基督和功德

　　　　而获得的天恩全都给她。

　　　　何其荒唐，何其不公，

　　　　何其不平

　　　　而又截然不同的两件货色：恩惠和罪责！

　　　　一个是天国的幸福，一个是地狱的罪孽！

比谢尔　就如骗子行商一般，

　　　　仁爱促成了这份

　　　　不平等的合约。

沙盖尔　这个混混由于献出了他所有的财富，

　　　　并把合约订立以前

　　　　他人的罪愆承担，

　　　　他的灵魂变得更加美丽。

比谢尔　我不知怎样与你对答；

　　　　不过咱们之中谁也不能

　　　　为在地狱里见到一个仁慈的灵魂

而感到高兴。

沙盖尔　谁怀疑这事？

比谢尔，你知道我看到什么？

这位教士所患的麻风

与堂娜安娜生前所受的煎熬

并不相符。

比谢尔　你难道没有发现

她做了极大的悔改？

沙盖尔　那是在她邪恶的生命

快结束的时候。

比谢尔　表示悔改并痛恨罪您的灵魂

上帝立即从我们手中夺走；

更何况这个人的灵魂

因受到混蛋神父的照顾

而变得充实。

沙盖尔　这个慷慨的神父

现在已干巴而无用，

依你看，他这辈子还能干什么？

比谢尔　你还不知道？

那些教士得知他的品德和才能、

机智和仁慈，

就会推举他当他们的上司。

沙盖尔　他会当上修道院院长？

比谢尔　何止呢！

你将看到他成为全省的主教。

沙盖尔　我早已猜到啦。

> 他现在在花园里，你别去，
>
> 我要单独试他一试，
>
> 也许能惹他生气。

　　〔二魔鬼下场。安赫尔教士和安东尼奥教士上场。

安东尼奥教士　安赫尔教士，你拿的是什么？是鸡蛋？

安赫尔　安东尼奥教士，请低声讲话。

安东尼奥教士　你害怕？

安赫尔　我害怕。

安东尼奥教士　从这些新鲜鸡蛋中

> 挑出两个给我，
>
> 我要这么生吃
>
> 尝个鲜。

安赫尔　朋友，

> 先得做件事。

安东尼奥教士　我一求你，

> 你就推挡拖延。

安赫尔　你当然可以吃这些蛋，

> 你看，这就给你，我不拒绝。

　　〔给他看两个投环游戏用的球。

安东尼奥教士　新教士们多来劲啊！

> 带来幸福的手
>
> 为你们把仓库的门
>
> 和锁统统取下；
>
> 给你们以法宝，
>
> 可以打开所有的锁，
>
> 在黑暗中像有萤火虫，

可以看得清清楚楚；

愿管钥匙的先生们

毫无恐惧心不跳，

见到好吃的东西

就猛向前冲；

你们寻找腌猪肉吧，

不要顾虑大油沾满身；

操起酒壶和酒杯，

美美地喝酒，

把你们的衣袖装满

杏仁和葡萄干，

愿你们在人间吃山珍海味，

别人都享不到

你们这样的口福；

愿你们回到禅房时

有美味的馅饼

加上面包就着水一起品尝。

当你们遇到难事，

千万忍耐莫着急。

愿上帝给你们派一个谨慎、

和蔼而又不固执的院长。

安赫尔　安东尼奥教士，

你的祈祷极妙，

你这样做,显然

是为了我们的利益。

我们的生活多清苦，

我们这些既不做弥撒

又不祈祷的人

日子过得紧巴巴。

安东尼奥教士　这些球干什么用？

安赫尔　我带这些球来，

是为了在下午休息时，

同你一起

在花园里玩。

安东尼奥教士　带环干什么？

安赫尔　还有新的球拍。

安东尼奥教士　是谁给你的？

安赫尔　贝尔特兰教士给的。

他的表妹给他寄来，

他又把这些东西给了我。

安东尼奥教士　有这些球拍在这里，

我可以演示两种击剑技巧。

请像我一样摆好架势，

给我一个球拍，

告诉你吧，其中一个技巧

还是克鲁斯神父所教，

当时他在打架斗殴中

是身手不凡的好汉。

我说，来吧，快来过招。

安赫尔　算了吧，我不会击剑，

笨得像蠢驴。

安东尼奥教士　你那样站好，

眼睛要机灵,那只脚朝外,

朝这边转过身来。

向我头部

猛砍下来。不是这样,

弄反了,哎呀我的妈呀!

安 赫 尔　我太笨了!

安东尼奥教士　这是个狠招,

叫作铁门

猛关闭。

安 赫 尔　好个铁门,

简直是胡闹!

安东尼奥教士　我先封住,向前方推,

举起来,点一下,或者砍下去,

虚晃交叉,

再猛砍一剑。

　　〔克鲁斯神父拄着手杖上场,边走边祷告。

克鲁斯　安东尼奥教士,够啦;

请你不要再演示了。

安 赫 尔　这一招,那一式,太乱了!

克鲁斯　姿势倒是很好!

切莫让疯子的胡诌

把你闹糊涂。

安东尼奥教士　我有点儿消化不良,

想活动活动,

帮助消化,

据说剧烈活动

十分有益。

克鲁斯　你说得很对；

我要让你活动活动，

保证你能

自行消化

剩余的恶习；

你去忏悔祈祷，

修炼两个小时；

安赫尔教士，

请你去学习《圣经》，

不要练习这勇敢的小伙子

教你的剑术。

安东尼奥教士　那几个球呢？

安赫尔　我拿着呢。

安东尼奥教士　这几把球拍还给你。

〔安东尼奥教士和安赫尔教士下场。

克鲁斯　我把你从地下的黑暗中

带进了光明，

上帝愿意，我也愿意

把你带进天国见光明。

〔沙盖尔装扮成熊又上场。

沙盖尔　你由于你的病态意志

而成为世界的另一个改造者①，

---

① 耶稣要拯救人类，故被称为世界的改造者。所谓"世界的另一个改造者"，是指克鲁斯神父效法耶稣。

难道你自以为是

荒漠中的又一个马卡里乌斯①?

难道你认为

相反的因素必定能协调一致?

多与少,

生与死,

骄与谦,

勤与惰,

美与丑,

机灵与笨拙难道都能混成一体?

你错啦;

我刚才说的,当然不能协调,

这一点你可以得到证实,

对此我毫不怀疑。

克鲁斯　撒旦魔头,

你到底想说什么?

沙盖尔　我说那是发疯,

疯得令人发笑;

天国之门既不会向

盗贼敞开,

也不会向

混混招手。

克鲁斯　你同我争论

完全无用;

---

① 马卡里乌斯,在埃及静修的基督教徒。

我有充分信心，

你的歪理不能把我说服。

告诉我，你来这里有何贵干，

说完就走莫啰唆。

沙盖尔　这你看得清楚，

我来是要取你性命。

克鲁斯　如果你手中有上帝的许可，

取我的性命极为容易。

非但如此，我可乖乖地

把我的性命献上。

如果你有令在手，

为什么不向我进攻？

我看你即使胆大包天，

也不敢碰我一根毫毛。

你叫喊什么？为什么难受？

魔鬼，你不要走。

沙盖尔　哎呀，念珠串上每颗小珠

都是射向我的一粒子弹。

混混，你别折腾我了；

混混，走开吧。

克鲁斯　你这坏家伙，

总算说了句真话。

〔魔鬼咆哮着下场。

克鲁斯　我向上帝我父发誓，

我向你这恶魔

以及地狱里所有的魔鬼

雄赳赳地挑战。

我的灵魂啊,

你该明白你自己,

切莫离开正道,

魔鬼的力量不如你。

你不要害怕同他交锋,

因为上帝已捣碎了

束缚你的绳索,你力量无穷。

〔安东尼奥教士上场,手持一盘包扎伤口用的旧棉纱和

几块净布。

安东尼奥教士　神父,进来治病吧。

克鲁斯　我觉得,想治我的病,

简直是发疯犯傻。

安东尼奥教士　是不是绝望了?

克鲁斯　我的孩子,当然不是;

然而这病

实在严重,

企图治愈,那是妄想。

因为这是从天所降。

安东尼奥教士　安乐的天国

怎么可能有

如此邪恶的货色?

我认为绝对不可能。

堂娜安娜把病转给你,

闹得我现在

想尽办法也不能把你治愈,

　　　　而她是否逍遥自在？

　　〔安赫尔教士上场。

安赫尔　克鲁斯,给我报喜赏金吧,

　　　　众兄弟①已选出主教。

克鲁斯　如果主不给你赏钱,

　　　　你想要,也得不到。

　　　　不过,你告诉我,谁被选上了？

安赫尔　是您仙长阁下。

克鲁斯　你说是我？

安赫尔　对,是真的。

安东尼奥教士　安赫尔教士,你是在嘲笑？

安赫尔　不是。

克鲁斯　你们把如此重担

　　　　压在两个腐烂的肩膀上？

　　　　我不知这该怎么办。

安东尼奥教士　上帝闭塞了你们的感官:

　　　　失去了感官,对你的认识

　　　　就如我对你的认识那么不正确,

　　　　你们该另想别法,

　　　　另选别人当主教。

安赫尔　安东尼奥教士,我告诉你,

　　　　肯定是魔鬼

　　　　把你的舌头

　　　　缝歪了:

_____

① 基督教徒之间以兄弟或姐妹相称。

　　　　　　　如果不是这样，

　　　　　　　你不会说这种混账话。

　安东尼奥教士　安赫尔教士，我是在开玩笑；

　　　　　　　不过你责骂得对。

　　　　　　　这位圣徒喜欢

　　　　　　　受众人咒骂，

　　　　　　　而不愿意再

　　　　　　　耍威倨傲出风头。

　　　　　　　你瞧，这好消息

　　　　　　　闹得他局促不安。

　安赫尔　这职务使他发愁。

　安东尼奥教士　他不会接受这职务。

　克鲁斯　这些好心人不知道

　　　　　　我是个平庸、粗鲁的人，

　　　　　　是个小酒馆老板的儿子，

　　　　　　罪孽深重难担重任。

　安东尼奥教士　如果我能保证别人不让你

　　　　　　担此重任，那该多好；

　　　　　　倒不如我告诉所有人，

　　　　　　我在塞维利亚和托莱多

　　　　　　见你这不像样的汉子

　　　　　　过的是什么样的生活。

　克鲁斯　你还来得及，

　　　　　　朋友，你说吧，

　　　　　　这样可以免除我

　　　　　　担当主教重任的

　　　　　　害怕心理，

　　　　　　这职务我实在没资格承当：

　　　　　　一个满身烂疮

　　　　　　而且曾经是个……

　　安东尼奥教士　是什么？混混？

　　　　　　天哪，我真高兴，

　　　　　　我见过他在集市和圣拉蒙节

　　　　　　同十二个人吵架；

　　　　　　在托莱多和拉斯文蒂亚斯

　　　　　　同七个丝绒工酗酒；

　　　　　　他是海量，他们也猛喝，

　　　　　　我见他喝得腾云驾雾。

　　　　　　他扔下了斗篷，

　　　　　　盾牌被划破，

　　　　　　头盔被砸瘪！

　　　　　　四人被他刺伤，另三人逃遁。

　　　　　　他是本半球的混混，

　　　　　　当个神父

　　　　　　我赞成；

　　　　　　但是要当主教，

　　　　　　我是绝对不答应。

　　克鲁斯　安东尼奥哟，

　　　　　　你说得对极了！

　　安东尼奥教士　怎么，你倒乐意听！

　　克鲁斯　教士，你这样说

就会感到无比高兴，

你把你的舌头磨尖锐，

把我的过去高声宣扬。

〔院长和另一个随行教士上场。

院　长　神父阁下,向我们伸出手,

给我们以祝福。

克鲁斯　神父们,

对我为什么如此恭敬?

院　长　我的神父,

你已是我们的主教啦。

安东尼奥教士　真要命,

选他这种人当主教,

真不知你们是什么头脑!

院　长　怎么,难道他不是圣徒?

安东尼奥教士　让约伯式人物当主教,当然没有问题,

只要他不是蠢货,并且没有妻室,

完全可以承担此责。因为只要是教士就可以!

然而他浑身病痛,

怎么还有能力

承当像主教这样危险

而又劳累的教职? 难道这还不明白?

克鲁斯　安东尼奥教士说得多好啊!

天国会酬谢他! 我的神父们,

你们难道没有看到

我浑身无一处完好?

　　　　你们应考虑,病痛影响工作能力,

　　　　我已不能做什么事,

　　　　只能向上帝为我的罪过

　　　　哭泣和呻吟。

　　　　安东尼奥教士,把我的生活经历

　　　　告诉神父们吧,因为你是很好的见证;

　　　　把我的蛮横、放荡告诉他们,

　　　　把我的许多罪过揭发出来,

　　　　把我的低贱出身告诉他们,

　　　　告诉他们我是一个酒馆老板的儿子,

　　　　把这一切都告诉他们,

　　　　使他们改变主意。

院　长　我的神父,

　　　　这是没用的借口。

　　　　你的良好表现已抹掉了你的过去。

　　　　接受吧,别作声,因为这是上帝的意志。

克鲁斯　感谢上帝!

　　　　好吧,实践将证明

　　　　我的无能。

安东尼奥教士　感谢上帝,

　　　　这么好的教士应该当教皇!

安赫尔　他将是全省的主教,这我不怀疑。

安东尼奥教士　他完全称职。神父,咱们走吧,

　　　　治病的时间到了。

克鲁斯　谢谢,谢谢。

安东尼奥教士　　你要当主教了,难道哭泣就可以不当?

〔众人下场。路西法①头戴王冠,手持权杖上场,他是最
标致的魔鬼,衣服要尽可能好;而沙盖尔和比谢尔则是最
丑陋的魔鬼。

路西法　　自从我们脱离

永恒的天堂,

作为天使,我们以骄横暴戾的意志感到

我们是伟大的魔鬼,

我们要向上攀升,

未曾愿意也不能回头,

直到被击落而掉到这地步,

我们决不悔改。

我是说,自从那时候起

我们心中隐藏着邪恶的嫉妒,

对被天国接纳

并得到上帝赐予特权的人嫉恨在心。

上帝对我执法如山,

而对亚当②手下留情;

对我严如冰霜,而对他温如春风,

上天堂的人们享受上帝的赐福,

我的小鬼们却被打入地狱。

---

①　路西法即撒旦。据《圣经》学者分析,撒旦原本是上帝所造的天使,且执掌要
职,侍候于上帝宝座旁。后因骄傲,意欲自封为神而被上帝所唾弃,成为邪恶
的化身,控制着一群邪灵来败坏、欺骗人类。

②　亚当,《圣经》人物,为上帝所造,是人类的始祖。

那个在十字架上献身的人①

其实是永远地死了，

但他不以夺走我首次获得的礼物为满足，

还要让一个坏人、侮慢不恭的罪人升入天堂，

企图在短时间内

挽救一个天下无双的盗贼；

一个青楼女子竟从他那里

获得了饶恕，而她的圣徒史

也将一年年地世代流传；

一个世界的改造者②

企图把他那杂乱的书

众口一辞地流传百世，

竟被以前所未有的方式

载入圣徒史册；

而现在又要让一个混混③

坐在天堂的华丽交椅上，

还将他的事迹和献身

光荣地记载在信史上。

因此我低下骄傲的头，

把我的痛苦告诉你们，

朋友们，关于我的痛苦和憎恨，你们是证人；

---

① 指耶稣。下文所说"让一个坏人……升入天堂"和"一个青楼女子……获得饶恕"，则指克鲁斯神父和堂娜安娜，因为根据《圣经·新约》的说法，人类要升入天堂或得救，都必须通过耶稣。

②③ 均指克鲁斯神父。作者从不同角度描述魔鬼撒旦（即路西法）如何憎恨、嫉妒克鲁斯神父因悔罪、行善而通过耶稣基督升入天堂。

我并不要你们来安慰我，

因为我不可能得到任何安慰，

然而我要你们在合宜的时候起来，

使圣徒们胆战心惊。

这个混混世上少有，

他的劣迹令世人侧目，

现在正起程升向天国，

谦恭地加速飞行。

大家来吧，扰乱他的思想，

如果可能，要打消他的希望，

使他对过去狂妄、堕落的行为

产生可怕的回想；

不让他听到诸如承认

他已实现了承诺、并对因其慈善

而获得的圣职已尽心尽责

这类甜美的声音。

但是，他已很好地行使了

全省主教的职责，

令天上人间都满意，

表明他是伟大的圣徒，

啊哈，现在他快断气了！

沙盖尔　咱们兴师动众得不到好处，

相反会对他有利，

因为我曾是他的老对手，

结果总是我败北他胜利。

路西法　只要他还有一口气，

就还有希望改变他,

咱们不应该怀疑:

有时候咱们的力量很大。

比谢尔　老爷,我一定执行您的命令:

哪里善举多,我就去那里多作祟。

我现在就飞快地去。

路西法　大家都来,我要在现场观看。

〔众魔鬼下场。三个鬼魂上场,她们身穿白纱布长袍,脸
　蒙轻纱,手持点燃的烛。

鬼魂甲　姐妹们,今天是好日子,

值得咱们庆幸,

老天爷打开了关押咱们的牢门,

咱们神秘地

来到这个地方。

在这修道院里观看

已经咽气的伟大的克里斯托瓦尔,

咱们要陪伴

他虔诚的灵魂,

带他走向

永享欢乐的天堂。

鬼魂乙　今天真是好日子,

神圣又吉祥,

天国将到处庆贺

他的到来:

咱们领来这样

虔诚的灵魂,

当然会引起

喜庆和欢乐。

鬼魂丙　他用祈祷、

禁食和苦修，

启开了关押我们的牢门，

缩短了我们受苦的日子。

即使在他过放荡生活的时候，

始终惦记着我们，

每天都在为我们

虔诚地祈祷；

他进入修道院以后，

正如我们所见，

虔诚日增，

气死魔鬼,感动基督。

满身烂疮的

痛苦煎熬，

既不能改变他的初衷，

也不能夺去他的仁慈心肠。

他是全省的主教，

如此可亲又谦逊，

总是赤脚步行，

从不放松修行，

得了怪病以后，

活了一十三年，

如果不是神迹，

恐怕连两天也难保全。

鬼魂甲　在你经过的地方，

　　　　发出你的赞扬，

　　　　对你不甚明了的价值

　　　　予以应有的褒奖；

　　　　现在让我们混入

　　　　送葬的队伍，

　　　　倾听这位朋友

　　　　哭诉衷肠。

〔鬼魂们下。安东尼奥教士哭泣着，手拿一块沾着脓血的布上场。

安东尼奥教士　他劳苦的一生

　　　　就此完结；

　　　　他将躯体交给了大地；

　　　　圣洁的灵魂飞向天堂。

　　　　神父啊，在世俗生活中

　　　　你是遮蔽我的迷雾，

　　　　而在这森严的修道院里

　　　　你是我坚定的指路人！

　　　　为了对众生灵

　　　　广施慈悲，

　　　　十三年来你同

　　　　难受的烂疮苦斗；

　　　　然而现在你那沾满

　　　　脓血的布块

　　　　比香气扑鼻的绸缎

　　　　更有价值：

无数病人用你的血衣

根治了病痛；

无数尊贵人士用双唇

千百次地亲吻你的血衣。

在你当主教的岁月，

你的双脚走了无数路程，

不畏泥淖、草莽和峡谷，

现在已经成为圣物，

无论你的弟子以及

所有能来到你身边的人

都要亲吻你的双脚。

你的身体因烂疮

而令人目不忍睹，

可现在的遗体

光亮洁净如水晶：

这表明，你浑身发臭的烂疮

是在为那个妓女

还愿赎罪而付出代价，

你已为她偿清了债，

神迹在你身上

立即出现：

你的仁慈感动了上帝！

〔修道院院长上场。

院　长　安东尼奥神父，不要哭泣，

快去把大门关上，

否则老百姓见大门洞开，

都会不断拥来，

那会闹得咱们没有办法

把你的朋友安葬。

安东尼奥教士　即使把门关上，

我看收效不大。

人们仍要求进来，

不过，我还是把门关上为好。

〔安赫尔教士上场。

安赫尔　神父，你去哪里？

安东尼奥教士　我不知道。

你去看看吧，

全城的人都拥进了

修道院，都扑向

他的遗体，争夺他

身上的衣物。

连总督也在

他的禅房里。

院　长　安东尼奥神父，

你来看看

天国奖赏他的明证。

〔众人下场。三个居民上场，一个手拿一块沾着血污的

布块，另一个手拿风帽上扯下的一小块布。

居民甲　你拿的什么？

居民乙　沾着他烂疮血污的布。

你呢？

居民甲　这是他风帽上的一小块布，

　　　　　　　　　这可是个宝,我要珍藏它,

　　　　　　　　　好比我得了个金矿。

居民乙　咱们赶快离开修道院,

　　　　　　　　　别让教士们

　　　　　　　　　夺走咱们的圣物。

居民甲　那怎么行!

　　　　　　　　　要我的命我也不还!

居民丙　我的运气不好,

　　　　　　　　　连这位圣徒衣裳上的

　　　　　　　　　一根线也没有碰到。

　　　　　　　　　不过,我四次亲吻了他的脚,

　　　　　　　　　因此我可以愉快地离开;

　　　　　　　　　那脚散发着天国的幽香,

　　　　　　　　　他在地上同在天上一样。

　　　　　　　　　总督亲自抬他的灵柩,

　　　　　　　　　教士们想把他埋在

　　　　　　　　　禅房的穹顶下。

　　　　　　　　　现在鼓乐齐鸣,

　　　　　　　　　我不怀疑这是仙乐。

　　〔克鲁斯的遗体躺在木板上,身上有一串串念珠。总督
　　和教士们抬着他。远处响起长笛和笛号声。乐声甫停,
　　路西法在幕后说话;如果愿意,也可让魔鬼们上场。

路西法　我原想,若不能对他的灵魂报复,

　　　　　　　　　也要对他的肉体下手,

　　　　　　　　　然而我根本靠近不了,

　　　　　　　　　有那样的队伍在保护他。

沙盖尔　任何盔甲都比不上念珠。

路西法　咱们走吧,见到他我就头晕眼花。

沙盖尔　咱们可不能跟到里边去了。

安东尼奥教士　安赫尔教士,你听是什么声音?

安赫尔　我听到了,他们是魔鬼。

总　督　院长阁下,请允许我

再看一次

这位仁慈神父的脸。

院　长　当然可以。

神父们,放下,把他放在地上,

总督阁下如此虔诚,

当然应该满足他的要求。

总　督　啊,这难道是两天前我看到的

那张布满烂疮的可怕面孔?

老天呀,还有那两只钩曲的手呢?

啊,灵魂飞向那宁静的天堂,

你没有留下关于今天你

所走幸福道路的任何证据!

你躺着的明净的棺木

将首先被焚化,

整个将被烧为灰烬,

一切都洋溢着仁慈和神圣的爱心。

居民甲　请允许我们

亲吻他的双脚。

院　长　这要求十分虔诚。

总　督　神父们,执行你们的神职吧,

把这天国之宝埋入地下，

我们这颗希望之星已无法挽留。

这部喜剧到此顺利落下帷幕。

（剧　终）